长安客

北溟鱼 著

天津出版传媒集团

天津人民出版社

果麦文化 出品

闻道长安似弈棋，百年世事不胜悲。
王侯第宅皆新主，文武衣冠异昔时。
直北关山金鼓振，征西车马羽书迟。
鱼龙寂寞秋江冷，故国平居有所思。

唐代长安城

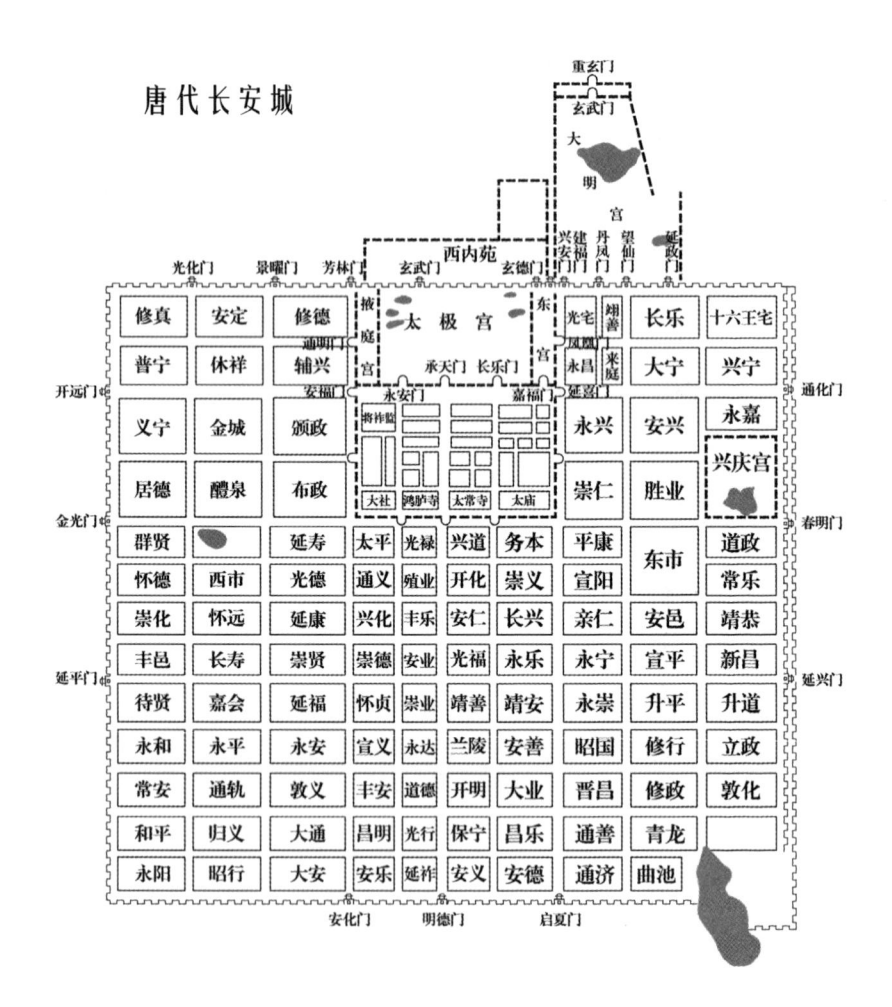

前言：当意志与命运逆行，你一生的故事

大雁塔始终是长安城最讨人喜欢的名胜，特别是春天。春风渐暖，行道两旁的槐树返青，在蓬蓬绿色里，桃花、辛夷，次第开放，连风也被染上花香。进士科考试凑在初春二月放榜，在跃跃欲试的春华中，功成名就的得意也翻倍。

白居易二十八岁那年，终于迎来这样一个春天。他满心想着从此在长安城里做个受人尊敬的大官，为朝廷出力，并买一套属于自己的房子。武则天神龙年间开始，新进士在杏园宴会之后，都要去慈恩寺中大雁塔下题名。白居易也不例外。他的好友元稹也许曾提示他，四十八年前，他们共同喜欢的那个穷困潦倒、不甚出名的诗人杜甫也曾经登塔作诗。

也许并没有。这座城市里迎送过太多才华横溢的年轻人，数不胜数。他们都曾经满怀希望，来到这个国家最繁华的都市，相信会在这非富即贵的城市里一览众山小。那时候他们都年轻，都拥有卓绝的诗才，光明的未来仿佛触手可及。

年轻的杜甫跳着脚在小酒馆赌博，他对自己的才华太有信心，从

没想过往后岁月的大雨里他会病在启夏门边的破屋中，积水成塘。天宝十五载（756年）的夏天，王维依然像往常一样进宫早朝，并不知道自己很快将会成为安史之乱里的一名俘虏。李白得意地写诗描述他在玄宗的宫殿里坐有象牙席，宴有黄金盘的恩宠，错愕万分地，他很快被皇帝放弃。

命运最叛逆，从不轻易满足人的心意。这几乎是这本书里所有故事的核心。

得意的李隆基自以为心想事成，江山与爱情尽在掌握。太子被自己的铁腕手段吓得甚至不敢大声说话。他不知道的是，当他沉浸在华清池水雾迷蒙的霓裳羽衣曲中时，渔阳战鼓正动地而来。这是公元756年夏天，城市在细雨中倾倒。在这场始料未及的安史之乱中，他的儿子抓住机会，谋划着对老父亲二十年压迫的报复。

渔阳战鼓传至华清宫的那几天，一个在长安蹉跎十年的倒霉诗人正越过骊山，他新得了八品官位，要把寄居异地的妻子儿女接到长安来住。黑夜里，当他把冻僵的手指揣进怀里，在山顶的北风中分辨出华清宫的乐曲声时，他不知道，他的小儿子没有等到他回家已经饿死了。他也不知道，这一次离开长安，就是他与这座记忆里繁华富足的城市的永别。当他再次回来，它已经同这个国家的尊严一道被摧毁。但是，在这之后无尽的漂泊里，他总费尽心力想要回到这座对他并不友好的城市，这是他的责任。这是杜甫的"长安奥德赛"。

杜甫在安史之乱中被安禄山的军队抓回长安。他实在太不重要了，甚至可以在城里四处走动。不同的是，他敬仰的诗人王维已经被反绑双手，刀鞘捣嘴，从长安押解到洛阳。战争刚开始时，王维像许多老实的朝官一样信赖他们的皇帝，在长安城里大家族纷纷举家南迁时选择留在城里。天宝十五载（756年）六月十三日，他像往常一样进宫早朝，当宫门打开，只有一地狼藉。这已经不是他第一次被抛弃了。这是王维"天之骄子的陨落"。

与此同时被押进牢房关着的，还有李白。他被远远地关在浔阳，罪名是"从贼"。他知道自己在别人眼里是个疯子，但他不在乎。他想做官，想飞黄腾达，想要黄金盘子、碧玉酒杯。但是与身世清白、家族显赫的小朋友杜甫不同，他甚至没有参加考试的资格。所以，只有"佯狂"，只有铤而走险。这是李白"赌徒"的故事。

后来人总爱叫李白"李翰林"。翰林学士象征着文采、皇帝的信任、与政治中心的亲近。李白曾经做过翰林待诏。贞元年间，监修国史的宰相韦执谊在翰林院的材料里发现，"翰林学士"与"翰林待诏"有天壤之别。不过，此时他还没心情理会这细微的差别，他年轻的同事柳宗元和刘禹锡，背靠着皇帝的支持，拥有风光无限的权力。贞元二十一年（805年），他们将发动一场变革。他们想除去安史之乱后国家的弊病，成为这个时代的英雄。在他们看不见的暗处，已经聚集起不满、嫉妒和报复。这是柳宗元与刘禹锡"诗人的旅途"。

柳宗元、刘禹锡及积极支持永贞革新的朝官被流放，偌大的朝堂一下子空了出来，机会落在了白居易与元稹的头上。风水轮流转，现在，由他们来承受嫉妒与报复，但白居易想不到的是，报复的方向，是家庭里一桩谁也不愿意提起的隐私。这是"去他的《长恨歌》"的故事。

白居易晚年住在洛阳，拿工资，不干活，他对国家的责任感消磨成对大宅子、漂亮姑娘和替自己编文集的强烈兴趣。当然，他还热情地吹捧后辈诗人。老朋友令狐楚第一次把自己的幕僚李商隐介绍给白居易，一把年纪的白居易对面前十七岁的天才惊为天人，连连说"我来生给你做儿子"。李商隐后来生了一个儿子，小名取作"白老"。那时候，李商隐有文坛领袖的提携，还有一个无话不谈的好朋友——令狐绹（táo）。他满以为他们的友谊可以延续前世今生，超越时间。没想到，一生太长，已够变卦许多次。这是李商隐与令狐绹"最后时过境迁，再回想谁的脸"。

李商隐一次次徒劳无功地去长安参加进士科考试的同时，没有获得通行许可的日本请益僧圆仁偷偷留在了中国。一次又一次被拒绝不能动摇他在大唐求法巡礼的决心。当他终于进入长安城时，交了好运：左街功德使仇士良是虔诚的佛教徒，他管理长安县一切寺院，也拥有控制皇帝与朝廷的权力。在他的庇佑下，圆仁万事顺意。但他不知道，新近登基的武宗皇帝与他的宰相李德裕正在酝酿一件大事，不仅要杀了仇士良，还要把佛教徒与寺院毁灭。这是"圆仁的最后旅行"。

唐代是后世最愿意提起的时代：最繁华，最骄傲，最有包容与进取心。但这本书里的故事，大多发生在繁华之后：安史之乱带给这个国家毁灭性的打击，但在这场战乱之后，这个朝代依然延续了一百四十多年。与我们的常识相反，最伟大的唐代诗人们，我们最熟悉的那些名字，其实大多出现在这个并不常常被提起的、日渐熄灭的"唐朝"。在这里，盛唐饱满多汁的自信渐渐干瘪下去，酿出一点儿苦涩。

国家不幸诗家幸，赋到沧桑句便工。

诗句曾经是他们用来炫耀才华、交换功名，铺展开自己人生地位与财富的筹码。在时代的悬崖上，诗句与文章，找到它更有价值的位置：它拥抱人心的无助，叩问命运的规则，向渐渐驶离的历史丢出最后求生的绳索。

在这些故事里，我们跟随史籍与传说各不相同的叙述角度，试图回到微妙不同的历史现场。但是，在每一个关键的岔道口，总能找到截然不同的叙述，每一种都振振有词，仿佛抓住你手掌的手相占卜者。我也只能在这些迷茫的分岔点选择相信某种叙述，跟随它走下去。幸运的是，诗人们慎重流传下诗集与文集，如同篇幅巨大绵长、喋喋不休的独白，穿过时间迷雾重重的遮蔽，邀请我们进入某个瞬间他们动荡的内心。

意在被铭记的，都在被忘记——古老的城市被时间和战争摧毁，成为平原上一座土丘。宫殿倾颓，纪念碑摧毁，盛名与功绩都化为尘埃。但诗句流传，如同一个奇迹，带着千年前日常生活的艰辛，和诗人的一部分灵魂。

哪怕它屡屡成为考试的题目、比赛的内容，诗歌从来不是任何时代的必需品，在我们的时代更不例外。但因为这一部分陌生人交付陌生人的灵魂，在少数人那里，它将永远存在。

目 录　◆　　　　Contents

001	公元756年夏天,城市在细雨中倾倒
037	王维:天之骄子的陨落
069	杜甫:长安奥德赛
105	李白: 赌徒
148	柳宗元和刘禹锡:诗人的旅途
181	白居易和元稹:去他的《长恨歌》
205	李商隐:最后时过境迁,再回想谁的脸
233	圆仁:最后的旅行
265	后记:向确知走得足够远,未知才显现她的身影
269	参考文献

公元756年夏天,
城市在细雨中倾倒

一

老皇帝李隆基收到光复长安的捷报，是至德二载（757年）的九月，成都竹叶枯落的季节。他也许感觉到这个冷雨不断的秋天比以往更冷一些。季风与洋流带来的温暖潮湿曾经让这里的年平均温度高出一度，从七世纪起持续了一个多世纪。但现在，它将与唐王朝的国运一样，慢慢进入一个寒冷期。甚至有地理历史学家认为正是气候变冷使得游牧民族向南方发展，促成了安禄山这场来势汹汹的叛乱。但李隆基来不及理会天气冷热这样的小事，寒冷的天气无法影响他的好心情。

天宝十四载（755年）十一月，兼任范阳、平卢、河东三镇节度使的安禄山率领十五万将士与奚、契丹[1]等少数民族联合，号称二十万众，从范阳起兵，反叛朝廷。所过州县，几乎没有像样的抵抗，叛军很快打到河南河北，向着唐帝国最重要的两座城市——长安、洛阳打来。朝廷派出十一万军队，没有守住东都洛阳，安禄山在洛阳称帝。之后，安禄山的军队又攻破朝廷二十万军队驻守的潼关。长安无险可守，暴露在叛军面前。后来被称作"唐玄宗"的当朝皇帝李隆基被迫仓皇离开长安，在逃跑的路上草草安排太子做天下兵马元帅，负责收复国土。没过多久，老皇帝干脆退位，将皇位让给了太子。

现在，新皇帝李亨不负众望，夺回了帝国的中枢，长安终于回到了李唐皇室的手上。老皇帝很欣慰，他以为他丢失在天宝十五载（756年）夏天的尊严也将一并重建。

他的这个儿子仁懦温暾。曾经，得宠的朝臣们揣摩圣意，以为他不爱太子，便总想着去欺负太子，讨好老皇帝。太子只能忍耐，三十多岁的时候便两鬓斑白。朝臣不知道，父亲爱孩子，各有不同的爱法。玄宗曾经问太子少傅苏瓌（同"瑰"），让他推荐做中书舍人的人选。中书舍人草拟诏书，是皇帝近臣，竞争残酷，大诗人李白奋力求了一辈子没能求得的位置。苏瓌回说，别人我不知道，我儿子苏颋（tǐng）可以。但朝野皆知，苏瓌嫌弃他这个儿子。传说苏颋不得父爱，常与仆夫杂役混在一起，夜里蜷在马厩吹起灶中火光读书。苏瓌偶尔见他，也是让苏颋青衣布襦跪在床下，露出脖子让爹用槚（jiǎ）楚[2]抽。后来玄宗见苏颋才藻纵横，词理典雅，草拟诏书、应制作诗，援笔立成。玄宗对苏颋喜爱非常，甚至亲自摘了花别在苏颋的头巾上，直到送他以紫微侍郎同平章事，做了宰相。

知子莫若父。严厉，也是一种教子有方。老皇帝甚至有一丝得意：现在，他这个懦弱的儿子终于在严厉的教育之下长成了栋梁。

老皇帝李隆基喜悦的心情没有维持太久。与捷报一同来的，还有一封信。信里说：您赶紧回到长安来，我把皇帝位置还给您，我还是做我的太子。他这个儿子现在是"天子"了。皇帝是天的儿子。他成为天子的前提，是这人间已经没有一个父亲挡在皇帝与天之间。他把父亲当作一个竞争对手，这封信，在试探老皇帝夺回皇位的决心。老皇帝的回信有一点儿出错，他这个仁懦温暾的儿子，必将报以他二十多年隐忍窝囊的太子生涯里向老皇帝学来的雷霆手段。

老皇帝夜不能寐。他早该明白，等天下太平，这一天就一定会来。

二

十五个月前，天宝十五载（756年）的六月，安禄山攻破潼关。长安失去了最后的保护，帝国的政治中心岌岌可危。但攻破潼关太过容易，安禄山大军来不及集结向长安发动进攻，只能原地等待。这十天的等待给了玄宗逃跑的机会。六月十三日的清晨，老皇帝只带着高力士、杨贵妃、太子等少数几人悄悄从延秋门离开长安。天有微雨。

日出前的天色暧昧不明，似乎预兆老皇帝逃亡道路的狼狈艰辛。

那天中午，在咸阳望贤宫休息，官吏逃散，无人管理。皇亲国戚们饥肠辘辘，没有吃喝，杨国忠去已近四散逃离的街市上给老皇帝买了两只胡饼充饥。当地百姓知道皇帝逃难到此，都争着献上最好的饭食。没有餐具，皇子王孙用手捧着夹杂麦豆的糙米饭狼吞虎咽。供给饭食的父老指着老皇帝一通大骂：气他糊涂，恨他把报告安禄山有反心的人都杀了，人人自危，才落得今天这个地步。皇帝无言以对，只能喃喃点头：是朕的错。

自望贤宫西行四十五里，出逃的第二夜宿在金城县。县令早已逃跑，驿中无灯，漆黑的夜里辨不出文明与野蛮、贵与贱。皇帝、太子、宫女、太监，胡乱躺着，相互枕着睡了一晚。六月十四日，到了马嵬驿。在这个后来太过有名的驿站，发生了一场血腥、语焉不详因而充满疑点的变乱：跟随玄宗四十多年的禁军首领陈玄礼，忽然率军反叛，杀死杨国忠一家，逼迫杨贵妃自杀。玄宗不愿处死贵妃，说自己需要想一想。陈玄礼问他：群情激愤的将士们等得了吗？年过七十的老皇帝将全部重量压在手里的那根拐杖上，他与陈玄礼四十多年的情分也只为他争取到一声叹息的时间，老皇帝最后对高力士说：你去请贵妃自杀吧。

失去爱情的玄宗很快发现，这一天的艰难并没有在此结束。命高力士草草将杨贵妃葬下之后，玄宗的队伍继续启程西去。在整场变乱里都没有露脸的太子到此时还不见踪影。玄宗派人去催，只等来太子身边报信人：百姓挡路，拽着他的马，围着太子不让他走，誓要杀回长安去。太子说，他不跟您走了，他要带兵去夺回长安。

玄宗愕然：在他原先的计划中，太子会与他一起去成都，从小被太子养大的永王李璘下江南，与太子相善的颍王去西北灵武，与朝廷相互配合平乱。变故陡生，玄宗甚至来不及追究这一切是不是太子有意的策划。他在潼关损失了四十万唐军，此时能够仰仗的除了艰难调集的各地军队，还有在他五十年漫长统治里为天下树立的行事准则：忠诚和孝顺。安禄山享受他给的一切荣华富贵却起兵反叛，是不忠。他还拥有天下对法统的忠诚。作为皇帝丢失国都，他已经丢了李唐皇室的脸，此时追究太子不孝的行为，是打他自己的脸。

记下历史的人并不能如此细致地共情老皇帝的内心，他们只能把体察到的百感交集，放进老皇帝的一个动作中：老皇帝"仰天叹息"。最后他只说，这是天意啊。而后，命令高力士将太子的家眷衣物一并送回去，分给他两千军士。对太子说：你好好珍惜百姓的属望。西戎北狄，我对他们都不错，你好好利用。

太子带走的除了人马，还有忠诚跟随玄宗的民心。再后一天，夜宿扶风县。六月燠（yù）热，睡不安稳。夜里有杂沓的脚步，低声的吵闹，是护送他的士兵陆陆续续离开——安禄山从范阳起兵到占领长安不过七个月，唐军兵败如山，他这个老皇帝狼狈地逃离都城，出城时甚至连住在宫外的儿孙也来不及通知。现在太子也走了，跟着他，又有什么未来呢？夏夜寒冷如隆冬雪夜。老皇帝辉煌的一生似乎就要如此画下不隆重、不体面的句号。

清晨时，山穷水尽的老皇帝忽然等到了自己的运气：去蜀郡迎接贡品的崔圆押运着车队连绵而来，带来十万匹蜀郡进贡的春彩[3]。老皇帝命令将春彩一一排开，召集仅剩的卫士，对他们说道："朕年纪大了，托任非人，造成了安禄山叛乱，不得不远避其锋芒。我知道你们都在仓促间跟随我，不得与父母妻子告别，跋涉到此，极度劳苦。我很惭愧。蜀郡偏狭，路远，恐怕不能供应周详，我只带着子孙中官往前走。就在此与诸位诀别，这些春彩分给你们，作为回程资粮。你们回家见到父母与长安父老，为朕致意，各自保重。"老皇帝孤注一掷，利用了他五十年太平天子积攒下的威严。他放下身份的动情演讲博得了随行士兵的忠诚和同情——他们都愿意护送他走下去。

而后，他慢慢振作起来。接近一个月之后，过剑阁至普安县。终于从恍惚中回过神来的老皇帝颁布诏书，封太子李亨为天下兵马元帅，命他收复长安。七月二十八日，老皇帝到达成都。仅仅三天之后，老皇帝便整理好落魄的心情，打起精神，来到蜀都府衙，向天下颁布诏书，表明他对国家的歉意，以及重整河山的决心：

朕以薄德，继承皇位，每天小心翼翼，勤念生灵，一物失所，无忘罪己。四十多年来，国家小康，与大臣推心置腹，无所怀疑。现在奸臣凶竖，弃义背恩，割剥黎民，扰乱华夏，都是我不能明察秋毫的过错。现在，朕在巴蜀，训厉师徒，命令太子诸王发兵重镇，诛夷凶丑，以谢昊穹。朕将与群臣一道重弘理道。因此，大赦天下。

老皇帝指望着太子虽然走了，依然是他的儿子。在这样危急存亡的时候，太子将与他同心协力，重整山河。玄宗在成都颁下大赦诏书的第十天，太子的使者到达成都，带来的却是一则令玄宗惊愕的新闻：七月十二日，太子已经在灵武继位为帝，改元"至德"（也就是后世所谓的"唐肃宗"）。使者送来的册命中，他已经被称为"上皇"。先斩后奏，没有商量的余地，只是知会他一声。

老皇帝十天前刚刚发布的那一通诚恳威严的诏令，立刻成了自作多情的过期废纸。

三

老皇帝沿着嘉陵水谷道西行入蜀的路上，嘉陵江与白水江合流处，有一处长满桔柏的渡口。他需在此渡江去益昌县城。渡河的时候，有双鱼夹舟而跃，编纂《旧唐书》的史官们写这一节的时候已经知道，唐王朝的命运并没有终结在这场元气大伤的动乱里，便埋下伏笔，说跃起的并不是鱼，是龙。

是吉兆。

史官们只负责对国家命运的预告，正常情况下，国家的命运也就是皇帝的命运。但在老皇帝逃亡的旅途上，他个人的命运与国家的命运渐渐分道扬镳。书写这段历史的史官们心照不宣地对此表示沉默。

面对儿子自立为皇帝的"噩耗"，捧着灵武送来尊他"上皇"的册命，老皇帝不愿接受，也不能扔，一连三天沉默不语。按着玄宗一向的脾气，任何觊觎他皇位的念想都会遭到最残酷的镇压。老皇帝心里知道，稍微一点儿姑息，都是把自己的命运拱手让人，哪怕是让给儿子：他的家族里，提前退休上演过许多次，都是被逼——当时还是秦王的唐太宗李世民在玄武门杀了太子李建成，老皇帝唐高祖李渊被逼退位，迁往太极宫。李隆基自己年轻的时候，在与太平公主的争权夺利中胜出，立刻逼迫父亲唐睿宗李旦让出了皇位。皇帝是一个必须干到死的工作，提前退休，换来的只有怀疑、监视，抑郁而终。哪怕继任的是自己的儿子。

老皇帝年纪大了，有时糊涂，有时过分自信。但此时，使国家陷入动乱的责任一直将"愧疚"二字压在他心上。离开长安的那天，杨国忠请示：府库里的丝绸财货，安禄山攻打进来，也是被贼所得，不如烧了吧？玄宗摇了摇头：叛军得到了财货，大约会对城里的百姓好一些，留着吧。通过渭水上的便桥时，杨国忠又问：为防叛军追上来，把桥烧了吧？玄宗又摇头：我们仓促离开长安，许多朝臣都不知情，等他们知道了，也许要经过这条路来找朝廷，还是留着吧。

太子的继位，缺乏法理和程序。老皇帝还有在外领兵的儿子，按着他的脾气，总要调集兵马狠狠给太子吃个教训。但太子在灵武正指挥平叛，老皇帝的"愧疚"让他再次退让——拿到新皇帝"册命"的第四天，老皇帝临轩授册，发布作为皇帝的最后一道诏令：

从今天起，改制敕为诰。给老皇帝的表、疏[4]改称他作上皇。四海军国大事，先让皇帝决定，然后告诉老皇帝。等长安收复，老皇帝就彻底退休。

发布诰命之后，老皇帝立刻命令身边代表朝廷的朝臣韦见素、房琯、崔涣带着传国宝玺、玉册到灵武去，替新皇帝把这个空口白话的皇位坐实。

没想到，老皇帝的每一次让步都把自己陷于更逼仄的境地。现在，他替太子坐实了皇位。太子收回帝京，立刻问他：您赶紧回到长安来，我把皇帝位置还给您，我还是做我的太子。

成都其实很像长安。郫（pí）江和检江绕城而过，城内有摩诃池，如同长安曲江。东西南三市货贸繁华，榆柳交荫下市肆里蜀锦、药材、香料应有尽有。城内道路两旁遍植芙蓉，在芙蓉花重重叠叠掩映下是五十七佛寺、二十一宫观高耸的佛塔与朱漆阙门。河南河北在安禄山叛军铁蹄下成为废墟，成都还算繁华安静。少不入蜀，老不出川，老皇帝可以在此安度晚年了。

在这场仓促逃亡发生之前，老皇帝已经在长安住了七十多年。他熟悉秋天长安城朱雀大街沿途槐树结实的气味，他居住的兴庆宫有"花萼相辉楼"临街，登楼便可以望见往东市赶集的子民。哪怕越到年老，去骊山华清宫的时间越来越长，回到长安，也是如吃饭喝水一样，自然而然的事情。但现在，老皇帝只能决定老死他乡，叫新皇帝安心。老皇帝招来使者，给新皇帝回了一封信：长安，我不回去了。你把剑南道划拨给我，我就在此终老。

没过几天，老皇帝很快收到了来自长安的第二封信：我十分想念您，请赶快回到长安来，让我尽人子的孝道。

新皇帝在智囊团的点拨下很快发现自己上一封书信里对父亲觊觎皇权的担忧过于直白，不体面。亡羊补牢，为老皇帝规划线路，并亲自到咸阳望贤宫备下天子法驾迎接父亲。

老皇帝没有拒绝的权利，新皇帝递出怎样的招，他也只能接着。不能翻脸，不能生气，不能父子不和。都城之外，安史之乱远未平息，不能叫天下观望战局的人看笑话。

四

老皇帝再次回到扶风县是至德二载（757年）十一月。官道上尘土飞扬，新皇帝派来的精骑在此迎上了老皇帝的队伍。老皇帝李隆基还没来得及细细分辨做"上皇"与"皇帝"的微妙不同，三千精骑已经将老皇帝的队伍团团围住。竟然有冠冕堂皇的理由：陛下命我们来保护上皇，护送您的甲兵便不必要了。立地解散，兵器归库。

帝国的驿道由长安为中心辐射开来，三十里有一驿。离长安越近，驿站间隔越短，驿站中的柳槐绿竹越整齐，甚至驿站井边还有蔷薇花架、樱桃树。驿站的墙壁向来是游子的留言板，离长安越近，墙壁上的诗句也越来越多。长安好像是巨大的磁石，源源不断吸引出诗人们心里的百感交集。去年老皇帝的队伍离开之后没多久，安禄山的前锋到达扶风县，驿站被毁坏。杂草疯长，烟熏倾颓的墙上还有模糊的诗句，新的覆盖旧的，亲人的思念与寄望执着地在战火里幸存下来。去年老皇帝在这里分散春彩获得士兵保护他走向蜀地的决心，现在他不得不解散这支军队，打消新皇帝的疑心。

在《资治通鉴》里，司马光用上了史官不动声色的叙事技巧："上皇命悉以甲兵输郡库，上发精骑三千奉迎"——对老父刀兵相胁，以多对少，以精锐骑兵对常规护卫，肃宗必须让玄宗选择命令护卫放弃抵抗。而玄宗被迫的放弃被《资治通鉴》描画成主动的计划。肃宗的逼迫过于直露，甚至连三百多年后的讲述者，也怕它成为不良样本，要替肃宗百般掩饰。开了头，下面的掩饰便简单起来：

十二月初，被三千精骑"护送"的玄宗来到咸阳，肃宗在望贤宫备下天子法驾，隆重迎接。

舟车劳顿，风尘满面。七十二岁的老父亲站在望贤宫南楼上，凭栏望着楼下由精骑护卫簇拥的儿子。肃宗脱下黄袍，穿着做太子时的紫袍，信马由缰，款款而来。冬日的太阳淡薄地挂在远远的天上，肃宗在楼前下马，望楼而拜。站起来时，扬臂跺脚跳起了舞，而后跪地再拜。

再拜稽首间的"拜舞"，是皇帝才有资格接受的礼仪。他以行动再次强调了他往成都寄的第一封信：这个皇帝，我可以还给你。肃宗热气腾腾地跳着，旋转着，催促着，伏地俯首的节奏像是挑战的鼓点。而他心满意足地知道，这一回，老父亲必须拒绝他盛情真挚的提议，没有其他选择。

玄宗果然下楼来。肃宗膝行几步，双手抱着玄宗的鞋子，低头去嗅他的靴头，呜呜大哭。"捧足嗅靴"与"拜舞"，新皇帝的每一个礼仪都向围观的士兵父老昭示着他对于老皇帝的臣服。玄宗抚着卖力表演的儿子的背，竟然无言。他在三千精兵包围中接受着儿子退还帝位的决心，甚至不能表现出一点儿不悦——国家还在战乱，为了结束战乱忍耐一切，是他的责任。他只能陪儿子哭一会儿，然后招来左右，亲自把黄袍披回肃宗身上，对着四周围观的父老兵士大声说，天命人心都在你这边，你好好做皇帝吧。

有父亲的承诺还不够。肃宗不仅需要毫无挑剔的法统，也需要一个孝顺的好名声。他按着计划继续表演：皇帝是天子，理应居住正殿，但肃宗把望贤宫正殿让给玄宗居住，又亲自为父亲准备坐骑。从咸阳离开的时候，肃宗拽着玄宗的马龙头，仿佛要为父亲牵着马一路走回长安去。

但表演总有终结的时候。

五

肃宗收复长安之时，安史叛军正大败。他最信任的谋士李泌立刻建议：应该乘胜追击，直捣安禄山的老巢范阳。但肃宗更担心他皇位的合法性，在他心目中，比彻底消灭叛军更重要的有两件事：第一件，是彻底把王权从父亲手里夺下；第二件，是处置陷敌投降的官员，建立自己的威严。但那都是玄宗朝任命的官员，为了表现他的孝顺与恭敬，新皇帝必须请老皇帝亲手处置。开始时，肃宗都要先把处置官员的决定报给玄宗，请父亲定夺。直到处置投降安禄山的张均、张垍（jì）兄弟，玄宗说，我待这两兄弟不薄，张均、张垍兄弟投降叛军，还在叛军处八卦我们家的家事，罪不能赦。肃宗磕着头替两兄弟求情，自陈自己做太子时屡屡被陷害，如果不是因为两兄弟的保护，他不能有今天，如果他不能救张均、张垍兄弟的命，没法对他们死去的父亲交代。一边陈词，一边痛哭流涕。玄宗无奈只能让步，张垍流放岭南，张均必须死。不要再说了！

司马光在《资治通鉴》里记下这场景，但在纪实上更可靠的《旧唐书》却说，张垍早在长安光复前就死了，张均的处置，也全由肃宗和他的智囊团决定，全没有玄宗一锤定音的份儿。司马光采用这一段，仿佛要为玄宗保留父亲做最后决断的威严。但除去这一场真假不定的交锋，可以确定的是，回到长安之后，新皇帝住在大明宫里处理国政，玄宗很快搬回了兴庆宫：与最高权力画下道来，保持距离。

没有了权力，他至少还能有一个快乐的晚年。

老皇帝从小就爱玩，吹笛子、打羯（jié）鼓、斗鸡、走狗、打马球，样样在行。老皇帝年轻时做临淄王，那会儿吐蕃遣使迎娶金城公主，带来一支马球队，与大唐队打比赛。大唐队屡战屡败，最后李隆基看不过，换上窄袖锦衣、短靴，紧束腰带，拉着平时的玩伴下场挑战，一举赢了比赛。

做了皇帝总有更多正经事要做，甚至做梦的时候也在办公。开元中，宰相平均任职只有四年左右，他屡屡要为下一任宰相的人选操心，甚至梦里也在想。曾经有中书侍郎在值班时，半夜里被人叫醒，说是陛下终于想起来屡屡思虑而不得的那个该接替宰相一职官员的名字。中书侍郎来到寝殿，玄宗已经正襟危坐等着他。于是在长安万籁俱寂的夤（yín）夜，宫人持烛，中书侍郎跪在玄宗身前，记下皇帝在梦里终于记起的名字。草拟诏书完成，已经晨光熹微，玄宗便和衣坐着，等待暧昧的夜色渐渐淡去，等待丹凤门打开，门下省上班签发诏书。他小心翼翼地约束着自己，做个好皇帝。稍有懈怠，便有谏官章疏规劝，老皇帝把其中道理、文笔都好的文章装在金函中，有空时就读一读，如同对着镜子整理衣冠。

现在被逼退休，他有大把的时间可以留给自己：兴庆宫马厩里有三百匹马，有一块平整宽阔的球场，他还有乐队与伶人。可以打球，可以作曲，可以把被政事耽误的兴趣都再捡起来。

但老皇帝没想到，随着权力一道失去的，还有享受的肆意。

* * *

六

平凉（今甘肃平凉）夜寒，滴水成冰。这仅是大唐与吐蕃边境之间的一座小城，没几条像样的街道，也没有太多房屋错落的遮挡，风更肆无忌惮地扯动门窗，让人不得安眠。

张良娣又一次在外间铺设寝具,如同护卫。太子忍不住走出去说:你一个女人,做不了抵挡坏人的事。张良娣却微笑摇头:假如有人对您不利,仓促时,我可以拖住他,您就可以从后门逃走。太子心下恻然,他山穷水尽了,还有一个女人对他全副忠诚,愿意用生命保护他。

天宝十五载(756年)六月,在马嵬驿与父亲分开,太子走了一段回头路。他们必须回到咸阳才能借道北上。过渭水时,水暴涨,便桥已断。无论尊卑,都必须下马涉水过河。几千人的队伍缓慢跋涉,心里却很着急:潼关是整个关中平原的最后一道天险,安禄山攻破潼关,随时可能赶上他们。每天都有派出的探子回报,安禄山叛军的前锋就在前面。没多久,果然远远有军马扬尘而来,像是骑兵。仓皇间列阵,短兵相接,死伤惨重。一通自相残杀之后才发现,对方是哥舒翰战败后,从潼关退下来的唐军散兵。再点兵,太子手里只剩两千人与广平王、建宁王两个儿子。从咸阳往西北,经过奉天(今陕西乾县)、永寿(今陕西永寿)到新平郡(今陕西彬县)。原想在此补给,新平郡和附近保定郡的太守听说安禄山兵锋已至,都已经弃郡逃跑。太子且怒且惧,带领手下昼夜奔驰三百余里,武器、衣物甚至士兵都在奔逃中亡失过半,直到彭原太守在乌氏驿迎上太子,破衣烂衫一路逃亡的太子一行才有热菜热饭、干净衣服。从彭原(今甘肃庆阳市宁县)再折向西,到了平凉,才算暂时安全。

走到平凉,下来往哪里走,太子犹豫了好几天。平凉的西面是陇山。陇山(今六盘山)以西是旧称陇西的渭州,与吐蕃交通,附近固原草场有自太宗以来便繁盛的马场，可以提供军马。再往西是灵武（今宁夏灵武一带），朔方军的大本营。玄宗朝改府兵为募兵，外重内轻，军队多集中在边镇节度使手中。天下十大军镇，安禄山占有范阳、平卢、河东。安西、北庭、岭南山高路远，哥舒翰经营的陇右、河西已经投降安禄山。老皇帝带人去了剑南，太子再回头，以父亲的疑心一定会怀疑马嵬驿兵变是他安排的。条条是死路，不管他愿不愿意，面前只剩下一条路：去朔方。

朔方军有兵十万、战马三万，实力仅次于范阳、陇右与河西。哥舒翰兵败之后，朔方军立刻成了主力。正在河北与安史叛军激战的朔方节度使郭子仪听说太子要来灵武，立刻派朔方留后杜鸿渐带人迎接。杜鸿渐一边带领步骑千人迎接太子，一边又派了好几拨人说服太子跟他们去灵武：朔方军武器兵员充足，是做大本营的最佳地点。

但太子拿不准，去灵武投奔朔方军究竟是不是自投罗网。本来，灵武是太子的地盘，太子做忠王时，遥领朔方节度使、单于大都护[5]。朔方军算是太子的军队，太子便借机与当时的朔方军统帅王忠嗣交好。但老皇帝深恨太子在朔方发展自己的羽翼，在李林甫的提议下罢黜了王忠嗣，从此，灵武便从太子的势力范围内被割裂出去，划给了太子的敌人安思顺。李林甫一向在朝廷里热爱为太子罗织罪名，现在，代替王忠嗣的就是李林甫的心腹安思顺。安思顺做朔方节度使经营灵武五年。天宝十四载（755年）十一月，安禄山引兵打向长安，留在长安的安禄山的儿子、儿媳都被皇帝杀死。尽管早已向朝廷奏报过安禄山的反心，因为是安禄山的"堂兄弟"，安思顺被召回长安。下一年二月，与安姓兄弟常年不睦的哥舒翰带兵镇守潼关，为了借机除掉与他分庭抗礼的这对安姓兄弟，派人伪造安禄山给安思顺的书信呈现给玄宗，陷害安思顺与安禄山里应外合妄图谋反。安思顺立刻被下诏赐死。

原先的朔方右厢兵马使郭子仪在安思顺离开后升任朔方节度使。直到安思顺死了好久，郭子仪也为他的死愤愤不平，一直想找机会替安思顺申冤，从来不掩饰他对安思顺的忠心。郭子仪如今正率领朔方军在河北与安禄山交战，太子很不放心——郭子仪是安思顺的心腹，安思顺是李林甫的心腹，而李林甫，从来就挖空心思陷害他这个太子。哪怕郭子仪忠于李唐皇室，也未必忠诚于李亨。去灵武投奔朔方军，也许是死路一条。

太子在父亲的羽翼与阴影下生活了四十多年，战战兢兢，鬓发斑白。在马嵬驿趁乱与父亲分道，只差撕破脸。硬着头皮也只能往前，再没有退路。太子带着在平凉马场与农家募集到的军马数万匹去了灵武。在他近二十年的太子生涯，遭遇背叛是常有的事情。太子不知道西北军究竟有多少忠诚的人，战战兢兢中，只信任跟在身边伺候的太子扈从——宦官李辅国。一直撺掇太子到灵武借朔方军巩固自己势力的李辅国再次替他想了一个主意：立刻称帝。

为了巩固跟从将士的忠诚，好日后论功行赏，也为了自己彻底从玄宗的阴影中独立出来，刚到灵武没几天，七月十二日，太子继位为帝，改元天宝十五载，也是至德元载。

太子后来才知道，在他继位三天以后，老谋深算的父亲也颁下诏书：命令皇太子做天下兵马元帅，统率朔方、河东、河北、平卢等节度兵马，收复两京；永王李璘做江陵府都督，统率山南东路、黔中、江南西路等节度大使；盛王李琦为广陵郡大都督，统率江南东路、淮南、河南等路节度大使；丰王李珙为武威郡都督，领河西、陇石、安西、北庭等路节度大使，带兵勤王。不久，老皇帝再次发布诏令，任命永王李璘为江淮兵马都督、扬州节度大使。

太子在马嵬驿抓住机会逃离了父亲的掌控，但老皇帝很快不动声色地反手将军：他再次把他的儿子们放在了同一起跑线上——天下的所有权被分给了五个儿子。在这场战争中，谁立功最大，谁才是皇帝。他甚至允许他们自由征辟"文武奇才"，建立自己的"小朝廷"。一个"天下兵马元帅"的虚衔，只不过是对他这个"太子"的名义礼遇。

七

太子（现在是新皇帝了）的弟弟默契地明白了父亲的意思：永王李璘接到诏书，立刻南下江陵，声势浩大。甚至"天子呼来不上船"的大诗人李白，也被招募做江淮兵马都督从事，为他写了《永王东巡歌十一首》。开头是"永王正月东出师，天子遥分龙虎旗"。"元年春，王正月"是《春秋》开篇所记第一句话。自汉代开始，皇帝以年号纪年，再没有以王号纪年的事情。李白却出口就扔出"王正月"，很难不让人联想到王号纪年的肇始——周代，历史上最理想的年代，也是后来所有叛逆上位者一再要比附的年代。最近的一次是肃宗的曾祖母武则天，立国为"周"，用周历。这样的诗篇传到新皇帝那里，句句隐喻，字字惊心。

韦见素和房琯送来的老皇帝的退位诏书也让新皇帝骨鲠在喉。父亲在至德元载（756年）八月十二日发布的这道退位诏书，表面上很好看，底下暗藏玄机：

老皇帝一边同意太子做皇帝，一边又补充说：四海军国大事，皇帝先决定，然后奏给上皇。寇难未定，皇帝在西北灵武，距离长安遥远，奏报难通的时候，上皇以诰旨先处置，然后奏给皇帝。等到长安克复，上皇才真正退休。

新皇帝立刻读懂了父亲的意思：但凡老皇帝想做决定的事情都不会让给他决定。他这个新皇帝，手里也只有一个名义的天下。至德二载（757年）正月，老皇帝接连任命蜀郡长史、剑南节度使，甚至同中书门下平章事[6]。剑南道长官与朝廷宰相都是新皇帝"奏报难通"的所在，新皇帝憎恨这架空他权力的做法，却不敢与父亲撕破脸，老皇帝的诰旨，他只能无奈认可。

老皇帝的掣肘并没有从情感上打击到新皇帝，他早就对这个父亲失去了孺慕与信赖。新皇帝李亨是玄宗的第三个儿子，刚出生的时候叫李嗣升，开元十五年（727年）改名叫李浚，后来又改名李玙（yú）。为了集中管理儿子，玄宗建造了十王所，皇子们集中居住。除去不断改变的名字，李嗣升还知道一件不变的事情：虽然大哥李瑛是皇太子，但最受宠的是弟弟李瑁。他旁观李瑁的母亲武惠妃一次次计划除掉李瑛，扶自己儿子做太子，明目张胆。

他的弟弟鄂王、光王忍不住聚在一起抱怨武惠妃。开元二十五年（737年），武惠妃借口宫内有盗贼而召唤太子、鄂王和光王带兵入宫禁，她转头却对玄宗说三兄弟兵变，老皇帝怒极，废三个王子为庶人，很快，他们都不明不白地死了。李林甫和武惠妃按着计划，向老皇帝极力推销李瑁。人人都知道，寿王李瑁做太子的路已经铺平，只等良辰吉日。开元二十六年（738年），老皇帝果真立了新太子，却是李玙。作为太子，当年的李玙享有了比兄弟们更多的两次改名的机会：李玙先改名为李绍，最终定为李亨。

李亨的母亲早早死了，不能帮助他。他的父亲把他作为一支平衡朝政的力量，树在李林甫的势力边上，成了一个靶子。玄宗先是纵容太子在西北军发展势利，又提拔太子的大舅子韦坚做了水路转运使，主管一部分财政收入，太子手上掌握着军权与财权，眼见是与宰相李林甫分庭抗礼的朝上新势力。皇帝有意纵容太子势力发展壮大制衡李林甫，而后，李林甫疯狂找茬，企图扳倒太子的时候，老皇帝没有任何给儿子撑腰的意思。

天宝五载（746年）正月十五，太子的大舅子韦坚失权，在家闲坐。太子在西北军的属下陇右节度使皇甫惟明打败吐蕃，入朝献捷，韦坚与皇甫惟明两人约了在景龙观发牢骚聊天。这天夜里，太子也出游看灯，碰见了韦坚。这同一夜的两次见面被李林甫报去皇帝那里立刻变成太子的党羽深夜密谋，要内外夹击，扶持太子继位。在玄宗这里，想要夺权篡位，是最恶毒的罪行，几乎没有审查案情，玄宗立刻贬韦坚为缙云太守，剥夺皇甫惟明军权，并下制警戒百官。没想到，不久，韦坚的弟弟韦兰和韦芝觉得哥哥委屈，向皇帝申冤，更在申冤时拉上了太子（太子也说韦坚是冤枉的）。皇帝勃然大怒——这不是结党是什么？韦家三兄弟一律贬黜，韦坚一贬再贬，几天之后贬成了巴陵太守。他的亲戚因为这件事情流贬的有数十人。太子像是孤身在风暴眼里，看着外面风云变色，不知何时撕扯到自己。惊惧之下，被迫立刻与太子妃离婚，与韦氏撇清干系。

这一年还没有过完，李林甫故技重施。太子没有了太子妃，只剩下良娣杜氏位分最高。杜良娣的姐夫柳勣（jì）跟杜家关系不好。他结交了北海太守李邕（yōng）、著作郎王曾等人，告发岳父与太子勾结，搞祥瑞迷信，说太子该做皇帝——这太熟悉了：当年武惠妃想要废太子瑛，便也来过这么一出。玄宗下诏令御史台与京兆府共同审理，审讯的结果是诬告。但在李林甫的指示下，京兆士曹吉温为了坐实这件事情，将王曾、李邕等人一道关进了御史台，罗织罪证，最后诬告变成了铁证如山。本年十二月到次年一月间，被告杜有邻、原告柳勣，柳勣的朋友王曾、李邕等不是被杖死就是被赐死。太子的眼前一片血色。为了再次撇清自己，太子出杜良娣为庶人，再次"被离婚"。

长安城有俗话说："城南韦杜，去天尺五。"这两族是长安最有势力的大族，与皇室互为助力。现在，太子为了保命，不得不连连离婚，与韦、杜划清界限。他自己也成了孤家寡人一个，再也没有势力可以妄想父亲的皇位。

玄宗得意地贯彻着自己的"权力平衡"的驭下之术，但他没想到，与他的臣子不同，太子也是他的儿子，在危难时总想得到父亲的支持。现在太子知道了，与别家父子不同，他的父亲永不会帮助他。甚至在老父亲的眼里，这个当太子的儿子总对他的龙椅图谋不轨，恨不得父亲赶紧死了好取而代之。父亲的年纪越大，看他越不会顺眼。

太子在父亲身边时战战兢兢，只敢唯唯诺诺表现成一个窝囊废，但他时时刻刻学习父亲残酷的统治艺术。现在他飞出父亲的掌控，再没有顾虑，可以放开手脚"以彼之道，还施彼身"。

北海太守贺兰进明适时带来河北战场的消息，为肃宗打开了思路。贺兰进明在河北作战失败，老皇帝知道了大怒，派了宦官带刀促战：失地收不回来，立即斩杀。后来还是平原太守颜真卿可怜他，放他去寻找新皇帝的朝廷。贺兰进明紧紧抓住这个机会，他对新皇帝说：老皇帝正时时刻刻盯着您，准备掳夺您的权力。您看，从成都送来老皇帝传国宝玺、玉册的房琯正是老皇帝派来的间谍——向老皇帝建议让各位皇子各自领兵，将您依然放在灵武沙塞空虚之地的，就是这个房琯！

为奖励贺兰进明的忠诚，肃宗立刻任命贺兰进明做河南节度使。假装不记得在安史之乱开始时，玄宗已经任命过河南节度使。洛阳被安禄山攻陷后，玄宗先后命令吴王李祗和虢王李巨成为新的河南节度使。老皇帝的战略很清楚：他需要李姓宗室代替边将成为统兵将领，谁都不能信任的时候，还是只能信任亲人。但是，由同样姓李的皇亲国戚们带兵却是新皇帝最不愿意看到的情景——没有人可以在此时代表老皇帝来争夺他手上来之不易的权力。

八

至德二载（757年）二月，永王李璘到了广陵。在肃宗看来，这就是老父亲怂恿的叛乱。在老皇帝这里,事情还有另一个版本:李白在为永王写的十一首《永王东巡歌》里多少揭示了这个计划。"我王楼舰轻秦汉,却似文皇欲渡辽"——扬州,是唐朝的水运中心,海运可以经东海渤海直达幽州。唐太宗年间征高丽,就已经在扬州建造大战船五百艘,载甲士三万泛海入鸭绿江。从扬州运兵往幽州,可以直接进攻安禄山的后方大本营范阳。

在相信与怀疑之间,玄宗对肃宗未有言传,但有身教:新皇帝可以容忍平叛时出兵失败,但不能容忍有人觊觎他皇帝的宝座。他在等一个有说服力的人,率先提出他的看法:肃宗最信任的谋士李泌沉默。与永王李璘率兵下江南几乎同时,李泌也向肃宗提过,应该在中原战场僵持时派一支精锐部队直取安禄山老巢范阳。肃宗直赞好计,却从来没有动作。很快,肃宗等来了从成都飞马而来的高适。高适对他说:之前上皇下诏令诸王分镇,我就再三说不可以。现在永王"叛乱",他一定会败。我愿为您分忧,平定永王。

高适立刻被封为御史大夫、扬州大都督府长史、淮南节度使,平江淮之乱。高适没有告诉皇帝,他曾经与永王李璘的谋士李白携手漫游,为他写过"李侯怀英雄,肮脏乃天资。方寸且无间,衣冠当在斯"。皇帝也没有告诉高适,永王李璘,幼年丧母,是他每晚抱着睡觉,亲自养大的孩子。

高适在十二月时到达广陵,开始训练将卒与永王李璘在润州的水军前线隔江对峙。他沉沦草泽四十多年,直到四十五岁才考中进士,但进士之后依然毫无建树。快五十岁那年,他放弃了在长安的官职到哥舒翰军中做了掌书记。从此,别人的跌宕起伏都成了他险中求富贵的机遇。天宝十五载（756年），哥舒翰兵败潼关，被迫投降安禄山，高适却回到了长安，沿骆谷道找到了往成都去的玄宗，说明哥舒翰兵败缘由，并由此升任侍御史。肃宗继位之后，高适又跑去灵武，说玄宗分封诸王子的不妥，于是再升御史大夫。

天宝三载（744年），四十出头的高适还是无所事事的一介白衣，与李白、杜甫在河南开封、商丘一带射猎论诗，饮酒观妓，同是天涯沦落，一度引为知己。但那都是从前的事情了。记忆可以随结果篡改，他必须劈开过去的自己走向妄想了一辈子的辉煌。

至德二载（757年）的二月十日，在润州准备渡江的李璘忽然看见江对面扬州江边树起"讨逆"大旗，延绵江岸。他惊惧非常——去年十二月，他率水师下扬州是老皇帝玄宗的命令，按肃宗登基的册命约定，"奏报难通"的江南地区，依然归玄宗管辖，他下扬州的事情，父亲也必定已经通报哥哥。他的水军在抵达当涂时曾经遭到吴郡采访使平牒回信——在官方文书上不敬称，直呼其名。他原以为这只是地方势力的不逊，没想到，是皇帝镇压"叛乱"的前奏。永王李璘还没反应过来，他的部将已经率士兵反叛，归顺朝廷。李璘一路逃向长江上游，最后在江西大庾岭被乱箭射死。高适甚至还没来得及动用他的水军。

远在成都的玄宗听说肃宗与永王起了冲突，急急降下诰书，顺着肃宗的意思痛骂永王，将他贬为庶人。只希望能拦住肃宗，保下李璘一条命，但依然晚了一步。

李璘死后，新皇帝用实际行动将老皇帝那道"奏报难通"时由上皇处理朝政再通知皇帝的诰书扔进了垃圾桶。李亨知道，他既然杀死了李璘，就再也没有回头路：他必须牢牢保有这顶天子的冕旒（liú），除去挡在他和上天之间的任何人——特别是他的父亲。老皇帝拿回权力的任何可能，都是他的死路。

至德二载（757年）九月，肃宗在回纥骑兵帮助下收复长安。又有人建议，应该乘胜追击，直捣安禄山老巢范阳、平卢。肃宗思索良久，没有点头。他还有更重要的事情要做。

很快，老皇帝在成都收到儿子收复长安的捷报，还有一封信。信里说：您赶紧回到长安来，我把皇帝位置还给您，我还是做我的太子。

* * *

九

李隆基一生中大半的时间都住在兴庆宫。登上兴庆宫东南角落的花萼相辉楼，可以俯视市民来往闹市，可以听见岐王家里玉帝叮咚作响。甚至暮色降临后依然可以看见宁王宫中彩绘木雕矮婢手执彻夜不灭的华灯，自昏达旦。

唐代皇帝在长安，要么住在大明宫，要么住在太极宫，只有他破例住在闹市里的低洼吵闹的兴庆宫。在大明宫里，他的祖母武则天杀死了他的几个叔叔伯伯，伯母韦氏杀掉了丈夫唐中宗李显，受尽中宗万千宠爱的安乐公主很有可能也是同犯。他做太子的时候，姑母太平公主曾经打算杀掉他，但被他抢先一步，赶去蒲州。而他的父亲睿宗皇帝冷漠地旁观自己的妹妹与儿子生死相搏。重重叠叠的家族记忆如同鬼魅，游荡在那两座冰冷宫殿每一寸空气里。

他不同。他是生机勃勃的长安城里的一部分，被他的兄弟们围绕。继位之后，把自己在隆庆坊的旧宅改成了兴庆宫，在胜业坊赐宁王、薛王宅邸，赐申王、岐王住在安兴坊，如此，几个兄弟便环绕兴庆宫住着。他将兴庆宫的东南角楼取名"花萼相辉楼"，寓意兄弟之间如花萼与花瓣一般同气连枝，相亲相爱。

李隆基还做临淄王时，他的伯伯唐中宗李显蹊跷死亡，韦皇后专权。为了替李唐皇室夺回政权，他带着兄弟们策划"唐隆政变"。进宫诛杀韦皇后的那天夜里，李隆基与兄弟们躲着等待时机。二更鼓后，仰头望去，"天星散落如雪"。司马光在写作《资治通鉴》时在这里放慢速度，选择这一夜作为李唐皇室最宏大一段历史展开前浪漫的转场。

李隆基定下决心，这个父子相残，兄弟阋（xì）墙的"传统"必须终结在他手上。薛王生病，李隆基亲自煮药，不小心燎着了胡须，并不以为意，他想着，只要薛王喝了药能痊愈，几根胡须不算什么。开元十三年（725年）十月李隆基泰山封禅。一般的封禅程序有三次献礼：皇帝"初献"，公卿大夫"亚献"与"终献"。"亚献"与"终献"的人选代表了权力与朝野的尊重。这一次封禅，李隆基选定"亚献"为他一辈最长的堂哥李守礼，"终献"是他的大哥宁王李成器，以显示他对兄弟们的友爱。玄宗朝，在学校开儒学，讲父慈子孝，兄友弟恭，并成为科举考试的必考内容。天宝二年（743年），诏令规定天下民间必须家藏《孝经》一本。

但亲情与背叛已经缠绕过紧，挂在墙上的弓，盘在井边的绳，都是蛇的影子。他爱女儿，想给她最盛大的婚礼。他预想那夜长安城里坊门洞开，从皇宫的兴安门起，她装饰着鲜艳雉羽的翟车经过的每一条街道都将被巨大的灯笼照亮，过于明亮的灯火燃起夜色，甚至道旁成片的树荫也因此干枯。他的朝臣们激烈反对：陛下想仿照太平公主当年婚礼的规格，这恐怕是不祥的预兆。他想立宠爱的武惠妃做皇后，朝臣们依然激烈反对：陛下，武惠妃是武则天的侄孙女，李唐与武氏不共戴天，怎么可以再有武氏女人做国母？太子又不是她的儿子，如果惠妃做了皇后，太子怎么办？他最终没有立惠妃为皇后，但也没有保住他的第一个太子李瑛。

李家的家事不是宫苑围墙内的秘密。记在实录，皆成国史。研修官场发达秘籍的有心人自然知道，皇家父子间的罅（xià）隙，便是他们的机会所在。开元八年（720年），驸马都尉裴虚己带着预言天命的禁书去找岐王。开元九年（721年），岐王和薛王在一夜之间全部被赶往封地；皇帝严厉地下发禁令，禁止诸王与大臣交游。与岐王、薛王交好的大臣先后被贬。天宝五载（746年），太子与大舅子韦坚密谋要篡位。天宝十五载（756年），太子利用席卷整个国家的叛乱，把他从皇帝的位置上"请"了下来。李隆基终其一生最用力想要保留的亲情，总是最快离他而去。

至德二载（757年）的冬天，玄宗从成都回到长安，避开大明宫里的新皇帝，住回了兴庆宫。他再次登上花萼相辉楼，烟云满目，曾经围绕兴庆宫的宁王、薛王宅，草树空长，人去楼空。

十

公元760年闰四月，肃宗改元"上元"。八十多年前，他的曾祖父唐高宗已经用过这个年号，按道理，不应该重复使用；但肃宗一定要再用一次。在他的改元敕文中，肃宗一再强调"上元"的革故鼎新意味，他要与玄宗的时代彻底划清界限。

这一年，兴庆宫勤政务本楼东的五龙坛在本该享祭的时节格外冷清。肃宗改元上元的同一个月，废止了玄宗登基后不久创立的"龙池祭"。兴庆宫从此被从国家的礼仪地图里划了出去，这座宫殿与他的主人一道，再也不是李唐政权的组成部分。同时，肃宗又把天文机构司天监的地址由秘书省南面搬迁到永宁坊张守珪故宅，司天监建有高七丈、周长八十步的观天台——灵台。站在高大的灵台上，可以观云物星象，更可以清楚地看见地势低洼的兴庆宫内的一举一动。

玄宗曾经最得意的，是他的聪明与仁慈。他以为自己必定与他的长辈们不同，他以为自己必能够在权力的屠场里既保有权力也保存家庭。现在他知道了，这是他对自己也做不到的事情。曾经有最出色的诗人为他写应制诗，赞美"云里帝城双凤阙，雨中春树万人家"，"云想衣裳花想容，春风拂槛露华浓"，现在，那些华美热闹的歌颂都想不起了，他总不自觉对着他眼前的木偶喃喃自语：刻木牵丝作老翁，鸡皮鹤发与真同。须臾弄罢寂无事，还似人生一梦中。

总还有故人吧？都叫来吃饭。剑南道奏事官上京来进贡，经过长庆楼，对着楼上的皇帝拜舞，玄宗一高兴，让玉真公主代为张罗，做东请客吃饭，羽林军大将军郭英乂（yì）巡城经过，也叫上来吃饭。

久雨初晴的晌午，玄宗站在楼上透透气，街上过路的百姓见到了，下拜高呼万岁，声动天地。长安城外安史之乱还远未平息，为了军资，朝廷只能通过通货膨胀的方式搜刮民间财富——两年前，官方开始发行大面值货币"乾元重宝"，一文当十文开元通宝。国乱民贫。这一年盐价每斗一百一十文，开元年间是十文；米价每斗七千文，开元年间，只要数十文。从八品上的左拾遗杜甫喝一顿酒都要先当衣服换钱。物价飞涨，平民大量饿死，百姓们依然在楼下山呼"今日再见我太平天子"。他无言以对，只能让人在楼下备下酒食，赐给过路人。

结交外官，与禁军将领私交甚密，市恩百姓……司天监的星官们站在灵台上，仰天看云物星象启示的革旧鼎新，低头便替新皇帝看见老皇帝对权力流连不去。已经是郕（chéng）国公的李辅国对肃宗说："上皇在兴庆宫，总是与外人来往。陈玄礼、高力士这些人都在撺掇上皇谋划不利于您的事情。现在六军将士都是从马嵬驿时跟着您走的，听说这些十分不安。不如把上皇迁到大明宫来住，大内森严，不通外臣，是他老人家居住的好地方。"

肃宗不语。这是他二十多年太子生涯的习惯，极谨慎，不表态，但善于揣测他心意的人知道，不表态也是一种态度。马嵬驿兵变，众将去请他领头，他沉默不语，但他的心意实在很好猜。张良娣、李辅国，因为替他谋划自立为帝，跟随他一路吃苦，一个做了皇后，一个短短几年，从殿中监[7]兼闲厩、五坊使[8]、宫苑、营田、栽接、总监使[9]，又兼陇右群牧[10]，到开府仪同三司[11]，因为亲近皇帝，甚至有了宰相都不能妄想的权柄。这两人都视玄宗为隐患，一拍即合，立刻开始热情谋划将玄宗迁进大明宫。

玄宗刚回到长安，肃宗偶尔来兴庆宫看望他，现在也不来了。李辅国倒是常来。李辅国年轻的时候，想巴结高力士，好在玄宗身边谋个差事；但高力士看不起他，李辅国无奈只好转去伺候那时候很倒霉的太子。现在他发达了：专掌禁军，百官奏事，三司决狱通通都要李辅国先决定，制敕必经李辅国押署，然后施行。李辅国耀武扬威来到兴庆宫，命人把马厩内三百匹马全部拉走，只留十匹。

看着空荡荡的马厩，玄宗对高力士说："我儿子身边有李辅国这样的人，不能终孝了。"七月，李辅国又来了：皇帝有命令，请上皇去大明宫内游玩。不想去，也不能说不。玄宗一行人刚出兴庆宫睿武门，至德二载（757年）初冬的一幕再次上演：五百名骑兵挡住玄宗车驾，拔刀露刃。李辅国骑在马上，狐假虎威道："兴庆宫低洼，陛下请上皇您还是住回大明宫吧。"玄宗甚至没有多余的力气来咒骂李辅国，在这场惊变中，他必须用尽全力才能阻止自己从马上坠下。

高力士大骂："李辅国何得无礼！下马来！"又对将士们传诰："上皇问你们好。"玄宗做皇帝五十多年，士兵们多听过他的故事：开元元年（713年），玄宗在骊山阅兵，亲自在马上讲武，二十万士兵山呼万岁。犹在目前。于是包围着玄宗的士兵们犹豫着收起刀兵,跪拜,呼万岁。李辅国气势汹汹而来,最后却被高力士呵斥着与他一起牵着玄宗的马走进了大明宫。

玄宗迁居大明宫的事情从此成为事实。没几天,伺候他的熟人都被赶了出去:陈玄礼被勒令退休,玉真公主搬去了玉真观,高力士流放巫州。

二十三年前,李瑛废死,太子未定,玄宗闷闷不乐。他人到中年,正愿下一代成为左膀右臂,却一下死了三个儿子。李林甫一次又一次劝他定下寿王李瑁做太子,但如此殷勤,李隆基直觉警惕。吃不下,睡不着。久了,高力士问:"陛下不高兴,是因为太子未定吧?"玄宗说:"你是我家老奴了,我想什么你不知道吗?"高力士于是说:"您不必如此劳心呀,选年长的儿子,这是天经地义,谁还敢说三道四?"李亨于是在高力士的帮助下成为太子。

开元二十六年(738年)六月,李亨被正式册为太子。按制度,太子在册立典礼上,穿与皇帝一样的绛纱袍,有与天子相同的禁卫礼仪,称为"中严""外办"。但太子认为与皇帝同礼,是不恭敬。从此"外办"改成"外备","绛纱袍"改为"朱明服"。从前,太子乘辂车至宣政殿门,但李亨选择从自己宫里步行至宣政殿受册。那时候玄宗看这个儿子,仁孝恭谨。他对自己选李亨做太子十分满意。二十二年之后,他这个仁孝恭谨的儿子知道他念旧,爱热闹,好玩乐,但依然把他一个人送进大明宫冰冷的甘露殿,旧识皆去。

玄宗从此食睡都越来越少。宝应元年(762年)的四月,天气回暖,雨水增多。柳絮飞落,杜鹃夜啼的春夜,玄宗孤独地死在长安城一年里最好的时候。李辅国折腾老皇帝的时候，新皇帝也已经生了重病。重病的肃宗听到父亲去世的消息之后再十三天，病死在大明宫长生殿。

继位为代宗皇帝的广平王李俶面对着一地零碎的难题：河南河北节度使拥兵自重，大太监李辅国"理所当然"地把国政从他的面前挪走，对他说："大家宫中坐，外事老奴处置。"从此，方镇割据与宦官专权成了唐帝国挥之不去的梦魇。

代宗即位后很快为永王李璘平反。他还要在史官的记录里涂涂抹抹，把父亲与祖父间的龃龉（jǔ yǔ）涂抹到波澜不惊。作为史料来源的实录与起居注，在这段历史的记载中大面积地缺失，语焉不详。

《二十四史》中《南史》《北史》《晋书》《梁书》《陈书》《北齐书》《周书》《隋书》都成书于唐代，是后世所谓的"唐八史"。唐人以他们完备严肃的修史制度为傲。他们又总喜欢记下史官故事，彰显编修国史面对政治压力时的直言不讳。

不幸的是，当时代需要以怀古的方式追寻曾经光明的面孔，它有意绕开的，一定是当下的沉沉黑暗。

* * *

十一

后来有一则传说，收录于两百多年后的《太平广记》。

传说里肃宗是一个本不该来到世上的人。肃宗的母亲杨妃怀孕的时候，正是中宗李显的丧期。国丧期间斋戒禁欲。造出个孩子，是李隆基失德破戒。他的姑姑太平公主正权倾朝野：宰相七人，五出其门。废掉太子李隆基的阴谋层出不穷，甚至曾经与宫人合谋在送给李隆基的赤箭粉中下毒。大大小小的间谍遍布东宫，唯恐抓不住他的把柄。杨妃此时怀孕，被太平公主知道，李隆基的太子一定做不成了。

李隆基的好兄弟太子侍读张说悄悄替他买来三服打胎药。李隆基不敢假手他人，亲自熬药。奇怪的是，熬着熬着便困倦难忍，睡了过去。梦中有仙人，金甲长戈，一把打翻了正熬着的打胎药。玄宗醒来，药罐早已翻倒在地。如是者三。玄宗便知道，这孩子是上天命他降生。天意不可违背。

肃宗很愿意这个都市传说盛行于世。古来的皇帝，都要给自己安排一个有神仙与天意参与的出生，这是他们权力的正统性最好的证明。但在他们遭受的祸乱里，神仙却又保持了集体的沉默。假如我们把这些只在最无关紧要时出现的天神们剥离出这个故事，可以看见一个简单到让人心生怀疑的事实：在宫闱动辄性命相搏的缠斗中，在血亲窥伺的眼光里，年轻的李隆基想要冒一个险。他想留下这个孩子。

***

注释：

[1] 奚、契丹：唐时东北出塞交通要道上的少数民族部落。渔阳往东北，经过卢龙镇，再六百里到奚王帐，又东北行五百里至奚、契丹衙帐，又北百里，至室韦帐。(《中国东北与东北亚古代交通史》《新唐书·地理志》)

[2] 榎楚：榎，乔木名；楚，灌木名。榎楚，指用榎木荆条制成的刑具，这里指用木条或棍棒抽打。

[3] 春彩："彩"旧写作"綵"。有五色纹彩的丝织品。唐代的一种贡赋。

[4] 制、敕、诰、表、疏：根据内容和功能的不同，唐代皇帝作为国家领袖的"王言"有七种格式。笼统来说，分为"制"和"敕"两类。"制"包括制书、册书、慰劳制书等，是关于国家的重大军事、政治、制度变革等行动的指令。"敕"包括敕旨、敕牒、发日敕等，用于相对"制"的应用范围而言更日常和烦琐的事件，比如官府增减官员、废置州县、征发兵马、除免官爵、授六品以上官等。(《唐六典》卷九，李锦绣《唐"王言之制"初探》)"诰"在唐代并不常用，一般在皇帝退位为上皇之后发布命令时使用，以区别皇帝的"王言"。"表"是臣下陈述事情，对皇帝有所请求，或是举荐人才时使用。"疏"在使用时，一般是陈述政见，特别是劝谏或表达不同意见。(《文心雕龙·章表》)

[5] 遥领朔方节度使、单于大都护：为了加强中央对边疆的统治，开元四年（716年），唐玄宗下制封自己的几个儿子为安西、北庭等几个重要的都护府大都护。当时被封大都护的几个儿子都十分年幼，并没有实际到任，因此一直都是"遥领"大都护，日常工作全部由"副大都护"实际负责。从此开创了玄宗朝皇子"遥领"地方的先河。开元十五年（727年），唐玄宗封当时是忠王的太子为朔方节度大使、单于大都护。太子当时已经十六岁，虽然是遥领，但依然多少过问边防重镇朔方的情况，并趁机培养自己的势力，因此遭到了唐玄宗的忌惮。

[6] 同中书门下平章事：唐代实行三省六部制。三省为中书省、尚书省和门下省。中书省负责行政命令的草拟，尚书省负责具体的行政事务，门下省负责审核。三省的最高长官中书令、尚书令或者侍中都是所谓宰相。中书省和门下省的长官因为意见不统一，常有争论。唐初设置政事堂，作为中书省和门下省长官商量军政大事和相关文书（即所谓"平章事"）的场所。政事堂在唐玄宗开元年间改名"中书门下"，所以宰相又称"中书门下平章事"。唐代中后期，宰相成为一种"使职"，越来越多的宰相并非中书令、尚书令或者侍中，而是在本官后加"同中书门下平章事"，这些宰相本官的品级由三品到五品不等。

[7] 殿中监：殿中省的最高长官，从三品。统领尚食、尚药、尚衣、尚辇等局，管理皇宫内的衣食住行。（《唐六典》卷十一）

[8] 五坊使：皇家动物雕、鹘、鹰、鹞、狗各有一使管理，管理这五坊的总使叫五坊使。五坊使和宫苑、闲厩使一般由一人兼任。

(《唐会要》卷七八《五坊宫苑使》)

[9] 总监使：掌管皇家园囿栽接及管理事务。总监使有时也兼掌京城太仓出纳。（杜文玉《唐代内诸司使考略》）

[10] 陇右群牧：唐代管理马场的官员。唐代以马匹数量为标准将管理马场的"牧监"分为上监、中监和下监。牧场由监牧使管理，监牧使又对群牧使负责。陇右最早开始实行群牧制度，也是规模最大的马场之一。（马俊民、王世平著《唐代马政》）

[11] 开府仪同三司：唐代的职官称谓中一般包含职事官、散官、勋官和爵号四个部分。职事官是官员具体的职务，代表权力。散官用来确定官员的官阶，代表地位。勋是赐给有功之臣的荣誉称号，一共十二级，称为"十二转"。爵号是皇帝对功勋贵戚的封赏头衔。"开府仪同三司"是唐代文散官的最高等级，从一品。

王维
天之骄子的陨落

一

入了秋，靠近皇城的崇仁坊一带就热闹起来，全国各地涌来的年轻人把旅店塞得满满的。靠近皇城、东市、崇仁坊与平康坊一带充斥着高官显贵，是长安寸土寸金的中心地段。哪怕又贵又挤，这些年轻人依然选择住在崇仁坊——这是准备冬天的进士科考试最好的地段：崇仁坊离科举考试和放榜的吏部选院及礼部南院仅仅一街之隔，崇仁坊的南面是达官贵人聚居的平康坊，带着誊抄好的诗卷不用走几步就能去高官贵戚家混个脸熟。抬起头，还能望见穿透官衙、酒家和重重低矮屋檐的大慈恩寺高塔。

在这些挤挤攘攘的举子中间，也许就有王维。

岐王府邀请他参加宴会的仆从已经轻车熟路，捧着精致华丽的衣服等待王维。在所有他参与的宴会中，这是最重要的一场：他要去说服玉真公主改变主意，不能失败。

吏部考进士，卷子不糊名。一个没有高贵父姓的外地人，在权势堆叠而成的大城市里，要想让主考官认得他的名字，就必须与那些才华横溢又举目无亲的天才前辈们一样一家一家投递自己的诗卷，指望有贵戚欣赏提携。贵戚中最靠近皇帝的那几个，是玉真公主，还有岐王、薛王等几个当朝皇帝的兄弟。

唐明皇李隆基继位之后，把自己在隆庆坊的旧宅改成了兴庆宫，在胜业坊赐宁王、薛王宅邸，申王、岐王住在安兴坊，几个兄弟都环绕兴庆宫住着。从岐王家的院子里，可以看见兴庆宫内的花萼相辉楼。取《诗经·常棣》篇的意思："常棣之华，萼不韡韡（wěi）。凡今之人，莫如兄弟。"皇帝登楼，听见从兄弟家里传出的音乐，就把他们都叫到楼上来，挤在一张榻上一起听歌，或者干脆跑去兄弟家里，一道唱歌跳舞赋诗。天下人便都知道当今天子兄弟和睦友爱。不仅与太宗、高宗时大不一样，甚至古往今来也没有感情这么好的皇家兄弟。

讨好爱好音乐与诗歌的这几个亲王，就是考生们靠近政治中心的捷径。而王维，他甚至不用排队去挤，自然有视他如师如友的岐王早早派人来请。岐王爱画，爱音乐，爱文学。王维因为音乐与诗歌的才能被岐王看重，成为他宴会的常客。很快他也有了名气。但当他向岐王提出请他保举的时候，他听说了不幸的消息——因为有玉真公主的支持，张九皋已经预定了京兆解头[1]的席位。

岐王于是替王维精心策划了这一次去玉真公主面前露脸的宴会：找出你从前写过的诗，风格清越朗朗上口的，挑十篇来，新出的琵琶曲，曲调怨切的，选一首。我们一起去拜见公主。

比起赴宴，他更想要去长安城星罗棋布的寺院里再看一看那些著名的壁画。绘画是存在他记忆里的本能。他熟知吴道子简劲飘逸的线条，也模仿李思训笔笔密描的细腻，这是他从小练习的传统。

但在一间寺院的东西墙壁上同时看见李思训和吴道子，是一种奢侈。在长安城错落棋布的佛塔下，一百多间寺院精心粉白的墙壁上，有不重样的吴道子和李思训，也有与他差不多年纪的年轻画家，他甚至可以亲眼在奉恩寺看见尉迟乙僧传说中源出于阗，专注晕染不重线条的凹凸画法。

李思训是不愁吃穿的皇亲国戚，吴道子是大书法家张旭的弟子，早早就知道自己这一生只爱画画。而王维，他还有许多顾虑，专注于画画是个太不懂事的奢望。父亲在他年幼时便去世了，这个已经不再显赫甚至有点捉襟见肘的家庭在他身上寄予全部希望。十五岁这年，家里走了一点儿关系，让他从老家蒲州（今山西永济市）直接到长安来参加京兆会试。

科举分举试和铨选。吏部考功员外郎负责接收州府或者学馆考试胜出的举子，而后移交给吏部铨选，吏部会再加考两道判词，然后接纳举子为"选人"，这就是"关试"。成为选人才能够参加吏部的冬集铨选，被授官。比起在蒲城接连参加乡试、府试才能拿到名次，到京城参加吏部关试，在京兆会试取得好成绩，是个捷径——几乎可以预定吏部关试的席位。作为长子，作为八岁就能写诗，擅长草隶的神童，王维接受了家庭能提供的所有资源，家族的未来是他必须一并承担的责任。

旅馆在闹市，慈恩寺大戏场开"俗讲"[2]，纷纷喧闹声总涌进房间里。善男信女争着去听名僧吟哦经卷里的佛本生故事，名画家们同时在寺院墙壁上绘画菩萨。但王维必须把自己关在房间里写作誊抄风格各异的诗篇，在预备献给贵人的诗卷里标注写作每首诗的年龄。他在诗卷里选择的诗篇也照顾到了不同的口味。"结发有奇策，少年成壮士"——他可以慷慨激昂；"不疑灵境难闻见，尘心未尽思乡县"——他也可以模仿陶渊明隐逸的趣味；他也写"良人玉勒乘骢（cōng）马，侍女金盘脍鲤鱼"——他当然准备好赞美盛世的繁华。他在这些诗篇下骄傲地标注下年龄：十八岁，十九岁。他就可以写出别人一辈子也写不出的诗篇。

再有空余的时间，为了维持二弟王缙和自己在长安的花销，他还要接一点儿替人写碑文的私活。重阳节也是这样过的。长安天气很好，明艳和暖的秋日高阳透过窗棂照到他的脚面上，在家乡的三个弟弟一定应着节俗头插茱萸登山去了。"独在异乡为异客，每逢佳节倍思亲。遥知兄弟登高处，遍插茱萸少一人。"

二十岁不到的异乡人王维不能浪费太多才华记录自己的孤独，他必须迅速地收拾心情、面目、装扮与才情，去打动公主，为自己赢得一张官场的入场券。

二

一班乐工簇拥着盛装的王维出现在公主面前时，见多了流行的公主也收起了她倦倦无聊的表情：王维本就年轻，又生得白而美，衣文锦绣，站在那里，挺拔且有风姿，正是公主喜欢的那一类伶人。公主立刻转头问岐王：这是谁？岐王说：是知音人。

于是王维坐下，独奏他准备的新曲，声调哀切，满座动容。一曲终了，公主忍不住向他搭话。不仅问了曲子的名字，又问他：

你会写诗吗？王维按照计划献出怀中抄录好的诗作。公主吃了一惊——正是她平时吟诵的诗篇，便知道，面前通音律的美少年就是诗篇传遍长安的王维，立刻让他换下戏服，坐在身边。

王维知道，这就是他唯一的机会了。他调动所有的口才与幽默，陪着公主贵客闲谈。许久之后，公主终于问：为什么不去考科举呢？

岐王为王维说，如果不能中解头，他就不考，公主已经替人保举的张九皋……公主赶紧转头对王维说：那是其他人拜托我的，但如果你考，我一定保举你呀！

王维扮作伶人献艺，陪聊天，终于换来登第的机会。

他以才华交换权力的提携，至于他心里本是怎么想的，没人问，不重要。甚至他自己，也不想知道，只怕比别人慢了一步，就赶不上。

宁王宪喜爱邻家卖饼郎的妻子，重金买来，宠惜逾等。过了好几年又在宴会上把卖饼郎叫来，问她：你还想不想他？卖饼郎妻只是看着讷讷的穷前夫，静默不语，双泪垂颊。宁王很喜欢这场景的戏剧性，又命满座文士赋诗。满座文士都惊异于权力践踏情感的肆意。物伤其类，凄惶非常。只有王维，抢着第一个，提笔诗成。

进士登第，又通过吏部铨试，便由吏部"注拟"授官——吏部统计好有缺的官位，拟定填补的人选。吏部注拟必须当着选人的面唱名注示，征求选人的意见。如果选人不满意，则在三日内写出退官报告，三日后，再次参加第二次注拟。这样的机会有三次，所以又叫"三唱三注"。

轮到王维注拟时，给他的位子是太乐丞，掌管祭祀音乐。这并不是进士出身最理想的官位。人人都想做校书郎、正字，锻炼公文，将来提拔，才好离皇帝近些，去做起草文书的翰林。甚至，太乐丞在唐初贞观之前，都是被读书人看不起的"浊官"，直到进士王绩为了喝到太乐令酿的酒，吏部三次给他安排职位，他都以在吏部选院大喊不去的执拗得到太乐丞的职位。从此，才渐渐有进士做太乐丞。

王维没有拒绝这不合意的职位。作为家里的长子，后头有四个没有工作的弟弟，还有没嫁人的妹妹，他得先在长安谋到一个体面的地位，有稳定的收入才能支持家里。太乐丞从八品下，每年有禄米五十石，在京城周围有二顷多职田，每月还有包括用人、车马等杂费的奉料。官任三到四年，一任过后，还有升迁的机会。他对未来很有信心。有岐王等亲王的提携，他比别的新晋朝官更靠近政治的中心。

开元九年（721年），王维做太乐丞的第一年。七月，岐王、薛王仓促间接到皇命离开京城去做华州、同州刺史。唐代险要州郡的刺史向来是亲王挂名，但真正赴任的，在玄宗朝却不多。皇帝下制勒令亲王赴任只是风暴眼最外围的狂风。在风眼之内，是玄宗对于兄弟们觊觎自己权力的震怒：开元八年（720年），爱好算命的驸马都尉裴虚己带着预言天命的谶言去找岐王，很快被告发。这一行动的动机被反复揣摩：皇帝早就把预言天命、有关谶纬[3]（chèn wěi）的书列为禁书，这个世界上除了他自己，没有人能够预言天命，也没有人能比他更正统地把握权力。驸马与亲王难道图谋不轨吗？曾经亲自为兄弟煮药，甚至被火焰燎着胡须也不在意的皇帝严厉地下发禁令，禁止诸王与大臣交游。与岐王、薛王交好的大臣先后被贬。这严厉的惩罚波及了与岐王交好的许多大臣。王维为岐王家夜宴写诗，与岐王一起去杨氏别业写诗，陪岐王去九成宫避暑也写了诗，整个长安都知道，王维是岐王的人。

王维被贬济州司仓参军，不得停留，立刻动身。

三

按照拥有户口的数量，唐代把天下各州分为上、中、下州，参军的品位也随着州县的重要性从七品下到从八品下不等。济州（今山东济宁附近）偏远贫穷，人烟稀少，向来是贬官的热门选择。

二十出头的王维，熟悉的是金盘脍鲤鱼、螺钿嵌琵琶、画阁朱楼燃亮夜的巨烛灯火。现在他面对的是深巷陋室，菜地、药圃、农书。他的琵琶久悬，画纸也不展了——没有知音，还显得怪神经的。也还写诗，描述请他吃饭的大爷家里的日常——"深巷斜晖静，闲门高柳疏。荷锄修药圃，散帙曝农书"——读者就是这些，不能用典太深。甚至他们能不能领悟他花许多功夫琢磨出来的，五言律诗中间两联最自得的对句，也是个问题。

但诗写得也不多，因有一份不重要，钱很少，却很繁杂的工作。他做司仓参军，负责账本和户口。管青苗，储备粮，负责地税征收、庖厨、仓库、田园、市肆。甚至，仓库里每天粮食马料进出，农民借了种子还回来的米是否足额都是他的管辖范围。

他才二十岁,已经开始想象在济州终老的惨象。想回到长安,也怕是两鬓斑白,很久很久的将来。一般的官员一年一考,四考任满,可以离任等待提拔。但他是贬官,赦免才能离开。但等待一次大赦,也不知道等到哪一年。

但大赦其实来得不晚,开元十三年(725年),玄宗东封泰山,两次大赦天下。王维也得到赦免,回到长安,等待吏部"判补"——吏部冬天铨选,考核他的政绩,再次授官。下一年,吏部叫他去河南共城县附近淇水边,做一个钱少活重又无足轻重的小官。做了一段时间,百无聊赖的王维弃官而去,隐居在终南山。终南山林壑葱郁,是隐居的好地方。同时,终南山的隐士也有关注政治的传统,朝堂上任何一点儿风吹草动都能够成为他们飞黄腾达的机遇。岐王失势了,王维必须找到提携他的下一任贵人。

王维的运气并不坏。朝堂上的政治新星是风度、文采俱佳的张九龄。这个留下"海上生明月,天涯共此时"这样名句子的诗人,因为风雅的气质,正受到皇帝最热烈的宠爱。官员上朝需要携带笏(hù)板[4],记录朝见君王时需要上奏的事项,也方便记下皇帝的旨意。别人上朝把笏板往腰带里一塞便上马而去,张九龄却不。因为体弱有疾,他专有一仆捧着装有笏板的囊袋跟在马后,反而从容潇洒。从此,用笏囊成了风靡长安的时尚,以至于玄宗每次见人之前都要问一句:此人风度比张九龄如何?

王维立刻献诗张九龄。他知道,与岐王一样,张九龄定然欣赏他的文学才能。果然,不久之后,他被起用做右拾遗,重新回到了长安。但他这次回来,朝中林立的山头,对峙的派别,如翻覆的棋局,正瞬息万变。

四

开元二十一年（733年），长安暴雨连天，粮食歉收，物价飞涨。玄宗被迫带着朝廷去洛阳找饭吃，国子监的学生食堂关闭，长安开太仓米两百万石，赈济四十万户——几乎每一户长安居民都需要赈济。基本的产粮区都出现了灾荒，国无三年之储蓄。开源节流，都迫在眉睫。同时，北庭都护[5]谋反，唐与突骑施汗国[6]已经剑拔弩张。在这样紧急的时候，玄宗起用张九龄与裴耀卿做中书令和中书侍郎，负责战事与漕运；李林甫做礼部尚书，同中书门下平章事，特别负责整顿赋税，裁汰官僚机构的冗员。

玄宗时代，宰相并无品秩，甚至不是一个固定职位，五品以上官员，只要参与"平章事"便是做"宰相"。所以，宰相有许多不固定的名称："参知政事"，在本官后缀"同中书门下平章事""同中书门下三品"，等等。唯有"中书令"算是宰相的正名。李林甫、裴耀卿、张九龄都是宰相，张九龄为尊。

皇帝爱文学。科举选拔来的都是文学蕴藉的诗人，张九龄的朋友严挺之主持科举，更是把诗人们自然地聚拢在张九龄周围。相反，李林甫也有一些朋友，只有政治经验却没文化。这些人被圈在诗人们用鄙视的眼光铸成的链条里，根本没被诗人们正眼瞧过。严挺之曾经与李林甫的朋友户部侍郎萧炅（jiǒng）一道参加葬礼。萧炅摇头晃脑地把《礼记》"蒸尝伏腊"，读成"蒸尝伏'猎'"。

严挺之心里发笑,嘴上却问:"蒸尝伏什么?"不觉有错的萧炅便又大声道:"蒸尝伏猎!"严挺之转头便把笑话告诉了张九龄,并立刻奏上要把他调出去做岐州刺史。尚书省里哪能留这样的文盲!

李林甫不与他们争口舌之快。玩起政治经验和手段,张九龄这派的文化人根本没有还手之力。开元二十四年(736年),蔚州刺史王元琰贪污,严挺之想救他,李林甫立刻上奏严挺之与张九龄的交情,这一件贪污案从此成为张九龄结党的证据。皇帝立刻罢相张九龄,以李林甫代替。朝堂上风向一变,原先风头正劲的诗人官员们立刻感受到官位的岌岌可危。

右拾遗王维未必认为自己是张九龄一党,他也不是没有努力向李林甫示好。他们一同扈从玄宗去华清宫泡温泉,李林甫写了一首诗,也抄了一份给王维。王维立刻回了一首,极尽阿谀奉承:丞相您无为而治,创造了现在这样的好时代;您不仅有谋略,还有文采。在您的智慧领导之下,我们总是打胜仗,真是让人如沐春风。他们还有另一项共同语言:李林甫擅长丹青绘画,王维便在嘉猷观李林甫家的墙壁上留过壁画。

但李林甫并没有向王维表示出任何的亲厚。像他这样陷在政争中的官员,如同在素色丝帛上的图画,每一笔都是旁人决定亲疏的证据。而王维,他这张帛画上早有太多让李林甫不喜欢的图案。王维回到长安,刚做右拾遗没多久,又为张九龄写过一首肉麻的诗,先说自己"宁栖野树林,宁饮涧水流。不用坐梁肉,崎岖见王侯"——是隐者不求闻达只求舒心的风度。但很快一转,吹捧张九龄是"侧闻大君子,安问党与雠。所不卖公器,动为苍生谋。贱子跪自陈,可为帐下不"——张九龄是为苍生谋划的大君子,他王维跪在张九龄面前自陈,求他收留自己在帐下为他出谋划策。他又发挥文笔,为张九龄撰写了《京兆尹张公德政碑》,煌煌立在通衢(qú)大道[7]边,每有过客都能一睹一代文豪王维酣畅淋漓的文采。

"德政碑"是当时的流行,百姓以此拍马屁,官员以此为政绩,好看不庸俗,堪称给官员的送礼良选。但是,李林甫最恨这样风雅的吹捧。曾经,国子监的学生也为李林甫立过一块碑:开元十四年(726年),李林甫做国子监司业,查老师教学质量,罚学生酗酒闹事,考试不及格的开除,学风大振。学生们悄悄在国学都堂前替他立了一块碑。释奠日大典礼,所有人到齐,学生隆重揭幕。李林甫看了,神色一厉,质问祭酒:"我有什么功德?谁教你们立碑的?"学生们吓得连夜琢灭碑文。

对于对他没用的人,李林甫根本没兴趣搭理。现在,他是中书令了,裁汰冗员,改革官员薪金制度首先就要找只会写诗发议论却不做实事的文化人开刀。

在他主持编写的《唐六典》里,李林甫详细记载了这次改革的成果:裁减门下省、殿中省、太常寺、光禄寺等部门一百多名官员。在外官当中,实行"年资考"。开元以来,年年开科取士,选拔出来的候补官员远远多于官职的岗位需要。进士们自恃才高,甚至曾经围堵考功员外郎,聚众闹事。为了解决冗员,李林甫推行年资,严格按照资历授官,有官职空缺,先论资排辈,从最老资格的官员开始递补,官职少而候补官员多的时候,资历浅的便只有等。

按照惯例,六品以下官一年一考,四考任满,有新的位置空出来则转迁；没有，则五考任满。王维便屡屡陷入在这样无休止的等待里，又不能弃官而去。十多年前，王维从长安去淇上赴任时经过苏门山，是西晋阮籍曾经拜访隐士孙登的名山。山高巍峨，林木葱郁，千年不变。竹林间，隐士当年与阮籍长啸歌咏的石台已经被当地人口耳相传成了名胜。阮籍的《咏怀诗》王维年轻时也读过，是技巧，是典范。但这样一个黄昏，站在古代诗人曾经登临的山顶，他切切感到阮籍和他同时代的人被紧紧困在里面的日常，那张翻覆无常的"世网"。作为王家的长子，他有不能逃开的理由："小妹日成长，兄弟未有娶。家贫禄既薄，储蓄非有素。"

官做得无聊透顶，却依然要假笑着奉制为宫里画画，还要写诗祝贺修道教走火入魔的玄宗皇帝见到了老子真容，并与僚友互相吹捧。天宝四载（745年），王维做侍御史的第四年，他写诗给朝中新贵苑咸，赞扬他通梵语，有才华。苑咸回诗给王维说：您是当代诗匠，又精禅理，您对我是谬赞。只是您很久都没有升迁了，真是冯唐易老，李广难封，时运不好。苑咸是开元末制科出身，因为张九龄举荐才做了一个司经校书，论年资出身都是王维的晚辈。只是此时苑咸做中书舍人知制诰，与李林甫的私交很好，玄宗皇帝赐给李林甫的药、螃蟹、车螯、蛤蜊、甘露羹都由苑咸代李林甫起草答谢，很是得意。得意了，便可以毫无顾忌地写诗嘲笑王维"久不迁"。而王维，为了维持诗人的骄傲与朝官的体面，面对这样露骨的嘲讽，甚至不能露出一点儿不高兴。王维很快回了诗，"仙郎有意怜同舍，丞相无私断扫门"——谢谢你替我可惜，可惜丞相他不欢迎我。

五

现在，王维总结自己的人生："少年识事浅，强学干名利。徒闻跃马年，苦无出人智。"——少年时有点儿蠢，别人做什么他也要做，并且一定要出人头地做到最好，但其实，在所有被称颂的才华里，他并没有钻营往上爬的聪明劲儿。活到一把年纪，不上不下的正卡在其中。别的官员每五日一朝，他却是常参官——文官五品以上，以及御史、拾遗等对皇帝直接负责的官员，每日都要进宫去上班。王维每天半夜起床，无论风雨赶在日出前到达皇城门口，出示标明身份的鱼符与内廷留底相互验证，然后等待开门上班。到了中午，在食堂吃过午饭就下班回家。看着风光，不过是庞大官僚系统里一颗没找对地方的螺丝钉。

二十岁中进士时一骑当先的风光，终于从优越感转为一种负累。不能在做官的道路上一骑绝尘，就是一种丢人。辜负自己，辜负对他有所请托的亲故。无聊、尴尬，脸上却不能表现出一点儿不悦。

他曾经得到岐王引为师友的情谊，张九龄惺惺相惜的提携，但他因为与他们走得近而遭到的厄运并不比他得到的便利少。这真是佛家说的"诸行无常"。在这个巨大的机器里，他只能任凭日复一日的枯燥工作压榨他的天才、他的骄傲，他一天一天，可以用来成就诗歌、绘画，却终于浪费在案牍间的时间。他曾经对未来无限精彩的向往已经与过去的时间一同流逝。现在，他清晰预见自己的人生接下来的走向与结局，并冷漠地望着它以每日一步的距离不紧不慢地靠近。

开元、天宝年间，因为玄宗皇帝雅好文艺，在长安坊巷间漫游总能听见后世如雷贯耳的名字。但他们大多数也不能过理想中满意的生活，很辛苦。有人辛苦就抱怨，抱着酒坛子敲着碗高唱"但觉高歌有鬼神，焉知饿死填沟壑"，转头就又向当朝宰相献诗去了；也有人辛苦就跑了，潇潇洒洒唱着"安能摧眉折腰事权贵，使我不得开心颜"到齐鲁、吴越旅游，到庐山隐居去。更多的人，熬着年资当了官，甚至高官，但更不开心。甚至那个从来高傲，写"草木有本心，何求美人折"的张九龄，也要在李林甫咄咄逼人的时候写诗求饶，说自己是一只承春暂来的小燕子，没想跟谁争，也求鹰隼莫相猜。

但是王维，他感到辛苦漫长难熬永无止境的时候，不吵不闹，默默背过身去，把人生所要遭遇的痛厄，作为一种必要的忍受。

他最年轻得意的时候，长安有佛寺一百多所，佛塔林立，是城市里显目的地标。他在长安城里漫游，也常常与大德高僧闲谈，他为大荐福寺画壁，也开始向专研"顿悟成佛"的南宗顿门的道光禅师学习顿教。他年幼时父亲就去世了，母亲几十年如一日地吃斋茹素，虔诚礼佛。这是母亲选择面对困厄的方式。他名维，字摩诘，最直白地尊奉佛教里最有智慧的居士维摩诘，冥冥中隐约指点着他走到无路可走时的人生方向。

但王维与佛教的距离也到此为止，他不能更进一步舍身为僧。那又是另一个论资排辈的势利场。《大唐大安国寺故大德净觉禅师碑铭》是王维受托写的，他没有拒绝的权利。净觉禅师，不只是高僧大德,更是唐中宗韦皇后的弟弟。他在大安国寺,外家公主,长跪献衣,高官贵人为他洒扫出行的路途。王维交往的僧人,大多与皇室牵绊不清,保持着各取所需的距离。求佛道,入山林,割肉施鸟兽,炼指烧臂,只属于选择披荆斩棘的少数人。哪怕是在去往彼岸净土的这条船上,也塞满人间势与利的杂心。

僧与俗,他都没有什么真正的同路人。在这样没有出路的夹缝里,只好把注意力加倍集中在日常生活里最微小的花开花落。

从京城往襄阳,驿道往东南驰行七十多里即是蓝田。秦岭在蓝田被劈开一道二十多里长的峡谷叫辋谷。辋谷北边狭长,向南行五六里后豁然开朗,由辋水冲刷出一块平原,庄园农舍散落其间,是辋川。鸡鸣狗吠,已经是与大都市完全不同的风景。高宗时代的名诗人宋之问曾经在此置办过一个小庄园。宋之问死后无人打理,在田野和村落间荒芜下去。王维很喜欢,买下这间别业。现在,他可以在十日一休的旬假与年节假期逃开长安那份枯燥乏味的工作,躲在辋川别业,"万事不关心"。在这些断断续续的假期里,他写下寓目游心的山水田园:

木末芙蓉花,山中发红萼。
涧户寂无人,纷纷开且落。
　　——《辛夷坞》

结实红且绿,复如花更开。
山中傥留客,置此芙蓉杯。

——《茱萸沜》

……

他爱那座山里一轮圆月可以惊起山鸟的静谧。在秋夜里行走在山道上，任晚风吹开他的衣带，送来淡淡桂花的香气。他记得那座山里渔船荡开荷花的涟漪，村庄里升起的炊烟。他对五言绝句的精研在山水的包裹里记录下天地的不朽。当他记录它们时，他忘记自己，也忘记了半生荣辱得失。

从此这个隐藏在山谷田庄间的小庄园，与它毗邻的鹿柴、华子冈、文杏馆，在之后一千年的时间里以最悠远的样貌留在王维的诗里，停止了风化，再也没有衰败。

他在辋川居住时，有欣赏的晚辈裴迪，与他一道诗歌唱和漫游。他把裴迪视为朋友与后辈，总忍不住要把二十年官场沉浮讲给他。但裴迪还有要紧的事情做：考进士。有些傍晚，王维想邀请他一道去散步，裴迪正在温书。王维踟蹰一下，终于还是一个人走了——他是朝廷高官，他在辋川买了大庄园，一切都因他是少年进士，二十岁就开始做官。他苦口婆心劝别人"醉歌田舍酒，笑读古人书"，不要再往官场去钻，又能有多少说服力？回来之后，想了想，也还是要把这一路上的美景告诉他，便写了一封信请驮黄柏下山的采药人带去：

近腊月下，景气和畅，故山殊可过。足下方温经，猥不敢相烦，辄便独往山中，憩感配寺，与山僧饭讫而去。北（一作比）涉玄灞,清月映郭。夜登华子冈,辋水沦涟,与月上下。寒山远火,明灭林外。深巷寒犬,吠声如豹。村墟夜舂,复与疏钟相间。此时独坐,僮仆静默,多思曩昔,携手赋诗,步仄径,临清流也。当待春中,草木蔓发,春山可望,轻鲦出水,白鸥矫翼,露湿青皋,麦陇朝雊,斯之不远,倘能从我游乎?非子天机清妙者,岂能以此不急之务相邀?然是中有深趣矣,无忽。因驮黄檗人往,不一。山中人王维白。

——《山中与裴秀才迪书》

等春天到来,与我一起看草木蔓发,轻鲦出水,看溪流边青草被晨露打湿,听田地里分开麦浪的鸡鸣狗吠……这都不是什么要紧的事情。但依然想叫你知道其中深趣。甚至比你一心想要得到的那些更能带来宁静快乐。你这样天机清妙,一定能懂得吧?

除了这座庄园,王维家无余财,房间只有茶铛、药臼、经案、绳床而已,多余的钱全被他用来施舍游方化缘的僧人。妻子去世后,他拒绝再娶,一点点断绝与俗世的联系,降低对外界的欲望。他以为终于找到与多变的世道相处的办法,可以这样过一生。但他对命运的无常实在缺乏基本的想象力。

六

天宝十一载(752年),杨国忠接过李林甫的相位,从此宰相与边将的关系日渐恶化。天宝十四载(755年)的秋天,一则谣言传到长安:在杨国忠与安禄山无休止的争斗中,范阳守军忽然过上了每顿吃肉的好日子。谣言传来,并没有引起太多的重视。

边境有战,是天宝年间的常事。玄宗皇帝在边境设立了十大节度使,防卫奚、契丹、吐蕃、突厥、南诏,还有阿拉伯国家的入侵,拱卫中原,应付战争。久在长安居,战争变成一桩只通过诗歌想象的壮丽事件。输与赢,是领兵将军的荣辱。对于京城的朝官,边将与战争,更多的只是政治势力与利益的连接。

没多久,更令人不安的流言传来:范阳、平卢、河东三镇节度使安禄山率领十五万将士与奚、契丹等少数民族号称二十万众,打着讨伐杨国忠清君侧的旗号,反了。

城里的一点儿风吹草动都能成为流言的验证:十一月,刚刚入朝的安西节度使封常清去华清宫见了玄宗。皇帝问他讨伐安禄山的对策。封常清对皇帝打下包票,说自己几天内就能取来安禄山的脑袋。他立刻被封为新的范阳、平卢节度使,第二天就离开,去了洛阳,招兵买马。没几天,在华清宫住了大半年的玄宗也回到了长安,立刻处死了安禄山的儿子安庆宗及其妻子荣义郡主。再然后,皇帝在勤政楼摆宴,拜荣王李琬为元帅,右金吾大将军高仙芝为副,拿出了自己的私房钱征兵,加上刚从各个藩镇前来的军队,一气全给了高仙芝。十二月,玄宗率领百官在望春亭劳军,京师附近的五万军士扛着一面接一面的旌旗,迤逦出城。

这场战争正式出现在王维的面前。

为了防止边将拥兵自重,唐代一直秉持边帅"不久任、不兼统、不遥领"的政策,立了大功就召回朝廷做宰相。但这条祖训在安禄山这里被破坏殆尽。天宝元年（742年）安禄山就任平卢节度使，天宝三载（744年）兼任范阳节度使，天宝十载（751年）又兼任河东节度使，从此在平卢、范阳一带经营了十多年，为所欲为。

北方冬季冰冻的河流与早已做足的准备让天时地利人和全部偏向于安禄山。他的军队从范阳往南，所过州县，望风瓦解，守令有的弃城出逃，有的直接开门出迎。除去在河北遇到颜真卿、颜杲（gǎo）卿兄弟组织的抵抗，没有受到任何像样的阻击。不到一个月，便打到洛阳城下。封常清在洛阳招募到的都是斗鸡走狗之徒，不到一个月的时间，不及训练，一战而败。安禄山在洛阳宣布登基为"大燕"皇帝。

封常清带着残余部队，退往陕郡，与老上司高仙芝会合，一同退守潼关。朝堂之上震怒的玄宗听说封常清战败，削去他所有官爵，让他在高仙芝军队里做个普通士兵。玄宗向潼关派遣的监军宦官边令诚一次次添油加醋回报：封常清、高仙芝怠惰军务，贪污军饷。

七十岁老皇帝向来沉着的面孔裂开恐惧的缝隙。老皇帝给了安禄山所有的宠信，给他在亲仁坊盖房子，专门强调要"但穷壮丽，不限财力"，甚至给他五百多将军、两千多中郎将的空白委任状，让他自主任命军中人事。哪怕这一年的三月，左右都提醒他安禄山意欲反叛，安禄山从长安返回范阳，临别，玄宗依然解下自己的衣袍给他披上。但安禄山还是反了，玄宗对于自己识人的信心，对于武将的信任都消耗殆尽。边令诚很快得到了处置决定：就地斩杀高仙芝、封常清。

很快，边令诚带回封常清、高仙芝伏法的信息，王维与朝中大臣一道听到了封常清最后一篇不到五百字的《封常清谢死表》：

当我兵败时，您的使者带来口谕，恕我万死之罪，让我在高仙芝营中效命。我是负斧缧囚，败军之将，您却给了我这样的机会，真让我诚欢诚喜。自从城陷，我三次派使者奉上奏表，想要详细表白我的心意，但却没能得到召见。我写下这张奏表并非想要苟活，实在是欲陈社稷之计，破虎狼之谋，为您筹划讨伐安禄山的计谋，报答一生之宠。但长安日远，谒见无由，函谷关遥，陈情不暇。

我从七日与安禄山接战，直到十三日不止。我带的兵全是乌合之众，未有训习，以他们来抵挡安禄山的渔阳精兵，虽然血流满野，但也杀敌满路。我想要死节军前，却也怕长了安禄山的志气，灭了陛下王师威风。所以我才苟活至今。

我只有三个愿望：一期陛下斩臣于都市之下，以诫诸将；二期陛下问臣以逆贼之势，将诫诸军；三期陛下知臣非惜死之徒，许臣揭露。今天我以此表上奏，您或以为我快死了，便出言狂妄，或以为我是为尽忠。但我死之后，望陛下不轻此贼，无忘臣言。我只望江山社稷转危为安，安禄山覆灭，这就是我所有的愿望了。我死之后，必定结草军前，回风阵上，再报答您的恩情。

城里一切照旧。玄宗皇帝再一次在勤政楼摆下筵席的时候，宴请的是大病初愈的老将，从来跟安禄山不对付的哥舒翰。没有了封常清、高仙芝，这就是玄宗皇帝的最后一张牌。哥舒翰出城那天，王维站在朝官队伍里，望着牵系他命运的白发苍苍的老将军又骑上他那匹毛色鲜亮的白骆驼，引着从河西、陇右、朔方召集来的二十万大军缓缓行出长安城，前路不明。

王维依然每日进宫去办公。人心惶惶，比起政务，所有人都更关心每天日暮从潼关方向烽火台上一路燃至长安的平安火——平安火燃起来，就代表哥舒翰安守潼关，长安依然太平。天宝十五载（756年）六月九日，直到最后一丝日光消失在沉沉黑夜，长安东北方向高山上每隔十里一座的烽火台上，却没有看见任何火光。

这天，哥舒翰被朝廷逼迫，大哭着领兵出潼关，主动找安禄山决战。大败。出关二十万军，最后逃回来的只有八千。潼关失守，哥舒翰被部下送给了安禄山。由潼关通往长安的河东、华阴、冯翊、上洛防御使全部弃郡逃跑，守兵皆散。

离哥舒翰在百官注目下带兵出长安，才过去半年。

皇帝再一次在朝会上向在京官员问询，该怎么办。宰相杨国忠惶恐流涕，百官喏喏。安禄山打进长安只是时间问题，人人晓得要跑，士民惊扰奔走，市里萧条。但要跑，也要知道目的地。房子、财产、家人都得安排妥当，不是一天两天的事情。人人都盼望着昔年英明的皇帝能够再出奇策，救他们不用去国离家。

没几天，玄宗亲自登上勤政楼，下制，准备亲征。一面又秘密让剑南节度使留后[8]崔圆去往蜀地，做逃跑的准备。朝官嗅到了老皇帝镇定之下的慌乱，进宫朝见的，已经十不足一二。但不知出于怎样的考虑，王维还留在城里。

六月十三日那天，王维像往常一样进宫早朝。记录时间的水滴依然不紧不慢地从漏壶侧面滴下，漏箭如从前千百次一样，一格一格地随漏壶中的水面沉下。宫前的侍卫面无表情,立仗俨然。但宫门缓缓打开时,如同腐烂的尸体终于掩不住破体而出的蛆虫——宫人慌乱地涌出,皇帝和他的亲信们已经不知所踪。

安禄山得到了一座没有防御却有大量未及逃离的大臣与珍宝的长安。一进城,立刻搜捕百官、宦者、宫女。百人一批,全部拉去他的"首都"洛阳,充实他的"宫廷"。

王维也在队中,被绑着双手,脖子上套着枷锁,稍有微词,就被押送的士兵用刀鞘捣嘴,血流满面。被押送到洛阳的官员全部都有了"大燕"皇朝的新官位——安禄山不能只做光杆皇帝。对于不接受他的"封赏"的官员,立刻以残酷的刑罚处死。甚至,当从前为玄宗跳舞的大象没能在他的宴会上跟着音乐起舞时,安禄山立刻下令挖一个大坑,把大象扔进去,一把火烧死。

王维被拘禁在离洛阳禁苑不远的菩提寺中。为了不做安禄山的官,服毒药哑了自己的嗓子,药饮不进。又服泻药,自求痢疾,身处秽溺十来个月。安禄山常在凝碧池上开宴会,觥筹交错,丝竹管弦一声声清晰地从水面上传进王维耳朵里。在一片音乐声中,常常有梨园乐工的哭声。

裴迪也在洛阳城里,他有时去看王维,讲起凝碧池上的宴会,说起乐工雷海清不胜悲愤,掷乐器在地,西向痛哭,立刻被绑到试马殿前一刀一刀肢解而死。王维哭着写下一首《凝碧池》:万户伤心生野烟,百官何日更朝天。秋槐叶落空宫里,凝碧池头奏管弦。

他让裴迪把这首诗带了出去。如果有一天唐王朝击败安禄山光复长安洛阳,他这个没有能够为唐王朝而死的高官一定会接受道义与律法的审判,到那时,这首诗会成为他身不由己的证明。

七

至德二载(757年)十一月,继任为帝的肃宗皇帝李亨在回纥骑兵的帮助下回到了长安。他首先要做的,是处置陷敌的官员。

一个月前,官军收复洛阳。策马进城时,三百多个被安禄山从长安抓进洛阳的朝廷命官跪在马前,人人素服悲戚。朝廷逃离长安时,只有皇帝、太子和宫中极少数的皇亲贵戚。住在宫外的朝臣没有任何人得到通知,他们在被抛弃的震惊惶恐中全部成为安禄山的俘虏,全数被押解去了洛阳。现在,肃宗与他的臣属经过仔细考虑,不能原谅这些被俘朝官陷敌却不自杀的行为,决定以"六等罪"惩罚这些人。重则刑于市,轻的赐自尽,再不然,是杖责一百或者流放贬官。在被处刑之前,他们先被拉上宫殿前的广场,在全副武装的士兵们的包围下,赤着脚,披散着头发,向皇帝谢罪,再一次成为俘虏。

严酷的处决每天传来,腊月二十九日,十八名被俘朝官被处死在城西南独柳树下,七人被赐自尽于大理寺。

王维从洛阳被押送回长安,关在宣阳里杨国忠旧宅。他在这个腊月将尽时等待着他命运的终章。不想,却等来了崔圆。因为安排玄宗逃跑蜀地有功,回到长安的崔圆已经被提拔成中书令。百废待兴,新宰相崔圆想要在家里画一面新的壁画,立刻便想到了王维。长安城还太平时,画不画,要问王维乐不乐意。现在,他是阶下之囚,曾经主宰他意愿的好恶、品味，立刻无足轻重。崔圆趁机许愿：画得好便免死，由不得他不同意。

王维并不常替人画壁画，但他绘画的才能早被传说如神。《图画见闻志》里讲，王维去庾敬休家，看见屋壁上有画《按乐图》，看了一会儿，笑了起来。人问他为什么笑。他回答，这图里正演奏《霓裳羽衣曲》第三叠第一拍呢。别人不信，专门召集乐工依样奏乐，果然不差。后来，他为庾敬休家里墙上画过一壁山水，写过一段题记，在千福寺西塔院墙上画过一树青枫，都与他这个人一般，成了长安城里的传说。王维曾经在慈恩寺东院画壁，一同的还有吴道子。那天的慈恩寺挤挤攘攘如同过节，哪怕并非善男信女，市民也争着涌进慈恩寺看一看传说中"如秋水芙蕖，倚风自笑"的王维。

人生有涯，他曾经可以轻易在音乐、绘画或者诗歌上赢得声誉，随便选一条路都可以望见成为宗师。有太多天赋也是一种烦恼，选择一条路，就要放弃其他道路通往的方向。或者，他也可以不放弃，但每一种就都没法做到最好。况且，在音乐、绘画与文学之上，他必须选择最没天赋的那一项——做官。

晚他不久的画论作家张彦远在《历代名画记》里评论盛唐时期最出色的画家，讲"山水之变，始于吴道子，成于李思训、李召道"，但不是他。而后，张彦远又提到一些画家，有一技之长，得到一时的盛名：比如王宰的巧密，朱审的浓秀，还有王维的重深。他足够有名了，但还不能够成为宗师。这条路的尽头耀头夺目，但不是他的。人都要为自己的选择付出代价。江山代有才人出。在他困在济州粮仓的账本里、吏部无休止的公文中时，长安的"红人"

已经换了一茬又一茬，别人对技艺的钻研不会等他。

许多人他已经不认识了，但画坛的新宠，曹霸的徒弟韩干，他却是认识的。后来长安城里流传着这样的传说：王维十九岁在长安，每天频繁出入岐王宴会，巴结皇亲国戚时曾经有一个酒家少年常来送酒结账。王维每回见他，他都蹲在院子里，用树枝、木棍专心在沙地上画画。

他问韩干"你喜欢画画吗？"

"喜欢，但没有钱学习。"

王维对他说："你去找曹霸学画，十年为期，我资助你每年十万钱。"

后来韩干果然专心于画画，成了画马的高手。他为玄宗画他的坐骑《照夜白》，膘肥体健，奋蹄欲奔，一根瘦窄的拴马柱根本拦不住它踊跃的生命力。

现在，别人凭借绘画成为后世师表的时候，他要在崔圆家的墙壁上完成一幅画，或者能保命，或者，就是遗作了。

八

王维的惩罚不是六等罪中的任何一等。他被贬官成太子中允。

朝野哗然。

他原先是给事中，现在是太子中允，同样是五品上。五品官穿绯袍，银鱼袋，官阶已至皇帝身边的"侍臣"。

与他一道陷敌的官员们并没有他这样的"好运气"：储光羲以监

察御史受伪官，被贬死岭南；韦斌以临汝太守做了安禄山的黄门侍郎，赐自裁。水部员外郑虔，只不过是尚书六部排位最低的工部下属水部司里主管水利政策的官员，以七十多岁高龄远贬台州。但与他们官位相当，甚至更高的王维，却只是象征性地贬成了太子中允。

幸存的朝官多少都有被六等罪惩罚的朋友，看见一个几乎全身而退的王维，少不了愤愤不平的议论讥讽：他有一个当红的弟弟王缙，在皇帝面前涕泪横流地救哥哥，连就快到手的同中书门下平章事也不要了。王缙本官太原少尹，这年春天刚与李光弼一道在太原抗击史思明，打了胜仗，而后一路升迁，从兵部侍郎到宣慰河北使，都是安史之乱里的关键地方。肃宗晓得，收复失地还要靠王缙，不能得罪。中书令崔圆自然也出了力气。更冠冕堂皇的说法是，肃宗在战争中听到过王维那首哭着写下的《凝碧池》诗，深受感动。

《新唐书》的主编宋祁、欧阳修几百年后也愤愤不平，用四个字点出这过于露骨的势利——"维止下迁"。他们特别把对王维轻飘飘的惩罚接在老画师郑虔的遭遇之后：水部郎中郑虔，在安禄山占领长安时，伪装生病，还向远在灵武的肃宗秘密送了表白自己的密信，依然被远贬台州，王维的惩罚，只到太子中允。

王维从不为自己辩解。他甚至没有过多重复囚禁洛阳时的点滴。他没有能够去死，就是一种罪。作为赎罪，他甚至以沉默默许别人对他"失节"的指责。他向皇帝上表说："我听说，食君之禄，死君之难。当年，我进不得从行，退不能自杀，情虽可查，罪不容诛。"

没有人对他表示同情。他逃离这场处罚的能耐已经把自己归进了"特权"。长安城破时被俘虏而没有死从此成了他最大的污点。他一遍遍向皇帝表白自己的悔恨，也希望皇帝能够善待他的弟弟王缙。

除此之外，他必须打点精神，以更热情的假笑赞美中兴盛景。

他依然按照天宝年间的样子早朝、值守、写诗唱和，仿佛如此就可以抹掉过去两年的动乱。只是，比起天宝年间的郁郁不得志，王维甚至无法再维持他与官场礼貌的距离，他必须让出一部分预留给辋川田园的热情，积极地在朝廷自我表白，洗脱陷敌而不能死节的耻辱。他与同僚们一道写诗，硬着头皮夸张地吹捧朝廷还都："日比皇明犹自暗，天齐圣寿未云多。花迎喜气皆知笑，鸟识欢心亦解歌。"乾元元年，经历安史之乱的大诗人们泰半在长安。杜甫、王维、岑参在中书舍人贾至的带领下都写了诗，联袂赞美早朝时大明宫的宏伟壮丽。王维写道："绛帻（zé）鸡人送晓筹，尚衣方进翠云裘。九天阊阖开宫殿，万国衣冠拜冕旒。日色才临仙掌动，香烟欲傍衮龙浮。朝罢须裁五色诏，佩声归向凤池头。"他写宫殿的华丽，写周边国家的使臣盛装朝拜，写朝臣下朝去办公一路上留下环佩叮咚。

但心照不宣的大国尊严只能维持在长安城内。城外，安史之乱还远远没有平息。朝廷兵力不够，便乞求回纥出兵，肃宗曾经许诺：收复长安之时，除去土地与士族归唐，金帛、妇女任凭回纥军队抢夺。哪怕广平王李俶（后来的唐代宗）跪在回纥将军叶护马前，劫掠也仅仅被延缓至收复洛阳之时。

九

城市里的一切都变得快。曲江边连绵的宫殿楼台都已破败,亲故离散,只有城里佛寺墙上的壁画还一如往昔栩栩如生。荐福寺有一壁吴道子的《维摩诘本行变》。那是一个人人皆知的典故:维摩诘有疾,佛陀在座下众菩萨中挑选前去探望的人选,却没有菩萨应声——维摩诘才高,有口才,也有智慧,一旦辩论起来,他们心虚不是他的对手。只有文殊菩萨最后说:那么我去吧。果真,维摩诘滔滔不绝反复辩难,谈病,谈病之起源,更辩难心性与佛性。哪怕在病中,也让人不敢小觑。所有的画家描绘这个故事,他们笔下的维摩诘都是"凝神聚眉,倾身思虑",是才智出众者如猛狮狩猎一般自信地蓄势待发。但王维曾在江宁瓦官寺的墙壁上见过另一个样貌的维摩诘。画面上的维摩诘清癯(qú)羸(léi)弱,凭几忘言。是他正在承担的,被智慧、辩才、深思的光芒掩盖的另一面:疾苦。那是东晋名画家顾恺之心里与旁人不一样的维摩诘。

很少有人能从这个故事里看到这样一个不够符合期待又另有苦衷的维摩诘。也并不是没有。王维从洛阳回到长安,因为逃脱六等罪惩罚被朝野议论纷纷时,同朝的左拾遗杜甫为他写过一首诗,其中说:"共传收庾信,不比得陈琳。一病缘明主,三年独此心。"杜甫认为,王维是如同庾信一样身不由己,不是像陈琳一样主动投降的人,他在洛阳装病,苦苦等待朝廷的解救是一种苦心。杜甫没告诉王维,他年轻时也曾经在瓦官寺见过那个"清癯羸弱,凭几忘言"的维摩诘。王维更不知道，下一年重阳节，高秋爽气，山间草堂静谧，杜甫又去蓝田辋川寻找王维。王维不在家，柴门空锁，只有院墙里一棵不甘心被锁住的松筠依然努力穿破院墙参天而去。

晚年的王维委屈伤心，无人诉说，只能默默写下"一生几许伤心事，不向空门何处销"。他去世之前，索笔写信与亲故诀别。漂泊四川的杜甫不算王维亲故，自然没有收到他的诀别信。但消息传来，杜甫依然为王维的去世写了诗。他不记得王维拍马屁赔笑脸的谄媚，不记得他陷敌的污点，他只记得千里之外的蓝田，辋川山间的漫漫寒藤，静谧的草堂，与传说里"如秋水芙蕖，倚风自笑"的诗人王维。

***

注释:

[1] 京兆解头：参加常科考试（比如进士科、明经科）的考生，有两种途径：或者是由国家开办的学馆（如太学、国子监）选送，作为"生徒"，或者是各州县选送的"乡贡"。成为乡贡必须先在户籍地报名，取得考试资格（所谓"怀牒自陈"），而后在县、州、府参加层层考试，优胜者由所在州府报送中央，再去尚书省的有关机构（开元前是吏部考功司，开元后是礼部）考试，称为"省试"。各地府试第一名称为"解头"。取得京兆府的第一名在省试中有非常大的通过率。整个唐代只有九个京兆解头没有能够通过省试。因此，"京兆解头"是一个被考生激烈争夺的名次。（傅璇琮《唐代科举与文学》）

[2] 俗讲：唐代时流行于长安寺院的讲经活动，僧尼将佛经义理以当时流行的通俗语言编成故事，甚至谱曲演唱，大的寺院开俗讲时非常受欢迎，常被围得水泄不通。因此，观俗讲如同看戏，长安的戏场大的在慈恩寺，小一点儿的在青龙寺、荐福寺、永寿寺。这些寺院都在长安城东，所谓"左街"。俗讲的内容被记录收集成话本之后就成为所谓"变文"的一种。（向达《唐代俗讲考》）《敦煌变文集》中抄录了许多当时俗讲的内容。

[3] 谶纬：融合了天人感应、阴阳五行等儒家学说的神秘学，包含一些天文、历法和地理知识，流行于两汉。"谶"指预言凶吉的

隐语，"纬"是通晓儒家学说的方士附会儒家经典的衍生学说。

[4] 笏板：官员朝见皇帝时拿在手中的长条形手板，用玉、竹或者象牙制成。用来记录皇帝的意见和自己要奏报的内容。

[5] 北庭都护：武则天时期设置的军政机构，管理西域。与安西都护府以天山为界，山北为北庭都护府范围。治所在庭州。辖区内的游牧民族主要有突骑施等。

[6] 突骑施汗国：公元八世纪中，阿史那突厥衰微后的异姓突厥汗国，活动地点在原来的唐朝蒙池都护府领域。突骑施汗国得到唐朝中央政府的承认，历代可汗受册封，是唐中央政权下的边疆民族自治政权。开元二十一年到二十四年前后，突骑施与唐军有一系列比较激烈的军事冲突，张九龄曾经作为宰相起草过一批关于这次冲突的文书。唐朝联合崛起中的阿拉伯帝国对突骑施东西夹击，突骑施汗国在这场战争失败后不久灭亡。（薛宗正《突骑施汗国的兴亡》）

[7] 通衢大道：通往四面八方的大路。

[8] 留后：节度使不在治所时，代理节度使行使权力的职位。

杜甫
长安奥德赛

一

在长安的第八个夏天快要过去，杜甫依然日复一日地尽力与日常生活周旋。八月里没完没了地下雨，水涨起来，房舍倒塌无数，粮食歉收，关中大饥，米价飞涨。朝廷出太仓米十万石，比时价便宜，专卖贫民。没米下锅的时候，他得打点精神上终南山寻几味认得的药材，进城卖了，去买太仓米。

从启夏门往城中去，一路向北。农田、墓地、荒废坊巷随便散着，疏疏落落几户民宅隐在田畴之间，没精打采地浸在水里。空气里弥漫着一股沟渠漫溢的臭气。再往北，到了昌乐坊一带，臭味渐去，而后更浓郁的甜弥漫开，是进贡梨花蜜的官园。

越往北，长安城如棋盘一般的里坊渐渐成形，八条南北向的大街与十四条东西向的大街将这座世界上最大的城市切割成一百多个如棋盘的小方块。日出与日落之间，朝向街道的坊门开着，允许自由进出。但天气不好，大街上人也并不多。偶尔有贵族青年骑在马上百无聊赖地招摇而过，马身上悬挂的金银饰品叮叮咚咚，好像展示一座移动的首饰店。除此之外，天宝十三载（754年）夏天的长安城十分沉闷——因为大雨，城中缺粮，玄宗皇帝带着他的朝廷浩浩荡荡去了洛阳——洛阳修有直通江南的运河，天下粮食汇聚，能够养活朝廷。

杜甫原先住在杜陵附近，"城南韦杜，去天尺五"的那个"杜"。这一族，冠盖相望，世代显宦，以至于贵人家挑女婿，照例先去杜陵打听。他爷爷的名字，长安城里尽人皆知：就是那个要叫王羲之拜他书法，叫屈原伺候他文章的杜审言。天宝四载（745年），杜甫在济南旅游，北海郡太守李邕听说杜审言的孙子在济南，特别提出要见他，请他吃饭喝酒游玩。当世名人多少都知道他是杜审言的孙子，要看一看他是如何像他的爷爷。他只能一脸骄傲地挺直腰杆，拽平褐衣上的皱褶，踢掉鞋子上黏着的泥巴，硬着头皮迎接别人对于一个杜家子孙的审视。

他这样狼狈，也已经是族里的长辈，总要回本家去跑腿帮忙，混个脸熟。锦衣少年们不情不愿地揖让礼拜却让他更如芒在背：杜甫家祖上一本出襄阳，与杜陵这一族虽然算远亲，但同根同源。而当他按着当时的一般规矩提出大家把各自的家谱合上一合，论论辈分叔祖的时候，族里的长辈却显出一种怠惰——与他这样一个穷得要死的落魄书生论上辈分，往后都是累赘。

三年前的秋天，也是这样的大雨天，杜甫住在启夏门附近一间破屋里，门外积水成塘，内门青苔连楹，缺衣少食，染了肺病，转成疟疾。旧时朋友下雨天也会来看他，现在，看他得官无望，都不来了。杜甫在《秋述》里自问：难道是怕下雨天路上泥泞才不来吗？高门大户朱门之下难道就没有泥吗？旧雨来，新雨不来，是大城市里拜高踩低的直白。他杜甫，四十岁却没有官位，是老天放弃的废物！

他年轻的时候，日常生活甚至考试、做官都不在他担心的范围。

十八年前，也是这样的大雨，玄宗皇帝也去了洛阳。二十四岁的杜甫跟着去洛阳参加科举，那年他没考中，却没当回事。落第之后，开开心心旅游去了。《山海经》里记载一种长得像鹤的红色大鸟，鸣如箫韶，栖于高岗梧桐之上。自歌自舞，见则天下安宁。他六岁第一次写诗，便选择"开口咏凤凰"。他从来没怀疑过自己就是这样一种高贵骄傲的物种。那时候他年轻，自诩"读书破万卷，下笔如有神"，以为机会这样多，他还有无数一鸣惊人的可能。

现在他四十二岁了，有一个妻子，妻子刚给他添了一个儿子，作为三个儿子和两个女儿的父亲，他需要为他们提供好的教育，继承杜氏家族引以为豪的诗书传统。可是他甚至没有一间属于自己的房子。

为了让别人认得他、识得他的才华，在考试中帮助他，杜甫每天挖空心思找门路参加长安城里的"干谒"，"语不惊人死不休"地吹捧名人高官，用尽了最大的努力。他给宰相张说的儿子，玄宗驸马张垍写诗："翰林逼华盖，鲸力破沧溟。天上张公子，宫中汉客星。"为当时长安城里的名人贺知章、李白、汝阳王等人写了《饮中八仙歌》。给当时的宰相韦见素写诗，一写就是二十韵。

但他离功成名就，总是差一点点。

七年前，他来长安参加"通一艺"考。除夕的时候住在小旅馆，混在天南海北的旅客里，跳着脚绕着桌子赌钱，仿佛自己就是前代的英雄豪杰，根本不屑分出点心思去担心考试。那是一场制科考试，按照惯例，皇帝亲自召集，亲自监考。但杜甫参加的这一场，监考官却换成了尚书左仆射、开府仪同三司[1]李林甫。唐代有记载的皇帝缺席制科监考，只有三次，在玄宗朝，这是唯一一次。那场考试，一个人都没有录取。

杜甫并没放弃，依然积极地向朝中显贵推销着自己。天宝十载（751年），迷恋道教的玄宗学着汉代皇帝的样子迷信起阴阳五行，求长生不死。祭祀太清宫、太庙，祀南郊。杜甫的朋友张垍告诉了杜甫这个独家消息，并为他作保，吩咐他写《三大礼赋》投到延恩匦（guǐ）[2]，献给皇帝。皇帝很喜欢他写的赋，让他待制集贤院，下旨给宰相叫他们出题专门试他一人，他很得意这样的殊荣，专门写诗说："集贤学士如堵墙，观我落笔中书堂"。

集贤院出题的，与"通一艺"科的监考官一样，都是李林甫。作为李唐宗室，李林甫却没读过什么书。他读书的年纪，正赶上武则天清洗李唐宗室。国子监荒废，李唐宗室的教育无人敢问津，李林甫又在十来岁上父母双亡，只能被寄养他乡，与诸儿戏于路旁。二十岁回到洛阳，依然不会读书，整天游猎打球，追鹰逐狗。长安城里的文化圈一直流传这样的传说：李林甫的表弟生了个儿子，李林甫写了贺帖去道喜，前去贺喜的文化人见了他的贺帖都掩口窃笑，本该是"弄'璋'之喜"却被李林甫写成"弄'獐'之喜"。

文化人看不起李林甫，作为"回报"，李林甫接连在考试中黜落知名的"文学之士"。

杜甫也不能幸免。李林甫看了杜甫的试卷，没说什么，找皇帝商量去了。而后杜甫听见回话,是"送隶有司,参列选序"——等着,待用。

就这么不上不下地拖着,三年又过去了。

二

买米五升,还剩下点儿钱。绸缎、胭脂、铜镜,天下新奇美丽的商品他一件都买不起。妻子是司农少卿杨怡的女儿,四品官家的小姐,嫁给无官无爵的他,为他养育五个孩子,他却没能力给她好的生活,眼睁睁看着妻子日益憔悴。他还剩下一点儿无用的自尊心,如同挡在路中的绊脚石,阻住他回家面对老婆孩子的脚步。

长安城里有大把一飞冲天的幸运传奇,但也有倒霉鬼。杜甫终于厌倦了挖空心思歌颂人生赢家的功成名就,他忍不住垮下那张总是强颜欢笑说好话的脸,现在,他只想跟倒霉鬼待在一起互相嘲讽。干脆,买米剩下的钱全部换了酒,拐去城南韦曲,找郑虔。

郑虔年轻时也是当世称名的才子。工草隶,善丹青,与他齐名的是吴道子与王维。当朝皇帝玄宗曾经赞赏他"诗书画三绝"。不过,郑虔的官做得很不发达。他的办公室在国子监西北角,得仔细找半天才寻见的一块小牌子——"广文馆"。他的办公室正对面就是皇城东门——安上门。安上门里外进出的,是真正伟壮得意的国家栋梁——尚书省礼部南院、吏部选院、少府监、太府寺、太常寺……而"诗书画三绝"的郑虔却穷到要跟杜甫这买减价米的穷人勾兑勾兑才勉强凑够一顿饭。

在郑虔这间被石田荒地包围的漏风茅屋里，就着残灯冷酒剩菜，就着满腹不得意，杜甫写了《醉时歌》：

诸公衮衮登台省，广文先生官独冷。
甲第纷纷厌梁肉，广文先生饭不足。

一通跌跌撞撞的牢骚，刻薄地嘲讽郑虔，也嘲讽自己：

但觉高歌有鬼神，焉知饿死填沟壑。
相如逸才亲涤器，子云识字终投阁。
先生早赋《归去来》，石田茅屋荒苍苔。
儒术于我何有哉，孔丘盗跖俱尘埃。

清夜沈沈，又落起细雨。檐下雨滴一闪一灭，像他晦暗不明的命运。一年又一年，秋天的时候又会有无数年轻自信的面孔涌进崇仁坊、宣阳坊一带靠近礼部的旅店里，他们才华横溢的诗卷又会在贵人家里来往传递，而他的光芒会褪色，被年轻人们像云一样的白麻衣遮蔽住。

也许是离开长安的时候了，去哪个节度使任上做个僚佐，总比在长安有出无进的好。李林甫提拔了大批胡人节度使，其中原河西节度使高仙芝、安西节度使封常清、西平郡王河西节度使哥舒翰和范阳平卢节度使安禄山最为显赫。他的朋友高适已经在河西节度使哥舒翰的幕府里当了一年掌书记。节度使大多没什么文化，处理行政工作很费劲，正是如杜甫一般的诗人如鱼得水之处。前两年，哥舒翰的信使来长安的时候，杜甫曾经请信使带去一封写给哥舒翰的诗《投赠哥舒开府翰二十韵》，试探一下得到一份工作的可能。

但是，不像朝廷命官，做节度使的僚佐没有官品，也不由朝廷任免，节度使转迁，幕僚便失去工作。唯一的可能便是幕僚受节度使青睐，跟着回朝转迁。做一个节度使僚佐就不免要为了生计巴结上司，为了混口饭吃而曲意逢迎，这并非杜甫想要做官的本意。

李林甫在一年前死了，长安城里是身兼四十余职的新宰相杨国忠最得势。他已经向杨国忠的恩人，京兆尹鲜于仲通献了诗。"破胆遭前政，阴谋独秉钧"——杨国忠这一派从前被李林甫压制，他杜甫也是同样被李林甫陷害的倒霉人。现在他看准了，一定站在了正确的一边。总该有机会垂青于他。

三

写下《醉时歌》的这年，杜甫再次向延恩匦里投了一篇赋，建议皇帝陛下再次封祀华山。随赋进献的《进〈封西岳赋〉表》，特别吹捧了正当政的司空杨国忠。一年前，他还在《丽人行》里嘲讽杨家人"炙手可热势绝伦，慎莫近前丞相嗔"。三年前，他写下《兵车行》，讽刺杨国忠的恩人鲜于仲通逼反云南的南诏，挑起战争，又无军事才能，一败涂地，损失六万唐军。无权无势的百姓失去儿子和丈夫，只能"牵衣顿足拦道哭，哭声直上干云霄"。这一切的始作俑者鲜于仲通却在杨国忠庇佑下摇身一变又成了京兆尹。

现在，他咬着牙献上赋，拍马屁：是山神降下杨国忠，作为辅佐陛下的栋梁。

在这个透不过气的城市里，每一个呼吸的机会都需要代价来交换。他一无所有了，只能拿良心和正义去换。后人看见了，讥讽他：杜甫在《进〈封西岳赋〉表》里引用《诗经·大雅》里赞美上古帝王与贤臣申伯、仲山甫的句子来阿谀奉承杨国忠，全然忘记自己从前在《丽人行》里对杨国忠的讥诮讽刺，首鼠两端，可谓无耻。

杜甫自己不知道吗？八年里，为了求人汲引，他记得自己写下的每一个字，他写下的每一个字都在煎熬着自己。忍不住时，他写了一首《白丝行》。他是白色的丝绸，只要被穿着行走，就有汗水、尘埃、污渍，他没法保持自己的纯白。他付出被千百年后戳着脊椎骨骂的代价，也依然无法养活一家人。到年底，杜甫只能把妻子和几个孩子送去离长安不远的奉先（今陕西蒲城）。奉先县令是妻子的本家，好就近照看，他自己则奔波在长安与奉先两地。天宝十四载（755年）十月，朝廷的任命终于姗姗来迟：任命杜甫做河西尉，河西县（今陕西合阳县）掌管司法、刑狱的从九品下小官。杜甫却拒绝了：家人在长安南边的奉先，河西却要一直往东北，他这个贫病交加的家庭经不起这样的折腾。他的运气这次不差，吏部很快给他换成了右卫率府兵曹参军，是太子属官，掌管东宫兵仗仪卫，官位为从八品下，比县尉还略高。他应该高兴的：在物价昂贵的京城，这样一份不起眼的工作，终于让他勉强可以养活家人。但想到他为此付出的违心吹捧，赔过的笑脸，他只默然写下"凄凉为折腰"。

杜甫还没来得及安排新生活，奉先家里来了信，家里断粮很久,不到一岁的小儿子快要饿死了。

四

大城市有它不为尧存不为桀亡的气魄。自然,也不会为一个落魄诗人急着回家看儿子的焦虑而改变自己的节奏。傍晚时刻,顺天门上鼓楼击鼓四百下,这是长安城以及长安城内的宫城与皇城关门落锁的信号。第一通鼓声过后,宫殿门关闭;第二通鼓声后,宫城门、左右延明门、皇城门与京城门关闭,四百下鼓声停止时,这座繁华的城市将变成渭水上一座封闭庞大的堡垒。为了能抓紧时间赶路,杜甫在鼓声停止前出了城,趁着夜色向奉先而去。冬天夜寒,翻越骊山时狂风像是要把山吹断。生了冻疮的手早已冻得没有知觉,狂风吹开衣带,想要伸手去系上,手指却无法屈伸。到达山顶时,能够望见笼罩在歌舞丝竹宴乐与温泉湿润的蒸汽中的华清池行宫。高官显贵没有冬天,在财富与权力的堆积中,在对平民的驱使中,四季如春。

朱门酒肉臭,路有冻死骨。

车到渭水边,水势汹涌,幢幢黑夜里高耸的山岩突兀迫人。与他一样的夜旅人提心吊胆地听着车轮轧在老旧的便桥上吱嘎作响。在这样漫长得没有尽头的黑暗旅途里,杜甫低头默默回首自己的前半生:"杜陵有布衣,老大意转拙。许身一何愚,窃比稷与契。居然成濩落,白首甘契阔。"他感慨自己愚蠢,像个傻子一样想做上古贤臣,现在时光如檐下水滴一般流走,白了头发,但寄望的人生还离他很远。"穷年忧黎元,叹息肠内热。取笑同学翁,浩歌弥激烈"——年景不好时,他为百姓担忧,只遭到与他一同读书考试已经功成名就的人的嘲笑。他早该离开长安去为更富裕的生活走一条别的路,但他依然信赖玄宗皇帝是个明君,不忍心离开。但现在,他既没有成为为国效力的栋梁,还拖累了仰赖他照料的家小。

后半夜时下了雪,一身风雪的杜甫刚进家门便听见号啕哭声:小儿子没有等到他,已经饿死了。这是他无能的后果,他写下作为父亲最深刻的愧疚,但同时,他又想到比他更不如的平民。他自己作为官员后代不交赋税,不用服兵役。那些被迫戍边,在一次次战争里讨生存的平民呢?

怀着悲痛与忧虑,杜甫写下这首《自京赴奉先县咏怀五百字》。他不知道,在他越过骊山的那个夜里,朦胧夜色里丝竹管弦飘向远处,迅速被战鼓吞没。范阳、平卢节度使安禄山带领十五万军队反叛朝廷。隆冬时节北方冻结的河流如同铺开的地毯给了安禄山大军迅速推进的天时,不到一个月战火就席卷河北河南。

渔阳鼙(pí)鼓动地来,惊破霓裳羽衣曲。

身在奉先的杜甫听不见确切的消息,但是谣言混着真相每天传来:

听说安禄山兵锋所过的太原府和东受降城(今内蒙古托克托县一带)都奏报安禄山带兵谋反,一路往长安、洛阳而来,又听说那只是讨厌安禄山的朝臣造的谣;听说刚刚入朝的安西节度使封常清被封为新的范阳、平卢节度使,匆匆去华清宫见了皇帝一面,第二天就去洛阳招兵买马;听说在华清宫住了大半年的皇帝终于回到了长安，第一时间处死了安禄山的儿子安庆宗及其妻子荣义郡主。皇帝又在安禄山南下的必经之路上设置防御使，升朔方右厢兵马使郭子仪为朔方节度使，抵抗安禄山。再然后，皇帝在勤政楼摆宴，拜荣王李琬为元帅，右金吾大将军高仙芝为副。十二月初一，五万军士扛着一面接一面的旌旗，迤逦出城，去讨伐安禄山。

听说封常清仓促间在洛阳招募到六万兵马。皇帝又设置河南节度使，统领包括陈留等十三郡，预计在洛阳周围与安禄山有一场大战。十二月十三日，封常清带领他临时招募的六万市井之徒与安禄山接战，三战三败。洛阳陷落，安禄山在洛阳宣布登基，改国号为"大燕"。封常清带着残余部队退往陕郡，与高仙芝会合一同退守潼关。玄宗听说洛阳陷落，封常清、高仙芝退守潼关的消息，一怒之下，斩杀了两员大将。

无将可用的玄宗不得已，选择了因为中风从二月起一直在家休养的西平郡王哥舒翰，拜为皇太子先锋兵马元帅，带着河陇、朔方兵等一共二十万去守潼关。

长安东边所有的道路都因为军事管制阻塞，被困奉先的杜甫既没有办法回到长安，自然也没法继续去做右卫率府兵曹参军。在奉先周围不知所谓的游荡中，他居然还遇见了安禄山军中的逃兵。一个白发老头，为了国家当了二十年兵，没有儿孙，没想到最后却向河洛、长安，他保卫的国家的腹心而来。他便逃。但回到故里，亲故皆去，只余空村。杜甫默然无言，为他写了五首《后出塞》。

在这样焦灼的等待里，天宝十五载（756年）也过去了大半。七月，杜甫得到了潼关和长安相继陷落的消息。也听说，玄宗在马嵬坡被逼着杀死了杨国忠和杨贵妃,而后,与太子分道扬镳。此时,太子已经在灵武自立为帝,就是后来的唐肃宗。杜甫立刻开始策划带着家人离开,想出芦子关,去灵武寻找皇帝的流亡朝廷。

夏末秋初,常有雷雨,雨后道路泥泞,杜甫带着家人跋涉一天,才能行进六七公里。安禄山的叛军在长安周围游荡,为了安全,他不得不选择隐蔽而危险的山侧小道。小女儿饿了便哇哇哭,怕引来虎狼,杜甫便捂住她的嘴,却惹得小女儿在他怀里挣扎着哭得更大声。二儿子懂事些,知道去找吃的,却只能找到苦李。

最后,他还是决定把家人先安置在鄜(fū)州羌村,自己轻装前进,去探一探路。但战场上的暂别常常是永别——杜甫在路上被安禄山叛军抓住,扔进了已被占领的长安——他的官位品级甚至还不够被押去洛阳的。

五

杜甫被抓进长安的时候,大概是八月里月亮最大最亮的那几天。天宝年间流行起新罗传来的风俗,在八月十五这一天设百种饮食,宴乐歌舞,昼夜相继。[3]除此之外,更发展出对月赏玩歌咏的"本地习俗"。

但现在,风里吹来浓重的血腥气,凄迷月光长照一片荆棘。"长安城头头白乌,夜飞延秋门上呼。又向人家啄大屋,屋底达官走避胡。"有年幼的王孙因为仆从四散站在路旁哭泣。腰下宝玦(jué)青珊瑚,身上无有完肌肤。

但在这个噩梦一般的中秋，他却以妻子的口气写了一首漂亮的情诗：

今夜鄜州月，闺中只独看。
遥怜小儿女，未解忆长安。
香雾云鬟湿，清辉玉臂寒。
何时倚虚幌，双照泪痕干。
——《月夜》

从前在长安，他陪着贵公子们携妓游玩，也要应景地赞美佳人。正是该表现诗人风流情趣的时候，他写得兢兢业业，却很勉强。"公子调冰水，佳人雪藕丝"这样呆呆的句子是他用技法来应付的极限了。

宫廷艳诗也是诗歌的一类传统。从梁简文帝时开始，热衷描绘贵族王子狎玩女性。它一定以繁华奢侈为底色。绣领、卧具，都有暧昧的气味，与春风、玉体、广殿曲房一道成为品位与身份的象征。自梁、陈，风靡了南朝贵族宫廷百多年，声渐美而气渐弱，虚空而疲惫，人类情感终于堕落成一种精致的病态。

但现在，杜甫想念跟随他受尽辛苦担忧的妻子，竟然有如得到南朝宫体诗最有风情的点拨，剥开奢靡、虚弱，在囚禁中，用宫体诗的手法复活了困顿在宫廷的轻艳靡丽里百年的情感：

在遥远的长安城里，杜甫咫尺寸寸如在眼前般见到了妻子被夜雾浸湿的云鬟，以及笼住她白皙如玉的手臂的一片月光。他的小儿女也在看着同一轮月亮吗?他们会懂得思念困在长安城里的父亲吗?他不与他们在一起,但他能细致入微地看见在羌村那个简陋的院落里妻子儿女最细微的动作情态。

他实在太不重要了,被关在长安城里居然还能到处走动。十月,宰相房琯带兵与叛军在长安西北的陈陶作战,陷在城里的百姓日夜渴盼迎接官军入城,但结果是"孟冬十郡良家子,血作陈陶泽中水"。作为对历史最忠实的诗人,他写下被占领的长安城里发生的一切:昨夜东风吹血腥,东来橐(tuó)驼满旧都。(《哀王孙》)群胡归来血洗箭,仍唱胡歌饮都市。(《悲陈陶》)

这是他曾经亲见"稻米流脂粟米白","男耕女桑不相失"的城市。

与被囚禁的许多官员一样,杜甫打算逃出城去寻找肃宗的临时朝廷,他遗失多年的运气在这时忽然降临。杜甫借着葱茏的草木悄悄逃出了长安城,顺利来到凤翔,见到了皇帝。这本该庄严的场合却被他破烂到露出手肘的衣服和脚上一双沾满泥污的麻鞋弄得令人哭笑不得。不过,皇帝很高兴有从前东宫的属臣追随自己来到凤翔,给他升了一级官,任命他做左拾遗,从八品上的小官,但是皇帝近臣,负责谏诤。

临时朝廷在凤翔日夜谋划打败安禄山夺回长安,除此之外,被战争打乱的嫉妒、猜忌、利益斗争又与朝廷的重建一起,再次复苏。皇帝已经迫不及待处置了宰相房琯,理由是房琯的门客收受贿赂。实际上,他早就怀疑这是他父亲玄宗派来监视他的间谍。进谏,是杜甫职责所在。他迫不及待地向皇帝说明房琯的才能学识,德高望重，极力想证明这是皇帝的误判。挖空心思想要赶走房琯的皇帝恼羞成怒，杜甫很快被逮捕。御史大夫、宪部尚书、大理寺卿三司会审，同问他的罪——在这样紧张的战争中，因为本分直言而得到这样隆重的审讯，简直滑稽到让人悲愤。多亏宰相张镐为他求情，才免了罪。

杜甫的正直实在刺眼。皇帝看着他心烦，想要把杜甫赶出朝廷去，没有通过正常的制诏程序，没经过门下省审核，亲自下"墨制"[4]让杜甫回家去探亲。不服气的杜甫写了《北征》，开头写道，"杜子将北征，苍茫问家室"——他终于可以回家，但举头茫然，不知道家还在不在。一边担忧家小，一边依然放心不下百废待兴的朝廷，临走时在阙下拜别，絮絮叨叨地自我剖白："虽乏谏诤姿，恐君有遗失。君诚中兴主，经纬固密勿。东胡反未已，臣甫愤所切。"恍恍惚惚走出好远了，依然忍不住回头遥望皇帝所在的凤翔，看见旌旗在夕阳里明灭摇动，满心忧虑。

短短几个月前，在妻子生死不知的战乱里，他怀揣为国尽忠的满腔热情穿越叛军，逃向凤翔，写下《述怀》："麻鞋见天子，衣袖露两肘……涕泪授拾遗，流离主恩厚。"本来有回家探亲的机会，但为了报答皇帝，也没有开口，只能写一封信，向家里报平安——并不知道家里能否收到。听说羌村也遭了难，连鸡狗都不能幸免，不知道他家那间破茅屋里，还剩几个人？听说松柏都被连根拔起，但羌村土冷，妻儿的尸骨或许还没有朽烂。回家的路上，一路都是呻吟和血腥味。他没有听见任何家里的消息，甚至拒绝听见任何消息，不知道，就总有一点儿希望。

他回到羌村的那天，成了村里的大新闻。群鸡乱叫着被村人赶上了树，邻居挤着趴在院墙上，长老携酒而来，一定要他喝，一边还抱歉地解释，酒不好，味薄，地没有人耕种，没有粮食酿酒。妻子打开门看见是他，且喜且惊：以为他早已死了，没想到却站在自己面前！他的二儿子宗武，原先皮肤最白，是他的"骄儿"，但现在脸上全是泥垢，脚上连袜子都没有，见到爸爸反而羞愧地掩脸背过身去哭泣。自他到家就人前人后地跟着，绕膝黏着，害怕稍微放手，父亲又不见了。他没忘记给妻子带回两盒胭脂，小女儿见了新奇，学着母亲的样子梳头，画眉，画成了一张又红又白的花脸。父老请他吃饭，席间谈到局势，人人仰天长叹，老泪纵横。

杜甫把这一次回家的旅程写成《羌村三首》。与《述怀》《北征》一起，都是他最好的诗。他从前写诗，一门心思要叫长安城里的亲贵知道他的才华，他懂得一千个典故，还可以用一万种方式表达。比起他能够熟练操弄的典故，他看见的、他遭遇的，那些旁的诗人不爱写的，如草屑一样的人生，更有穿透人心的力量。现在，上天选择了他，把这支笔放进他的手里，要他记下安史之乱以来的一点一滴。再没有比他更好的选择——他有足够的笔力，他还有如火的心力，有时如烛，有时如炬，但他总是老实地张着眼睛，老实地憨。他直勾勾地看着来到面前的一切，他哭，他笑，他受不了了，他也不能转过身去——在他，这都是他应该承担的责任。

所以，至德二载（757年）十一月的时候，当他在羌村听到肃宗昭告天下，长安收复，他没有犹豫地便整理行装，离开妻儿，向长安进发，哪怕皇帝根本不希望看见这个如鲠在喉的拾遗。

六

百废待兴。杜甫把在天宝年间空置的才智全部投入对工作的热情里。一连写了好几首诗记录他短暂的中枢生活。在《春宿左省》里，他记录一次没有睡好的值夜。他躺在床上，听见啾啾鸟鸣，看见花隐墙垣，想到同样的星空照耀百废待兴的长安城里一户一户的平民。越想越焦躁，无法入眠，一遍遍在心底盘算明早要向皇帝启奏的话题。他等待着金钥匙打开日华门，一次又一次地问，几点了？

可惜，他过于看重谏官的职责却忽视了朝堂上肃宗清洗玄宗旧人的主题。肃宗从四川迎回了父亲玄宗，表面上父慈子孝，但肃宗心里一直焦虑自己做皇帝的合法性，总害怕玄宗再废掉他，于是看玄宗旧臣，便觉得人人图谋不轨。最要紧，就是把房琯支走——房琯曾经劝玄宗分封儿子为各地诸侯，人人带兵勤王，直接促成了永王李璘拥兵自重，与肃宗争夺王位。而杜甫恰好一而再再而三地替房琯说话，很快，他就被冷落排挤，便又跑去喝酒，还是长安城里他最喜欢的曲江。自言自语写了好几首诗：说别人不喜欢他——"纵饮久判人共弃，懒朝真与世相违"，也说自己穷——"朝回日日典春衣，每日江头尽醉归"。

长安的物价与战前相比，有天壤之别。玄宗天宝末年，杜甫做从八品下的右卫率府兵曹参军，是扔在高官云集的宣阳坊、平康坊里都没人睬一眼的小官。但按规定，他也有两百五十亩职田，年收入有一百三十四斛谷物，每个月朝廷还发钱，大约有三万五千六百。甚至，朝廷还配给他两个仆人、几匹马，还能报销一些其他日常开销。甚至在天宝十四载（755年），为了让在京的低级官员过得舒服一点儿，玄宗还刚给两京九品以上官员加过两成的工资。养活杜甫家十口人不成问题。天宝五载（746年），一斗米十三钱，但乾元元年（758年），一斗米要七千钱，一斗酒三百钱。物价飞涨，甚至想要一匹马，也难于上青天——战马是军需物资，已经收归国家统一管理。

杜甫现在当官了，过得却比从前最凄惨时还要拮据。天宝十三载（754年），他穷到要靠定额售卖的太仓米为生，但也还能剩下点钱买酒去找郑虔勾勾兑兑痛饮一回。现在八品朝官左拾遗，买酒的钱，却来自典当春衣。

这个贫穷尴尬说不上话的拾遗也很快没得做了。乾元元年（758年）夏天，杜甫因为房琯的牵连被放逐为华州司功参军。金光门在长安城西，华州（今陕西华县）在南边，出城的时候，杜甫特地绕道金光门与朋友道别。一年多前，在安禄山叛军占领的长安，他从金光门逃出长安奔向凤翔，满怀报效国家的热情。他一次次抛下家庭，不顾性命，在战乱里艰难地寻找朝廷和皇帝。现在，作为皇帝忠诚的臣子，他被放逐，领命离开。走出金光门的时候，杜甫驻马，再次回望这座已经被摧毁的破败城市。他花费一生最宝贵的十年，想要在城里扎下根来，但终于没能成功。

他不知道，这一次离开，就是他与这座城市的永别。

七

杜甫到华州的时候，是一年最热的六月。安史之乱远未结束。朝廷的府库无积蓄，将士的军功无钱赏赐，只能以官爵做赏。将军出征，都配发空名告身[5]，便于临时填写。于是官越给越多，越给越大，也越来越不值钱，写着大将军的告身，才能换一壶酒。华州是科考大州，各种各样"走关系"的请托都朝着专管科考的司功参军而来。

没有丝毫休息的时间，杜甫到任之日便开始上班，暑气蒸腾，汗透重衫。案前是堆积如山的公文，饭碗放在面前也来不及吃一口，便宜了嗡嗡乱飞的苍蝇。挠着头发想大喊一声，但源源不断送来的文书并不体谅这糟老头内心的崩溃。

司功参军、管理学校、庙宇、考试、典礼……一份枯燥繁杂的工作，并不是他想象里为皇帝出谋划策的"做官"，但他依然尽心尽力去做了。他为即将去长安参加吏部考试的学生们准备了五个策问的问题：怎样在公开市场中买不到马匹时提高驿站系统的效率？有没有办法修订征兵方式，能够保证军队兵源的同时也保证农业生产的劳动力？有没有提高粮食储备扼制通货膨胀的好办法？……都是他受过的苦。他想着，尽管如此，他还享受着家族"生常免租税，名不隶征伐"的特权，一般的百姓，只能更辛苦。他受过罪了，便想着要保护比他更弱小的那些不用重蹈覆辙。"老吾老以及人之老"，这是儒家"爱人"最朴素的出发点。

但似乎并不受欢迎。从前考试都是考诗歌文章，凭什么在他手下就要准备经济时务？最没有资格来出考题的，大概就是他这样一个考进士，考制科，投甌献赋，所有的考试都参加过，却从来没考中的人吧。

夏天在忙乱却没有丝毫成就感的公务中过去，诚然他依旧怀有对朝廷百死不悔的忠诚，但一再被冷落、忽视、排挤，与烦琐却不重要的公务一道，都是一种累增的疲惫。下一年秋天，关中地区无法从战乱中恢复过来，物价飞涨，粮食歉收。心灰意懒的杜甫再一次陷入饥饿。向来心向朝廷一往无前的杜甫萌生了退意。

正在此时，杜甫收到朋友热情的信邀请他移居秦州（今甘肃天水）。他没有仔细规划，立刻辞了华州司功参军的官，带着一家老小翻过陇山来到秦州。这位朋友却并未能履行诺言，杜甫一家在秦州陷入了孤立无援进退两难的境地。

满目悲生事，因人作远游。

杜甫还没有来得及享受逃离枯燥公务的闲暇，一下子落入生存的泥潭。他还勉强振奋精神夸奖了秦州的风光："落日邀双鸟，晴天卷片云。"打肿了脸充胖子一般在诗句里享受他的世外桃源。气温一天天冷下去，自然能够提供的食物终于不再能支撑他对隐居的浪漫想象。更危险的是，秦州很快就成了战场。秦州与吐蕃相连，安史之乱爆发后，吐蕃趁机占领了许多边地，入夜之后，常有报警的烽火闪烁在群山之间。

不得已，十月，杜甫再次带着家人远行。这次，是受同谷县宰的邀请辗转迁往同谷（今甘肃成县）。预想中的帮助又一次落了空。他只能重操旧业又做起了山里采药市里换米的艰苦营生。冬天到了，没有吃的，只能穿着短裤拾橡栗、掘黄独，勉强果腹。儿子与他一道去挖食物却空手而归，空荡荡的家里只听见儿女喊饿的呻吟。

腊月开始的时候，为生计所迫的杜甫再次开始携家带口的迁徙。从甘肃翻山越岭，过龙门阁、剑门、鹿头山，终于在除夕之前到了成都。初来乍到，在一年里最热闹的时候，寄住在浣花溪边草堂寺的一间废旧空屋子里。

从华州到成都，乾元二年（759年）在四次长途搬迁中度过。过了年他就虚四十九岁了。他的曾祖父杜依艺在他这个年纪已经做了巩县县令，他的祖父杜审言在他的年纪，早已叫天下人知道了他的清狂才名。杜甫曾经说过，自己家族到近几代衰败，钟鸣鼎食的气象不复从前。但他的父亲杜闲最起码还是五品的紫袍高官，做兖州司马，奉天令，养得起他衣食优裕、肥马轻裘地游荡于齐、楚、吴、越。而他，身无长物，在一年里最该享受安宁丰裕的时候，带着妻子和年幼的孩子们寄住在一间破庙里。作为臣子，他无法施展抱负报效国家；作为父亲，他也无法给孩子们好的教育；弟弟们在远方，同样忍饥挨饿，妹妹丧夫带着孩子勉强生活，作为家里的嫡长子，他甚至无力团聚这个支离破碎的家庭。

他开始努力经营日常生活。为了一个容身之处，他不得不觍着脸向朋友乞讨。天宝年间，当他依然固执地在长安蹉跎时，跑去给当时的河西节度使哥舒翰做幕僚的那个朋友——高适，在安史之乱里飞黄腾达了！哥舒翰败于潼关，高适奔向玄宗，又在肃宗与玄宗争夺政权时奔向肃宗，帮着肃宗讨伐玄宗派去江南的永王李璘，先做蜀州刺史又做彭州刺史,刚好在四川。杜甫常给他写信,多半是求他救急。靠着高适送的一点儿米与邻居的菜蔬过日子。

下一年,杜甫发奋向朋友们求告,终于用朋友们资助的茅草,在浣花溪西头建起一座白茅草堂。村里只有八九户人家,水流在此变缓,圆荷浮小叶,细麦落轻花。他开辟了一块菜园、一块药栏,还沿着屋外小径种了花。他仔细地规划了花园的样子:买了翠竹,还向朋友们写信寻觅松树、桃树与绵竹。在五十岁这年,老杜甫终于有了一处容身之所。"老妻画纸为棋局,稚子敲针作钓钩",贤惠的妻子,懂事的儿女能在简陋的环境里自得其乐,对于杜甫,是一种欣慰,也是一种心酸。

他不能停止对时事的关心。别人受的苦,都像加在他身上,他自己受了苦,总要想到比他更惨的人。夏天大风卷起屋檐上的白茅,"床头屋漏无干处,雨脚如麻未断绝",但是他想到的是"安得广厦千万间,大庇天下寒士俱欢颜"。

不能总受朋友接济,杜甫终于还是去找了一份工作,不情不愿地在异乡安顿下来,做从前不爱做的幕府。当年在长安有些交情的严武因为军功,做剑南节度使,请杜甫做他的幕僚,甚至在广德二年(764年)为他向朝廷要了一个"检校工部员外郎"的名头。这个从六品上的官阶是杜甫这生荣耀的顶点,但它到来在战乱频繁的时候,作为一个虚衔,表彰他做幕僚的成就,简直让人哭笑不得。

幕府的规矩并不比在华州做司功参军轻松:晨入夜归,不是生病事故,不许迟到早退。与刚入仕途的年轻人一起工作,他们并不知道这个头发花白、脾气倔强的糟老头过去的故事,只觉得他格格不入。杜甫忍受漫长的工时，忍受年轻人的排挤，失望气愤，也只能在诗句里默默排遣：白头趋幕府，深觉负平生。

他五十好几了，原先被掩藏在家国责任感与自我成就的强烈愿望之下，那些只习惯故乡故土的根须，被蹉跎的年岁滋养，正与杜甫的白发皱纹一道疯长。他依然有"致君尧舜上"的决心，但他也是个老头了。他不能抹去人人都有的那点庸俗的对落叶归根的渴望。他越来越频繁地想起儿时的往事。

杜甫出生在河南巩县。儿时的院子里有一棵高大的枣树。八月枣子熟了，弟弟妹妹嘴馋，他这个哥哥便猴儿一样，一天上树千回，丢枣子给树下笑着叫着张着手的弟妹。他有四个弟弟，除去跟着他一起到了四川的杜丰，其余三人，在战乱里不通音信。后来杜甫终于在成都与弟弟杜颖重聚，他们谈论起散落各地的兄弟姐妹和姑姑，团聚的愿望无比强烈，也无比困难。

他不止一次制定过回到长安的路线。战乱仍在继续，要想回到长安、洛阳一带，关山阻绝。宝应元年（762年）四月，杜甫听说官军和回纥军队终于收复了河南河北的大部分地区——安史之乱似乎就算是结束了。老诗人"漫卷诗书喜欲狂"。在这首《闻官军收河南河北》里，杜甫喜滋滋地写下规划了无数遍的旅途：

"即从巴峡穿巫峡，便下襄阳向洛阳"——他将顺涪水、嘉陵江到达重庆，而后沿着长江放舟东下到达江陵。由江陵登陆，北行至襄阳，再往北，是南阳，而后就是洛阳。从洛阳他可以去老家偃师，也可以回到长安。

每每有了一些希望，总换来更大的失望。这年七月，剑南兵马使徐知道叛乱。转过年去的广德元年（763年），吐蕃举全国之兵二十万入侵，唐朝负责带兵勤王的关内副元帅郭子仪手里只有二十人。在安史之乱里带兵收复洛阳、长安的唐代宗再次仓皇逃出长安奔向陕州。吐蕃军队一路向东，甚至占领了四川的一部分地区。杜甫不得不离开成都去梓州（今四川三台）、阆州（今四川阆中）躲避。

回家的计划从此耽搁下来。

八

从乾元二年（759年）到永泰元年（765年），杜甫一家断断续续地在成都住了五年。除去长安，成都是他成年之后居住最久的城市。更重要的是，他在成都有草堂、花园与药圃，有一份工作，日子过得远比在长安舒适。可是，他从没有把成都当成家，他在成都闹市的每一次游荡，都是为了收集一点儿与他一样流落在外的属于长安的灵魂。

有一位混迹人群的白发老人，因为穷，被嘲讽驱赶，是长安城里久有盛名的画家曹霸。川人并不知道这就是当年在长安为皇帝画过坐骑"照夜白"与"玉花骢"的名画家曹霸。现在，人人都为吃饱肚子四散奔忙，不再有人有兴趣花费时间来赞美技艺与想象。长安城里，曹霸恐怕也不怎么认识杜甫，但此时，这个热情的节度参谋，却硬拉着他的袖子，为他写了一首好诗《丹青引赠曹将军霸》：

将军魏武之子孙，于今为庶为清门。

英雄割据虽已矣,文彩风流今尚存。

……

即今漂泊干戈际,屡貌寻常行路人。
途穷反遭俗眼白,世上未有如公贫。
但看古来盛名下,终日坎壈缠其身。

曹霸有一个少年成名的弟子韩干,青出于蓝,比曹霸出名很多。杜甫安慰他说,"干惟画肉不画骨,忍使骅骝(huá liú)气凋丧"——韩干画马太肥了,没能画出昂扬骨气。但是他也给韩干写过文,赞美他说:"韩干画马,毫端有神。骅骝老大,騕褭(yǎo niǎo)清新。"比杜甫更晚些的美术史家张彦远批评他不懂画,见谁说谁好。

张彦远不懂杜甫的善良。

人的交往最坚固的方式总是以利益维系,或是有求于彼此,或是结成荣辱与共的同盟。除此之外,欣赏仰慕,都不能避免地随着时间的流逝、距离的增长而淡漠。但是杜甫,他记性过于好了。哪怕仅仅是听说,他也永远记得他们最光华璀璨的一面。哪怕天南海北,杳无音信,哪怕别人根本不认识他,他也一定以最热情的笔触赞美他们。

他们都是盛唐繁华的证明。洛阳宫殿烧焚尽,宗庙新除狐兔穴。务实的后人还没有时间来凭吊这些细枝末节。只有杜甫——对于杜甫,构成曾经长安城辉煌的每一个名字都是他赖以生存的回忆。

玄宗时代,奖掖民牧,引进西域种马,到开元十三年(725

年），唐王朝拥有四十三万匹骏马。少年时的杜甫，在父亲的资助下，也爱骑着骏马游历山川；也爱在名人家里观赏好马，赞美它们"骁腾有如此，万里可横行"，"此皆骑战一敌万，缟素漠漠开风沙"——开边拓土，为唐王朝战无不胜。

现在，国家崩溃，象征着她的骄傲的"马"也不再是最受欢迎的绘画对象。名画家韦偃也曾是长安城里画马的高手，但在成都，主顾更喜欢他画松树。杜甫听说韦偃在成都，赶紧不知道哪里摸出来一匹上好的东绢，扛去韦偃家，请他为自己画一壁古松。但杜甫的草堂建成，将要离开成都的韦偃还是决定为他在壁上留下两匹骏马。

艺术的纤细敏感，需要受过训练的眼睛才能够赞许，依赖时代以优裕宽容照亮。现在，精心钻研的声调、笔触与韵律都无可避免地与曾经强盛的时代一道沉入历史的长夜。广德二年（764年），杜甫一连写了两首诗，纪念他死去与艰难活着的画家朋友们。焰火燃尽，艺术家们并不能在生死与战祸里摘别出自己的命运：

郑公粉绘随长夜，曹霸丹青已白头。
天下何曾有山水，人间不解重骅骝。
——《存殁口号二首·其二》

杜甫仔细地记录他们过去的辉煌，哪怕在他们辉煌的长安城里，他也不过是一个在筵席上敬陪末座的小角色。但通过复述他们的辉煌，杜甫一次次闻到昌乐坊一带浓郁的梨花蜜甜香，他再次看见飞阁相连的大明宫。慈恩寺高塔下年轻的郑虔、王维分据白壁两端,挤挤攘攘等着听故事看画画的人群压低声音兴奋地谈论着他们的衣着、神貌,他们执笔的手势。甚至启夏门边他住过的陋巷,无数个积水成塘的下雨天。

但是谁又如他记得长安一样记得这个喋喋不休的老诗人呢?

九

永泰元年(765年),严武去世,杜甫在成都再无依靠。靠着攒下的一点儿钱,他终于正式开始了归乡的旅途。五年前,他进入成都,一穷二白,几乎一无所有。现在他离开,连健康也失去了。在长安时染上的肺病一直没好,糖尿病也越发严重,发起病来,焦渴难耐。风痹发作,右臂抬不起来。聋了左耳。

这一趟被贫穷与疾病纠缠的旅途并不顺利,磕磕绊绊,走走停停。大历元年(766年),杜甫一家来到夔(kuí)州(今重庆奉节县),他在此度过了两年多的时光。有段时间,他居住在城外建在江边凸出的岩壁上的西阁。朱红色的栏杆围绕着楼阁,他常常独自站在栏杆隔成的露台上看岩层中露出的薄云,水浪中翻涌的月亮。秋天的黄昏,他望着黑夜遮蔽晚霞,星子弥漫天际。石上藤萝,洲前芦花,水边捣衣声阵阵而来,是当地人家在准备衣料做冬衣。他总是抬头不由自主顺着北斗的方向寻找长安的位置。

在夔州的秋夜里,杜甫一口气写下八首《秋兴》,全是回忆里的长安。"同学少年多不贱,五陵衣马自轻肥"——曾经杜陵的同学少年得势升官,也不再理他了。"闻道长安似弈棋,百年世事不胜悲"——他离开长安之后，战争与叛乱，朝堂上翻云覆雨的斗争，如下棋一样瞬息万变。"彩笔昔曾干气象，白头吟望苦低垂"——他也曾献赋皇帝获得赞赏，宰相们围如墙堵，看他写文章。这座城市里留有他最意气风发的好年岁，也有他总是功败垂成的十年，但那都过去了。

现在，是他在长安写下求官不得的悲愤愁苦时根本无法想象的忧虑——白了头发，战火满地，漂泊他乡。而自然从不理会人心的悲苦，在一次次春回里复习青春与温馨，理直气壮地向他展示着"泥融飞燕子，沙暖睡鸳鸯"，"江碧鸟逾白，山青花欲燃"。燕子走了还会飞来，山花落了还会再开。但对于人，过去的年岁不会倒回。当他一次次记录他死去与流落他乡的艺术家朋友们人生的最终章时，他知道，他也正在一天天去往与他们相同的方向。杜甫依然记得自己对于未来曾经有过的那些高远的期望，现在，他知道，那些都不会再发生在自己身上。

这年秋天，吐蕃入侵，占领灵武，去往中原的道路再次封闭。

长安依然远在千里之外。

十

在夔州度过第三个除夕之前，杜甫一家终于听见了好消息：吐蕃的入侵渐渐平定，在战乱里音信不通的弟弟杜观在荆州当阳定居下来，连连写信催唤他一道居住。他喜滋滋写了好几首诗，终于确定，过了除夕，就出三峡，与弟弟们团聚，回家去。

杜甫一家终于在大历三年（768年）正月中旬动身，三月到达江陵。沿着长江水道从湖北到湖南，向东而去。一路缺衣少食，旅途艰难。岁暮时，到了洞庭湖。他登上波光映照里耸立的岳阳楼。日月在湖水上轮转，举目四望，不再有年轻时登高的壮思逸兴，哪怕他的愿望仅剩下活着与家人团聚，也显得太奢侈了——他回家的道路如同在湖面上漂转的孤舟：

昔闻洞庭水，今上岳阳楼。
吴楚东南坼，乾坤日夜浮。
亲朋无一字，老病有孤舟。
戎马关山北，凭轩涕泗流。
——《登岳阳楼》

他摸索着在回乡的路上寻找亲人故旧，总不能如愿。大历四年（769年），杜甫从洞庭湖出发，经过潭州（今湖南长沙）抵达衡州（今湖南衡阳），原想投奔衡州刺史韦之晋，但到达衡州，才知道韦之晋已经调任潭州。折返潭州又发现韦之晋已经去世。这叶载着杜甫家人的小舟在江中彷徨漂流。两岸峭壁对峙，他真的见到了山巅的凤凰——君不见，潇湘之山衡山高，山巅朱凤声嗷嗷。距离他第一次开口吟咏凤凰，五十多年过去了。他眼里的凤凰不再高傲。现在他知道，一只困在罗网里的朱凤如果还想要保护比他更弱小的白鸟，除了孤独，还会得到劳累、担忧和鸱鸮（chī xiāo）的仇恨。

大约也是在这一带，他听见熟悉的歌声掠过波光摇曳的水面杳杳传来：红豆生南国，春来发几枝。愿君多采撷，此物最相思。

唱歌的是宫里的名歌手李龟年。从前他在大明宫的宴会上唱歌，现在是湖南采访使的游船上。李龟年已经很老很老了。写下这首诗的王维也已经在八年前去世。

在这一趟断断续续无比艰难的还乡旅途中，杜甫不断地告别。告别自己年轻时的志愿，告别曾经的朋友。李龟年本比杜甫年长许多，杜甫第一次听见他唱歌，才十几岁。如今，两个白发老头竟然分辨不出谁更老一些。唯一知道的是，这一次偶遇之后，衰老流离，恐怕再也不会相见。杜甫以描写"再逢"为这次相见写了一首关于离别的诗：

岐王宅里寻常见，崔九堂前几度闻。

正是江南好风景，落花时节又逢君。

——《江南逢李龟年》

有人说诗中描绘的江南与他们遇见的地点对不上，恐怕这不是杜甫的亲作。但如果这确是杜甫写的，便是他最后一首绝句。

十一

中原战火未熄，长江水道也并不安全。大历五年（770年）四月，湖南兵马使臧玠在潭州反叛，他不得不再次离开这一带。沿耒水上行去郴州投靠舅父崔伟。夏天，杜甫一家被夏季暴涨的江水困在荒芜的江中,幸好有耒阳县令派人送来酒肉才免于饿死——传说里,饥饿多日的杜甫,饱餐一顿,暴食而亡。但与传说相反,杜甫并没有死于聂县令好心送来的酒肉。饱餐一顿,小船离开耒阳流向未知的未来。

冬天到来的时候,载着杜甫的那条小船依然在洞庭湖一带游荡。夜晚的湖面宽阔平静,他可以看见猎户座里最亮的那颗星早早升起在北天。岸边层层叠叠的小山和山上的红枫在浅浅雾霭里隐隐约约透出温柔的轮廓。

他几乎记不起家乡的冬天了。他年轻时考进士不中,齐、楚、燕、赵玩了一圈之后,回到偃师首阳山下盖了几间土房,郑重地办了暖房仪式,刻石树碑,祭奠了他们杜家最有名的祖先西晋当阳君杜预。准备安家在此。那已经是二十多年前的事情了。那几间土房也许此时已经被白雪覆盖,也许,早就毁灭在连绵的兵祸里。

依然在病中的杜甫久不能眠,趴在枕上给湖南的亲友写信。在这首《风疾舟中伏枕书怀三十六韵奉呈湖南亲友》里,他抱怨病痛的折磨,年岁的芜没,他反省年轻时在长安热情的干谒,也叙说在战乱里反复的流离。最重要的是,战争为什么还没有结束?他到底什么时候才能回到长安,回到他北方的故乡?

据说,写完这封信的这个冬天,五十八岁的杜甫病死在岳州。

哪怕是死了,他也遥望故乡,想要回家。杜甫宠爱的儿子宗武带着归葬父亲的遗命流落湖湘。骄傲的老父亲曾经在一年年的漂泊里摊着满床的书教他寻觅诗句与音律;他咿呀学语时便能"问知人客姓,诵得老夫诗";漂泊夔州的元旦,年老体衰的父亲提起笔来却手指颤抖，笔落在纸上，十四岁的宗武落下眼泪，父亲却笑着写道，"汝啼吾手战，吾笑汝身长"——你因为我手抖而哭，我却因为你长高而笑；在他生日时，为他写诗，"自从都邑语，已伴老夫名。诗是吾家事，人传世上情"——寄望他成为杜家更声名卓著的诗人。

但因为贫穷与疾病，宗武英年早逝。他甚至无法将父亲的遗骨带回偃师的家族墓地安葬，遑论钻研诗艺。宗武死前一再嘱咐大儿子杜嗣业一定要将杜甫归葬偃师。一直到唐宪宗元和八年（813年），杜嗣业一边借钱，一边沿路乞讨求告，才终于将杜甫迁葬回偃师，完成了祖父念念不得的还乡之愿。

这一年，距离杜甫去世已经过去四十三年。

先人归葬，总要请名人树碑作铭，最好还是死者的亲朋好友，才能记功彰美。杜甫的朋友们早已作古，新一代的诗人们又在长安崛起，他们中的大多数人都没有听说过杜甫的名字。杜嗣业途经江陵，听说名诗人元稹正在做江陵府士曹参军，便动了心思。求大诗人作碑文，价钱不菲。杜嗣业没有多少钱，况且元稹正重病，生着疟疾。希望渺茫，也要试一试。杜嗣业向元稹投递了祖父的诗，并请求一篇墓志铭。

没想到元稹少年时便读过杜甫，他欣然应允，写下《唐故工部员外郎杜君墓系铭并序》。元稹说，杜甫写乐府壮浪纵恣，写长诗辞气豪迈，风调情深。写律诗对律精确又不落俗套。尽得古今之体势，兼得人人之所独专。他一直想为杜甫的诗歌文章分类注解，但终于病懒不能完成。

诗到元和体变新。中唐的诗人，跟随杜甫的视角写诗，为时为世，臧否时弊。

但杜甫的后人里，再也没有出过诗人。

***

注释:

[1] 尚书左仆射、开府仪同三司：尚书左仆射，唐代实行三省六部制。尚书省是三省之一，负责行政工作。尚书省的最高长官是尚书令，也就是宰相。（《唐六典》卷一）唐太宗之后，不设尚书令（一种说法是由于唐太宗登基前做过尚书令，于是后来者为避讳便空悬尚书令一职），所以尚书省的副长官尚书左、右丞（又称左、右仆射）成为实际上的宰相。开府仪同三司，唐代的职官称谓中一般包含职事官、散官、勋官和爵号四个部分。职事官是官员具体的职务，代表权力。散官用来确定官员的官阶，代表地位。勋是赐给有功之臣的荣誉称号，一共十二级，称为"十二转"。爵号是皇帝对功勋贵戚的封赏头衔。"开府仪同三司"是唐代文散官的最高等级，从一品。

[2] 延恩匦：武则天时，命令铸铜为四个箱子，放置在朝堂之外，接受天下的奏报。东边的箱子叫"延恩"，接受求官的人的自荐；南边的叫"招谏"，欢迎评论朝政得失；西边的叫"伸冤"，供有冤抑的人求告；北边的叫"通玄"，欢迎关于天象、灾变、军事机密献言献策。（《资治通鉴》卷二百三）

[3] 中秋节是中华民族自古以来的传统节日。但是中秋成为岁时节令、官方认可的节假日和民间节俗，则经过了长久的演变。学界对此有长久、充分的讨论。具体参见杨琳：《中秋节的起源》，

《寻根》，1997年第4期；刘德增：《中秋节源自新罗考》，《文史哲》，2003年第6期；萧放：《中秋节的历史流传、变化及当代意义》，《民间文化论坛》，2004年第5期；辛德勇：《说中秋》，《天文与历法》，生活·读书·新知三联书店，2020年。

[4] 墨制：唐代由皇帝下达的公务命令一般称为"制"或者"敕"。制敕产生的主要程序是皇帝授意中书省起草，由门下省审核同意，再由皇帝在制书或敕书上签字，画"可"或"闻"表示同意，而后送给尚书省执行。这是一份官方文件由起草到执行的法定程序。墨制是皇帝作为个人的私人言论，比如过节赏赐口脂、面药等。由于墨制用于皇帝的私人活动，不需要经过中书门下审核批准，也因此，在法理上，皇帝不可以用墨制来传达公务命令。唐代用墨制干预正常公务最有名的是唐中宗景龙时期，皇帝用墨制授人官爵，不经过中书门下批准，也就是所谓的"卖官鬻爵"。（邓小军《杜甫疏救房琯墨制放归鄜州考——兼论唐代的制敕与墨制》）

[5] 告身：唐代授官的凭证，类似后世的委任状。补选官员时，候选人确认官职后，先由尚书仆射检查，过后交由门下省给事中宣读，黄门侍郎复核，侍中审阅通过后，各部门经手官员各以官符在授官凭证上盖章，这份凭证就叫"告身"。（《通典》卷十五）

李白
赌徒

一

初冬十月，翰林院是大明宫里最不讨人喜欢的地方。出右银台门右手一列长廊，大明宫最西北的位置，翰林院就在其中。夏天漫漫开放的紫薇花已经凋谢大半，龙首原上呼啸的西北风裹起残存的花瓣和枯卷的落叶。东边紧邻的麟德殿里常开宴会，殿前殿下可坐三千人，舞马舞象，仙管凤凰调，宫莺乍啭娇。但值班的翰林学士只能在丝竹乐舞声里对着刻漏[1]，独坐黄昏，忍受寒冷的北风，准备皇帝随时召见。这是他们飞黄腾达所必须付出的代价——翰林学士没有单独品级，所以没有专属于翰林学士的工资。但为皇帝草拟制诏，参议政事，位卑权重。做过翰林，才叫朝廷"心腹"。

元和元年（806年）的初冬，曾经的翰林学士韦执谊在远离翰林院的崖州（今海南海口）裁开一张黄麻纸。他要草拟一篇《翰林故事》，记叙翰林院作为皇帝心腹近臣参与政事的历史。为了记下玄宗开元年间至宪宗元和时期进入翰林学士的每一个名字，他调动曾经主持监修国史的记忆，急切等待一个如雷贯耳的名字来到他眼前：李白。

他们都是吟哦着他的诗篇长大的。当时李白的诗文还没有定卷，有人读过的多，有人读过的少，但至少，人人都会默诵一篇《大鹏赋》。韦执谊的同事白居易虽然不喜欢李白，也得承认，他的诗，是诗中豪者。甚至，他们对于翰林院最初的印象也来源于他得意的诗句："翰林秉笔回英眄，麟阁峥嵘谁可见。承恩初入银台门，著书独在金銮殿。"

李白去世的那年（762年），代宗皇帝追封他为拾遗，但后世更喜欢称呼他"李翰林"。他的朋友为他编纂的诗集叫《李翰林集》，他墓前的碑铭叫《唐故翰林学士李君碣记》。"翰林学士"这个称呼，代表着文采，皇帝的信任，与政治中心的亲近。

只是，哪怕后人执着于称呼他"李翰林"，韦执谊所能检阅到的材料里，从开元二十六年（738年）玄宗皇帝设翰林学士开始，从来没有一个翰林学士叫李白。

二

天宝元年（742年），黄鸡肥黍米熟的秋天，无业游民李白修道归来。刚踏进东鲁家中，一道皇帝征召入京的命令已经在等待他。常年没有工作，没有官职，没有稳定收入，因为无法忍受邻居与女友的嘲笑奚落而不得不隔三岔五逃跑的李白终于扬眉吐气，眉飞色舞地写下"会稽愚妇轻买臣，余亦辞家西入秦。仰天大笑出门去，我辈岂是蓬蒿人"。

扔下诗句，扬长而去。

从东鲁到长安,驿站渐多,楼房越密,各地口音甚至粟特语、回鹘语嘈嘈切切,长安就不远了。越往城中去,甚至气味也搅和在一起,成为大城市才有的混沌:橘皮胡桃瓤、栀子高良姜、干枣、石榴、荜拨、麻椒粒……刚出炉的古楼子焦香酥脆,胡姬举起鸬鹚形状的勺子用力压向酒樽里的酒糟,舀起清透酒液,殷勤劝客。童年里已经印象淡泊的西域特产平平常常招挂在西市街头转角不起眼的店面上……

天宝元年(742年)的长安,像只华丽的大盘子,轻松接纳一切想象里的丰盛。

皇帝征召,特别赐李白骑着黄金装饰的骏马进城,处处都有公家优厚周到的安排。李白再次来到长安,终于品尝到在世界上最大的都市做一个上等人的快活。李白爱富贵,爱虚荣,爱轰轰烈烈,爱建功立业。但他不能参加考试,走不了科举那条窄却笔直的道路。为此,他入赘宰相许圉(yǔ)师家娶许家孙女,到处投递诗卷求人说好话,现在他就要登上金灿灿的宫殿,他这"旁门左道"就要成了。

十二年前,也是他,见识到的却是另外一个长安。

开元十八年(730年)的初夏,李白第一次到了长安,那时候他有点名气了。二十多岁时,被皇帝称作"大手笔"的苏颋做益州长史,住在成都。李白专程打听了苏颋出行的时间,半路拦车,递上诗卷。苏颋看了很喜欢,对随从说,这个孩子天才英丽,下笔不休。虽然还稚嫩,但继续用功,未来可以与司马相如比肩。李白从此成了苏颋的小朋友。

但他又不够有名气。他想见到皇帝，或者皇帝热爱文学的妹妹玉真公主，但没有"关系"。在长安城里游荡，从夏天一直待到初秋，多方访求终于被一个张先生安排着住进了玉真公主的别馆。别馆在郊外终南山上，他精心挑选好最得意的诗赋，抄成诗卷，演练对答，但一天一天又一天，除去蠨蛸（xiāo shāo）和蟋蟀，巨大的别馆里没有半个人搭理他。早秋的山间阴雨连连，厨房没有人做饭，刀上爬满绿藓，只能写诗。有酒无友，生性爱热闹的李白苦着脸，都是牢骚怪话："吟咏思管乐，此人已成灰。"在这两首《玉真公主别馆苦雨赠卫尉张卿》里，他向介绍人求救，旁敲侧击让他赶紧介绍自己。他写"弹剑谢公子，无鱼良可哀"，也写"何时黄金盘，一斛荐槟榔"。但是这位张先生——有人说他是玉真公主的侄女婿张垍，也有人说他是玉真公主的情夫——并没有理睬他。后来李白又求了些人，从秋到冬，处处碰壁。"弹剑作歌奏苦声，曳裾王门不称情"。

他现在知道了，"大道如青天，我独不得出"。

郁闷极了，干脆在城里斗鸡走狗，喝酒赌钱，想玩个开心。他腰挂延陵剑，玉带明珠袍，自以为潇洒得不行，却不知道早得罪了长安城里真正横着走的恶少们，陷入棍棒拳头的重重包围。最后还是朋友陆调一人一马，越过人丛把他救了出来。

这次彻底的失败被李白写进了乐府《行路难》：

大道如青天，我独不得出。
羞逐长安社中儿，赤鸡白狗赌梨栗。

弹剑作歌奏苦声,曳裾王门不称情。
淮阴市井笑韩信,汉朝公卿忌贾生。
君不见昔时燕家重郭隗,拥篲折节无嫌猜。
剧辛、乐毅感恩分,输肝剖胆效英才。
昭王白骨萦蔓草,谁人更扫黄金台?
行路难,归去来!

他写杂言诗,自有他跌跌撞撞的节奏,在这只属于李白(或遗传于鲍照)的纵横跌宕里,他是从市井流氓胯下钻过去的韩信,是困在长沙的贾谊,穷极无聊的阴雨天,屋里忽然飞进一只不祥鵩(fú)鸟。他混迹在古往今来一切时运不济的英雄与才子间,狼狈,愤恨不平。

十二年后,忽然时来运转,甚至有一种传奇般的潇洒。奉诏入朝的不止李白一个,不知道哪天能够面见皇帝,只能等待。焦虑的李白常去紫极宫拜太上老君。没想到,在紫极宫中撞见了一个须发皆白的老头儿——太子宾客、银青光禄大夫、正授秘书监[2]贺知章。贺知章八十多岁了,越发狂放豁达。爱饮酒,爱谈笑,更热爱好文章至癫狂。《本事诗》里提到这次偶遇:李白赶紧摊开随身携带的诗卷,拿出自己的得意之作《蜀道难》请他看。贺知章一边读,一边击节赞叹,他操着一口浓重的吴语,李白极力辨认才勉强听出贺知章夸他是"谪仙人"。贺知章自称"四明狂客",快退休了,更无所顾忌,一手拽着诗卷,一手拉着李白,劈头便去了酒楼,领着李白狂饮酣宴。结账时一摸口袋却没有带钱。贺知章神色不变,解下腰间进出宫门的信物——金龟,押给店家。

添酒回灯,再开宴。

三

有玉真公主的引荐,有贺知章的拼命吹捧,还有一帮道士朋友在皇帝面前替他说好话,这一次进京,李白终于得到一个面见皇帝的机会。这是李白一辈子最荣耀的时刻,他把这短短际遇添油加醋讲过许多许多遍。

他讲给族叔李阳冰,被记在《草堂集序》里:皇帝一见到他,如同当年汉高祖刘邦见到求而不得的商山四皓[3],降下步辇,步行迎接。而后,又请他坐在七宝床上赐宴,又亲手替李白调羹汤。对他说:你只是个布衣,朕却知道你的名字,不是你平时累积道义才会这样吗?他讲给崇拜者魏颢,被记在《李翰林集序》:皇帝试他文章,命他草拟《出师诏》,李白已经喝了半醉,不打草稿,援笔立成。

总之,皇帝很喜欢,让他去翰林院工作,并许诺,过几天就让他做中书舍人,专管草拟诏书。李白早听说过翰林院的清贵:唐太宗贞观时代起,就有把当世才俊和皇帝亲信召集起来做弘文馆学士的传统。他们为皇帝讲习文化,参谋军政,不管是宴会或出行,都陪伴左右。这就是翰林学士的前身。开元初,玄宗皇帝嫌外廷中书侍郎草拟诏书要走的流程太多,处理急务跟不上事情发生的节奏,于是选拔朝官中有文采学识的人,在翰林院做翰林学士,作为他的私人顾问草拟制诏。当年的名相张九龄，李白时代皇帝的女婿、宰相张说的儿子张垍都担任过这个工作。

仿佛天光当头，都只照在他一人头顶上，正是他喜欢的成名方式。骄傲又得意，李白翻来覆去写金灿灿的日常：坐有象牙席，宴饮有黄金盘，白龙马配白玉鞍，连马镫都雕着精美的图案。享受皇家富贵的李白根本不掩饰一个乡巴佬骤然发达的受宠若惊。他跟着玄宗去了华清池，随驾的王公大人都对他客客气气，那些穿着紫绶金章的高官看到他了，甚至要快步走过来搭讪。从前笑他微贱者，却来请谒为交欢。从华清池回来遇到了故人，他一边吹嘘皇帝对他的宠爱，一边夸下海口：待我向皇帝说点好话，回头也赐你个官做。

但渐渐他发现，做官是复杂的门道，哪怕同一个翰林院中，一廊之隔便是高低贵贱两重天地。翰林院南院是挂职"翰林学士"为皇帝草拟制诏的朝廷高官，翰林院北院只是书画家、医生、道士等陪着皇帝游玩宴饮却不参与国家机密的"翰林供奉"。

比如李白。

一大早要到禁中报到，不到夕阳西下不得随意离开。喝酒游荡也不行，得恭候皇帝随时的传诏。别人都忙着国家大事，只他每天的工作就是读书："观书散遗帙，探古穷至妙。片言苟会心，掩卷忽而笑。"笑也只对自己，会心也只对自己。他以为珍馐美味、宝马貂裘就是挤进朝廷中心的标志，实际还差得很远。翰林学士不过是"使职"：一个翰林学士，必须已经有正式的官职，依照"本官"定薪俸，"翰林学士"这个官衔，加缀在本官前后，是亲近皇帝的证明，是荣耀。不过，翰林院的事情，虽然光荣，只是个兼职。但李白,跟别的翰林学士完全不一样——他从头到尾并没有在吏部的任何地方登记,更不要说"本官"。

这样隐秘的差别,是官僚家族里口耳相传的经验。李白给自己编造了皇亲国戚的身份,自称是西凉武昭王李暠的九世孙(唐高祖李渊是李暠的六世孙)。事实上,李白家里近世的先辈都是布衣平民,他又从哪里提前得知呢?

李白极力收敛起他大刺刺的性格,谨小慎微地学习做一个公务员。可是,总有藏不住的时候,便被同事在背后指指点点。他必须一边忍受刻板无聊的日常一边忍受同事的议论,向来什么都不放在心上的李白可怜兮兮写道:"青蝇易相点,白雪难同调。"他直到晚年都恨恨回忆起被排挤的生活是"为贱臣诈诡"。甚至,有人在他背后向皇帝说三道四,他知道了,但孤立无援,也无计可施,只能事后咒骂"谗惑英主心,恩疏佞臣计"。而另一边,得宠的人便可以"斗鸡金宫里,蹴鞠瑶台边"。

巨大的不公正让李白愤愤。他拘束着自己,只为等待皇帝兑现之前让他做中书舍人的承诺,但皇帝根本没再提起这话头。不仅没给他任何正式的官职,甚至没给他派什么正事。李白终于忍不了这望不到头的枯燥与排挤,向皇帝提出了辞职。

也许皇帝只是忙忘了,他一提出辞职便记起来了呢?

四

皇帝拿到辞呈,哦了一声,甚至没有像样地挽留,便赐给他一笔金子，体面地让他离开。永远有叠如浪涌的才子向皇帝面前挤过来，文学侍从是通向李白梦想的事业道路，但对于皇帝，只是少了一个陪玩的人而已，不是什么需要费脑筋思考的问题。

李白以为，他离中书舍人只有一步之遥。功败垂成，都是有人害他，他算来算去，害他的人一定是张垍——张垍以太常卿本官充任翰林学士，但他父亲是做过宰相的燕国公张说，自己是玄宗宠爱的女婿。在李白看来，一定是张垍嫉妒他，技不如人便靠着出身向皇帝说坏话。

但做中书舍人本来也不靠文采。这是帝国文官系统吊诡的地方，似乎文采、学问是甄选官员的标准，实际上，好文采远不如对官僚系统运作体系的熟稔。唐代授官，五品以上制授，六品以下敕授。制、敕与拜官的拜册都由尚书省相关部门拟定呈给皇帝。文官由吏部管辖，武官由兵部管辖。只有皇帝直接领导的供奉官（常常负有监察责任）如拾遗、补阙等，虽然是六品以下，由敕授，但不由吏部插手。中书省草诏，门下省审查批准，然后奏复皇帝，皇帝看过无误，便画"可"或"闻"，再转回门下省缝印，而后送尚书省执行。有时候中书省按着皇帝的意思拟出制敕，门下省审查不通过，门下省给事中可以"涂归"，"封还"中书。太宗贞观时候有名的魏征就做过给事中，曾经有封还敕书三四次不给通过，气得皇帝只能诏他御前讨论的故事。

在这样成熟的官僚系统里，皇帝喜欢一个人，想在官僚系统里给他一个职位，也需要许多人的点头同意。而这"许多人"有很多理由和方式阻止皇帝。官僚系统的分权是为国家机器能够正常运转而设，它负责过滤一意孤行的巨大危害，但同时，它也过滤特立独行的耀眼才华。

要做官，李白有许多考试可以参加：考进士，考明经，通儒家五经的，通一史的，甚至只是文章写得好的，被注意到了，与其相对应的六部二十四司具体的行政部门或者中书省都可以安排特别考试。皇帝还会在每年举办"制举"，以各种名目考试人才。

但"我不能参加任何正规的考试"这句话，李白没法告诉任何人。他年轻时绵州刺史便想要推荐他参加制举，被他以"养高忘机"为名，冷淡地拒绝了，哪怕他曾经在《秋日于太原南栅饯阳曲王赞公贾少公石艾尹少公应举赴上都序》中以羡慕的口吻送别他参加制科考试的朋友们说：擅长政务也好，擅长外交也好，都能在制举里得到好的前程。只是他，必须继续特立独行地引人注目，再极力吹捧对他表示兴趣的一切高官显贵，在这条不可能的道路上一走至黑。

他生来就被剥夺了通过考试飞黄腾达的选择：哪怕他有在正规考试里拔得头筹的才能，也根本无法通过考试之后的资格审核。参加礼部考试之前需要先参加各州贡举。各州贡举的人选必须有明确清楚的本州县籍贯。考完之后，考生需要"怀牒自陈"：带上证明家世的户籍文件，接受对选举资格的查验——考试也不是英雄不问出处。有人说，李白的父亲经商，所以作为商人他没有资格应考；但更大的可能是，李白一家根本没有户籍。

李白的身世最详细的记载来源于他的族叔李阳冰的《草堂集序》和范传正为他写的墓碑《唐左拾遗翰林学士李公新墓碑并序》

（范传正这篇碑记中关于李白的生平录自李白的儿子伯禽）。李阳冰和范传正都讲到李白的先辈因为犯罪被流放，不得不改换姓名。一直到武则天神龙年间，才逃归蜀地。唐初求贤若渴，增加科举的考试科目，连能够靠门荫做官的贵族子弟也以考上进士为荣，但李白的家族直到他这代已经有五世无人做官。

李白的父亲从西域回到中原，沿魏晋时已经开通的西山路本可以在松州、茂州（今四川松潘县、茂县一带）直接南下繁华的成都，但李白一家却到松州之后向东南，定居在荒芜的绵州。李白家里对教育十分看重，在李白小的时候，父亲便严格督促他读书作文。"五岁诵六甲，十岁观百家。""十五观奇书，作赋凌相如。"汉赋楚辞，诸子百家，博观约取。

在李白的时代，京城原本只供给皇亲国戚、高官显贵上学读书的弘文馆、太学，也已经开始招收少量的庶人。可是，望子成龙的李白父亲既没有把家搬往文教更发达的州县，李白也没有能够进入学习条件更好的京城国子学。逃归的人家没有户籍，他努力避开任何会被盘查身份户籍的活动，甚至不愿意去人口更繁多的州县安家。

同时代的诗人都在拼命考试，李白想都不能想。他只能靠拼命"特立独行"，夺人耳目。皇帝的妹妹玉真公主是个专业道姑，皇帝也是个受过道箓的修道爱好者。长安和洛阳不仅修了道教的轩辕黄帝庙，还开设了教授道教经典的崇玄学。为了再次受到关注，李白既要做个名诗人，也想做个名道士。天宝三载（744年），从长安离开后，他先去安陵（今河南鄢陵）请道士盖寰为他造了道箓，而后在齐州（今山东济南）紫极宫高天师处举行了仪式，受道箓。有了这张纸，从此他便是官方记录在册的道士，在天庭有了与自己对应的神职，有了念符咒差遣天兵天将的资格。只要他高兴，便可以腰佩桃木剑，身挂法印、策杖，穿上道袍道冠，弃俗求仙，长生不老。后来，他甚至还一本正经地头戴远游冠，腰佩豁落七元流火金铃，在曹南山造了一个炼丹房（每次李白受了委屈，灰心丧气时便要喊着"吾将营丹砂，永与世人别"去山里炼丹）。

然而，李白并没有从此老实地在得道成仙之路上耕耘，相反，他给自己规划了更周全的干谒路线。给驸马独孤明写诗，恳求"公子重回顾"；《赠崔咨议》写自己是一匹天马，只是世道翻覆，前途难料，希望崔咨议能够提携，他就能够驰骋大路；《赠裴司马》自比技术高超的秀女，但被人嫉妒陷害，生计可怜，"向君发皓齿，顾我莫相违"。

他时时回忆起那时金灿灿的殿阁上，人人都向他躬身行礼。他做了一切努力，为了再次回到皇帝身边。

只是，长安如梦里，何日是归期？

五

从长安去哪里都方便。驿路从帝国的中心辐射出去，东到宋州（今河南商丘市南）、汴州（今河南开封东南），西到岐州（今陕西凤翔），路边酒店旅舍林立，有酒有肉，还有驿驴可以租借。或者走水路，洛阳是全国水道的中心，运河的起点。想去南方只需要在洛阳上船，沿通济渠到汴州，沿汴河一路东下，经过宋州、宿州（今安徽宿州），到泗州临淮再换船沿淮水到楚州（今江苏淮安），而后便能顺着漕渠到达扬州。路上的治安很不错，哪怕一个手无寸铁的普通人也可以放心遨游，更何况他是袖中藏匕首、腰上挂长剑的"武林高手"李白。

去哪里都好，独独不能回家。

李白离开长安的这年四十好几了。与他的同龄人一样，他娶过一个妻子，有两个儿子、一个女儿。孩子们的母亲是故宰相许圉师的孙女，很早便去世了。他带着孩子们从安陆（今湖北安陆）搬到东鲁兖州（今山东济宁），同居了几个妇人，都不开心。她们不满意他喝酒修道，没有收入考不了功名，整天嫌弃抱怨。鲁地儒家文化根深蒂固，在老儒生眼里他一身顽劣，连头发丝儿也透着不可救药。李白不受闲气，他嘲笑自己的同居女友是"愚妇"，又写了一首《嘲鲁儒》，为老儒生画了一张漫画：老儒生为了书上两句话的意义，熬了一头白发，你要是问他点儿跟国计民生相关的，他就满头问号，如坠烟雾。穿着的衣服如同几百年前的出土文物，动一动就一身尘土。现在的朝廷，根本不喜欢你们这样的啦！

丢下气死人的诗，李白学剑漫游，访道友，饮美酒。

作为父亲，他与儿女们相处的时间不如一同隐居修道的道士，不如"玉碗盛来琥珀光"的兰陵美酒，更不如漫游齐鲁历经的山水。他看起来像一个没心没肺的单身汉，但他也依然有一个父亲的温柔。天宝元年，李白从山中隐居归来，皇帝诏他入京的消息适时来到，他扬眉吐气地写下《南陵别儿童入京》。但在这首诗里，他也写见到久违的父亲扑上来牵住他衣角的儿女。在他这个家里，只有他每回归来都会"嬉笑牵人衣"的一双儿女值得留恋。两年过去了，他虽然带着皇帝赏赐的黄金离开长安，但依然没有谋到长久的显赫官爵。李白自然渴望与儿女团聚，但更无法忍受女友与邻居的嘲笑。

他决定往东去江南，见四百年前的谢安，三百年前的谢灵运，两百年前的谢朓（tiǎo）。他们生活在已经逝去的时间里，也生活在他的仰慕里。李白总在诗句里追赶谢朓与谢灵运的脚步。谢朓写过"朔风吹飞雨，萧条江上来"，他便要写"我吟谢朓诗上语，朔风飒飒吹飞雨"；谢朓写过"余霞散成绮，澄江静如练"，他便写"解道澄江静如练，令人长忆谢玄晖"。谢朓曾经做过宣城太守，李白把谢朓赴任的路线都摸清了，跟着走了一遍。他后来漫游江南，甚至把家安在敬亭山下谢朓故居边，"我家敬亭下，辄继谢公作。相去数百年，风期宛如昨。"他也登上宣州谢朓楼，唱"弃我去者昨日之日不可留，乱我心者今日之日多烦忧"。

在谢灵运身上，李白找到身世与际遇的共鸣。谢灵运是谢安的重侄孙，家族高门，但他自己却从小就被寄养，人人都叫他"阿客"，甚至在他无法为自己说一句的时候，他被排除在时代之外的命运便这样定下了。李白也是这个时代的客人，但他上天入地使尽浑身解数为冲破严丝合缝的选官制度罩住他的一张大网，抗议他被排除在时代主流外的命运。他像一头固执的蛮牛，必须要去撞击长安城政权中心固若金汤的圈层，但在他心底，总恋恋不忘的是他偶像们生活过的地方，他的精神故乡。

天宝六载，李白在南京。他终于远远逃开家庭的琐事与世俗的审视。但在精神自由与舐犊之情间，李白并没有他常常表现出的那样潇洒。没有酣宴与冶游时，他还是会想念起他的一双儿女。他想，离家时在屋旁种下的桃树应该已经长成，恐怕跟屋子一样高。开花的时节，小儿子伯禽与小女儿平阳也许双双在树下玩耍，小女儿折下桃花想要献给父亲，才想起来，阿爷已经有三年多不曾回家了。他寄给孩子们一首诗：

吴地桑叶绿，吴蚕已三眠。
我家寄东鲁，谁种龟阴田？
春事已不及，江行复茫然。
南风吹归心，飞堕酒楼前。
楼东一株桃，枝叶拂青烟。
此树我所种，别来向三年。
桃今与楼齐，我行尚未旋。
娇女字平阳，折花倚桃边。
折花不见我，泪下如流泉。
小儿名伯禽，与姊亦齐肩。
双行桃树下，抚背复谁怜？
念此失次第，肝肠日忧煎。
裂素写远意，因之汶阳川。

——《寄东鲁二稚子》

而后，藏起对儿女的思念，他返回梁、宋之间，往来南北的繁华埠口,总该有富,有贵,或者有他的机会。

但在李白继续他迂回曲折的"重回长安"之旅前,在离开长安的这一年,并不是纯然一无所获。天宝三载(744年),李白收获了一个新朋友——杜甫。

六

我们大约知道他们在天宝三载(744年)的秋天碰面,但他们怎样认识,究竟在哪里相识,已经杳不可考。后代的研究家有许多浪漫的猜测。

有人说,李白住在东鲁时他们便认识。杜甫的父亲是兖州司马,杜甫在齐鲁漫游时,李白也在儒生与女友的嘲讽中四处游荡,他们很可能早就结识在路边的酒馆旅店。有人说,他们共同的前辈李邕一定要攒个局,让这两位后生互相认识。更多的人认为,住在洛阳附近首阳山的杜甫进城的时候与漫游的李白相会在洛阳。更有可能,天宝三载(744年),李白离开长安在汴州徘徊,杜甫因为祖母丧事来回奔走在梁、宋之间,不期而遇。

总之,杜甫在三十二岁这年识得了他这辈子最看重的朋友。他有一双过于明亮的眼睛。这是很多人对李白的第一印象:"眸子炯然,哆如饿虎。"他腰上挂着一把锋利华丽的长剑,袖子里藏着一把匕首。像是书里写过春秋时期的游侠。他特别强调自己小时候行侠仗义,曾经杀过几个人。"十步杀一人,千里不留行"——杀人竟然也可以这么得意?杜甫听了,竟然很兴奋,夸奖他是"白刃仇不义,黄金倾有无。杀人红尘里,报答在斯须"——甚至危险地跃跃欲试。

对于杜甫来说,李白是从天而降的异类,充满着神秘的吸引力。

李白的父辈在西域经商,直到他五岁才因为避祸搬回唐土。他从小便接受中原的教育,却充满异域情调。他爱历史,也写怀古诗,但他的怀古是搂着歌姬,坟头跳舞:

携妓东土山,怅然悲谢安。
我妓今朝如花月,他妓古坟荒草寒。
白鸡梦后三百岁,洒酒浇君同所欢。
酣来自作青海舞,秋风吹落紫绮冠。
彼亦一时,此亦一时,浩浩洪流之咏何必奇。
——《东山吟》

他二十多岁时与朋友吴指南游洞庭,吴指南病死。李白抱着他的尸身大哭,泪尽后泣血。那会儿他没钱,只能草草埋了,而后继续游历。过了几年还是放心不下,李白又回到洞庭,挖出吴指南的尸身,剔去筋肉,包起吴指南的骨头,裹在背囊里,一边旅行一边乞讨借钱,终于把吴指南的骨头厚葬在鄂城之东。

天地山川,从他的眼里看过去有不一样的尺度:他生长在四川绵州(今四川绵阳一带)的群山之中,他少时攀登游玩的紫云山、大匡山上常有云雾缭绕,有紫云结于山顶,有骑羊仙人凌日而去。他描绘道宫仙境绘声绘色,让人神往。

在李白的蛊惑下，杜甫这孔子的好学生竟然与李白"方期拾瑶草"——要去王屋山访谒道士华盖君。但命运皱了皱眉头：杜甫的未来应该属于脚下兴亡斗转的大地，属于受困于家族的凡人。修道成仙，不是他的路——杜甫刚到王屋山便得到消息，华盖君已经去世。于是他又悻悻然回到汴州。

李白还有许多皇帝赏赐的黄金，杜甫的父亲杜闲正在兖州做司马，供给他肥马轻裘。这两位后来穷到吃不了饭屡屡要写信向朋友借钱的诗人，加上还籍籍无名的高适，此时还不需承受世俗生活油烹火炸的刻薄煎熬，在齐州、宋州过了一段快活日子：他们游访西汉梁孝王留存的园林，登上半月形的单父台，一边"置酒望白云，商飙起寒梧"，一边在繁华汴州一马平川的原野上奔驰，望见"邑中九万家，高栋照通衢"。至于在酒垆中谈论诗歌与政治，在歌姬的温柔陪伴里厮混一天更是常事。携手去寻访有名的隐士，"醉眠秋共被，携手日同行"，喝醉了便即席朗诵屈原的《橘颂》。

天宝四载秋天，杜甫离开兖州，李白在尧祠摆酒为他饯行。他为杜甫写了《鲁郡东石门送杜二甫》：

醉别复几日，登临遍池台。
何时石门路，重有金樽开？
秋波落泗水，海色明徂徕。
飞蓬各自远，且尽手中杯。

李白最擅长向他喜欢的朋友表达火热的感情，他为孟浩然写

"吾爱孟夫子，风流天下闻"，他为秋浦崔县令写"吾爱崔秋浦，宛然陶令风"，但他只对杜甫说，"飞蓬各自远，且尽手中杯"。"转蓬"在乐府中常见，曹植曾经用过这个典，"转蓬离本根，飘飘随长风"。在植物的盛衰里，诗人观察到人生的本质：短暂相聚之后，如同枝叶，各自有枯荣。他面前的年轻人有清白的家世，有显赫的宗族，他上进而聪慧，他可以去考进士，考制举，朝廷的选官制度为他这样的人精心铺设了走向政权中心的红地毯。他将会走向一种与自己截然不同的人生。

还是举起酒杯，快乐地干了这杯酒吧！

这就是他们最后的见面。

七

天宝十四载（755年）的秋天，第一片黄叶落下的时候，天气并不太冷。李白依然热衷于劳而无功的求官，但聪明的人已经感觉到凉意。

唐代为防御外敌入侵在东北、西北边境设立了六个都护府，玄宗天宝年间，为了应对边境战事又增加十节度使，屯集重兵。屡屡有人向皇帝谏言，安禄山身兼平卢、范阳和河东三镇节度使，权力膨胀，恐怕有反心。

但皇帝并不放在心上，甚至很乐意他的朝臣们以一种敌对的状态各分阵营，相互攻讦：西北军哥舒翰与东北的安禄山是死敌，甚至不能坐在一桌吃饭。太子与军队的联系被切断，在朝堂上与李林甫相互制约，杨国忠继承李林甫的相位之后与安禄山互相敌对，屡屡报告安禄山要反。他们的互相敌视正说明玄宗这个五十年太平天子的政治平衡之术越发精湛。玄宗皇帝以为自己了解人性，却没计算在利益的反复博弈之下，是"忠诚"这个棱角分明的概念在经受磨砺。

十一月，带着血腥味的战鼓如同被诅咒的野火在北中国蔓延。范阳、平卢、河东三镇节度使安禄山带领奚、契丹十五万人在范阳反叛。所过州县，望风瓦解，守令有的弃城出逃，有的直接开门出迎。不到一个月，就打到洛阳城下。封常清、哥舒翰相继兵败，原先在长安城里观望战局的京畿大家族们终于开始庞大又沉重的迁徙。通往淮南道、江南道、山南道与剑南道的道路渡口，扶老携幼，车马相连，甚至有些家族迢迢迁往更险远的岭南道。

李白没有重要到有专人追踪他在这时的行踪，他自己也不耐烦写日记。时间、地点、做了什么事情，一概不清不楚。几种李白年谱都认为，在这场战祸蔓延的时候，李白一直在江南。但更有可能，安禄山起兵的时候，他还停留在梁、宋一带寻找机会。河南河北陷落，李白没来得及逃走。比起他那些中原出身的朋友们，他还有保命的绝技——他会胡语，长得高眉深目，像胡人。他便改换胡服，混在叛军中，竟然逃了出来。

在《奔亡道中》五首里，他写中原被占领成为边塞——"洛阳为易水，嵩岳是燕山"，他自己"愁容变海色，短服改胡衣"，也写"仍留一只箭，未射鲁连书"，"申包惟恸哭，七日鬓毛斑"。这样的变乱，是他效仿他春秋战国的偶像们建立不朽功勋的机会。

他听说封常清在洛阳招募军士，也听说高仙芝带着五万甲士出长安，驻守函谷关，立刻往函谷关投奔高仙芝的军队。但战乱中，没人有空搭理一个浪漫诗人报效国家的热情。他没有能够在函谷关参军，也没有能够在玄宗离开长安前见到皇帝，只能跟着逃亡的队伍上了华山。从山上望下去，洛阳一带的平原上，茫茫都是安禄山的军队。当杜甫被囚在长安城里写"昨夜东风吹血腥，东来橐驼满旧都"时，李白看见了洛阳相同的场景，"流血涂野草，豺狼尽冠缨"。杜甫从长安城里向朝廷所在的凤翔逃去的时候，李白被逃难的人群一路裹挟奔向江南。

最终到达江南，已经是天宝十五载（756年）的暮春。

歇马傍春草，欲行远道迷。

有一件事情是确切知道的：从来不算计日常的李白，很不寻常地写了一首婆婆妈妈的诗。他的一个叫武谔的门人专门来寻他，问他有什么需要帮助的。李白写下《赠武十七谔》请求武谔穿过交战的火线，去已经沦陷的山东，把儿子伯禽接到身边来。

李白最终选择住在庐山。"日照香炉生紫烟，遥看瀑布挂前川"——他满可以继续修道成仙了，但天下大乱，正是出英雄的时候。他蹉跎十多年而不得的机会，现在正有一个被捧在他面前：太子在马嵬驿与去往成都的玄宗分道扬镳，无奈之下，玄宗只能封太子李亨为天下兵马元帅，命他收复长安。但同时，老皇帝也任命永王李璘为江淮兵马都督、扬州节度大使，另带一路兵马在广陵造船做水军由海上绕道幽州，进攻安禄山的老巢。永王沿长江行军，他的说客已经带着永王的征辟信来了两次，请李白出山去做参谋。

李白都拒绝了——他又不傻，这是当时一般名士都会做出的一致选择：江南还安定，应该在此休养生息等朝廷重建起来去谋个好位置。从军去反抗，都是险中求富贵，不值当。消息灵通人士更知道，永王的行动关系着皇家争权夺利的斗争：太子离开老皇帝后不久，自作主张继位为帝，没有通知老皇帝。老皇帝很快对此做出了反应——一边发布退位诏书，一边又补充说：四海军国大事，皇帝先决定，然后奏给上皇。皇帝在西北灵武，距离长安遥远，奏报难通的时候，上皇以诰旨先处置，然后奏给皇帝。等到长安克复，上皇才真正退休。太子手里只有西北的统治权，江南还在老皇帝手里。永王李璘这时候自己带领一支军队南下，自然是老皇帝的命令。在新皇帝眼里，李璘的军队就是老皇帝要从他手里割出江南的狠招。明眼人都知道，跟着李璘难保不成为皇家争权夺利的牺牲品。

但李白等不得了。太平时代，选官制度这架事无巨细的机器碾轧着他，不放过任何一个角落。而现在，一切机器都停止转动，严丝合缝的规则被扯开一个大洞。他五十五岁了，这是时代的大不幸，也是他最后的机会。

八

人无法看清自己的命运，但前代的命运，像是黄麻纸上的纤维，丝绸撕开时参差的裂痕，观察得久了，一切细节都有意义。诸葛亮隐居隆中，刘备去请了三次；谢安隐居东山，直到四十多岁还一无所成，这些都成了对李白命运的隐喻。他的人生轨迹必须在此时与诸葛亮、谢安重叠。

至德二载（757年）正月，永王李璘的军队到达浔阳。第三次派人来请，李白终于点头，下山来到永王李璘军中，成为江淮兵马都督从事。他写了十一首《永王东巡歌》记录李璘进军的过程。在他为自己设定的命运簿里，这个时间点，他是淝水之战前的谢安。他写下"但用东山谢安石，为君谈笑静胡沙"。安史之乱将如淝水之战成就谢安一样，成就李白。

在李白用他积攒五十多年的热情与才华为永王唱着高歌一路东下时，至德元载（756年）七月刚刚继位的肃宗正在江南地区布下一张大网。在肃宗这里，他有两个敌人，一个是占领河南河北与国都的安禄山，另一个，是随时能够把他的皇帝位置掳夺的老皇帝玄宗。北方战乱，江淮还有租赋亿万，是对抗安禄山所有资源的出处。永王李璘奉了玄宗皇帝的命令做山南东路、岭南、黔中、江南四道节度使兼江陵大都督，尽占江南财政军事。皇帝的宝座，是肃宗急吼吼从父亲手里抢来的，难道他的兄弟不能再从他的手上抢去吗？偏偏李白还在《永王东巡歌》里大刺刺写"我王楼舰轻秦汉，却似文皇欲渡辽"，"龙蟠虎踞帝王州，帝子金陵访古丘"，"战舰森森罗虎士，征帆一一引龙驹"。兴高采烈，浩浩荡荡，甚至处处以过去的皇帝比拟永王，字字戳中肃宗的神经。

肃宗继位后的第三个月，至德元载（756年）十月，肃宗下诏永王只身回四川觐见玄宗，停止进军。永王没理他。于是肃宗立刻在永王李璘进军的道路上设下无数绊子：至德元载（756年）十二月，肃宗新置淮南节度使，统领包括广陵在内的十二郡，节度使是高适。置淮南西道节度使，统领汝南等五郡，与江东节度使一起负责围剿永王。

江南地方的官员也对永王百般不合作。肃宗任命的度支郎中刘晏负责把江淮地区的租庸调运往北方为作战提供财富，永王想给他在军中一个职位，作为拉拢，被刘晏拒绝。不仅如此，刘晏还在私下与吴郡采访使李希言谋划把永王赶出去。李希言一边在丹阳布置当地军队阻挡永王进军，一边挑衅永王：在给永王的官方文书里不敬称，直书永王姓名。

永王回信将李希言一通大骂，并在润州击败了当地军队。永王一路从江陵而来，过浔阳，经当涂、江宁，势如破竹般抵达润州。

润州，距离他要去的广陵（扬州）还有六十三里。

至德二载（757年）二月十日，润州的对岸瓜州忽然树起"讨逆"大旗，旗帜延绵，在阳光与江水照耀下闪闪发光。肃宗的亲信太监也在诏讨队伍里，昭告天下：这次进军，在新皇帝那里，是叛逆。永王的军队人心浮动。那天晚上，永王的亲信季广琛召集相熟的将军，割臂结盟，背叛李璘，渡江而去。高楼被拆掉第一根柱子，轰然倒塌，永王的军队很快四散投降，逃跑，永王只能带着少数亲信先往晋陵（今江苏常州），又往长江上游的江西逃去。官军紧追不舍，最终将永王李璘射杀在江西大庾岭。

九

李璘兵败，随从四散。李白混在败亡的队伍里从丹阳坐船奔向东南方向的晋陵。二月的江南，夜风湿冷，追兵紧跟在后，火把相连如同燃烧的星火。恐惧与寒冷交替，漫漫难熬。熬不过去的时候，李白唱起了歌。穷途末路的水边，是一定要唱歌的：荆轲刺秦，永诀易水；项羽败亡，自刎乌江。但李白唱的这首歌，是委屈：他以为他是英勇的，他毫无疑问代表正义，他要去讨伐安禄山的！没想到，他把自己投入到一场本来已经避开的战争中，在政治的翻覆里，他也成了一个反贼。

比起道术，其实李白更相信历史对于命运的占卜。公元前597年晋国与楚国战于两棠，晋军败绩，前有楚军，后有黄河，晋军被逼入绝境。记录这次战争的左丘明在《左传》里冷酷而准确地描述晋军慌乱的逃窜："中军、下军争舟，舟中之指可掬也。"《诗经》里把一同并肩作战的士兵叫"同袍"，但在这里，两支部队争夺逃亡的船只，先上船的士兵疯狂砍向扒着船舷的同袍。一截一截的手指维持着用力弯曲的角度咚咚咚咚地落在被血洗过的船上。又过了两年，楚国围攻宋国，围城九个月，城内"易子而食，析骸以爨（cuàn）"——守城的军民交换孩子吃，吃完了肉再把骨头拆了当柴做饭。

残酷的战争最后都归入自相残杀的结局。

李白在这首《南奔书怀》里，用了这两个典故："舟中指可掬，城上骸争爨。"历史如同诅咒一般再现：玄宗的两个儿子带着各自的军队相互残杀，而长安、洛阳失陷，安禄山的将领阿史那承庆攻陷颍川郡，江陵、荆州以及荆州扼守的长江下游江南与巴楚地区都危在旦夕。

李白不耐烦太复杂的细节，战争也好，政治斗争也好，他不像杜甫那样工笔细描某一场具体战争的残酷。但更抽象地，他感觉到人类历史一再地重复，这让他失望烦闷。他曾经满腔热血，希望扫清寇乱，但现在，只能把一腔委屈气愤唱进逃亡的歌里，拔出剑砍向废墟里烧焦的柱子。

李白想逃回庐山，半道在彭泽被捕。这一个月的从军行，成了李白无法洗脱的污点。他只好拼命为自己辩解，"空名适自误，迫胁上楼船"——都是因为太有名，被逼的。但他在永王的宴会上眉飞色舞写下的诗句白纸黑字。永王征辟时，拒绝了他的名士后来都活得好好的，到了李白这里，"胁迫"就如此严重不能拒绝？颠倒错乱，自相矛盾，但也只能硬着头皮解释。

李白被押在浔阳狱中时，永王李璘的谋士伏诛的消息每天传来，不知道哪一天就有好酒好菜送进牢房，点到他的名字。他的妻子宗氏是武则天时代宰相宗楚客的孙女，此时托着家里的关系为他上下奔走，眼泪流干，受尽白眼。他还有一双儿女，刚刚从战乱的北方安全归来，他还渴望有生之年再次回到长安，登上金灿灿的宫殿。

他要活下去。他疯狂地向所有能为他说上一句半句的人投诗求救，比如他十年的老友高适。

天宝三载（744年），李白、高适与杜甫一起漫游梁宋，跑马观妓。那时候的李白名满天下，有皇帝赠予的黄金，有谪仙人的美誉。那时候的高适只不过是居住在宋中无数不得意的穷酸诗人。除去开元二十三年（735年）参加过一次不成功的制举，别无建树。现在，李白是阶下囚，高适成了御史中丞、扬州大都督府长史、淮南节度使。

李白终于还是拉不下脸直接向高适求救。浔阳张孟熊将往广陵去做高适的参军。朋友远行嘛,写一首送别诗总是应当的。他为张孟熊写了《送张秀才谒高中丞并序》,只是写着写着,主角变成了高公——"高公镇淮海,谈笑廓妖氛";又说到自己的冤屈——"我无燕霜感,玉石俱烧焚";自比邹衍——邹衍事燕惠王尽忠,遭谗言下狱,邹衍仰天哭,五月天为之下霜。

他为这首诗写了一个小序,说他在狱中读秦末历史,读到张良的故事,深为感动。他想让这通夸张的吹捧在"读历史至张良一节"这个随机事件之下,显得不那么捉襟见肘的刻意,他也想高适能够明白他的志向与冤屈。

看起来很有希望。永王的幕僚季广琛在高适的帮助之下免于死罪,那么他这个旧友,更该获得助宥,毕竟他们曾经在天宝三载(744年)的秋天一道饮酒观妓,射猎论诗。但李白对高适的吹捧随着求他搭救的热望一道石沉大海,李白从此再没有等到高适的只字片语。

寄予厚望的一步踏空,李白还有运气。在李白疯狂干谒名人的青年时代,他曾经见过名诗人宋之问的弟弟宋之悌。不同于宋之问的文采,宋之悌是个有勇力的武夫,在四川一带做过益州长史、剑南节度使兼采访使。告别时,李白为他写了名句:"平生不下泪,于此泣无穷。"现在,宋之悌的儿子宋若思正做江南西道采访使兼宣城郡太守,带兵三千赴河南对抗安禄山,路过浔阳。死马当作活马医,李白也向他投了诗。没想到,这个半熟不熟的旧友之子向他伸出了援手,将他救了出来。

侥幸不死的李白以为他重获清白。留在宋若思幕府里，一面为他写公文，陪他饮酒赴宴，用他能做的一切表达感谢；一面一不做二不休，请求宋若思向皇帝推荐他做官，甚至推荐信，他都替宋若思写好了。他以宋若思的口气吹捧自己说：李白当年在长安，是"五府交辟，名动京师"，人人抢着要，红得不得了。现在因为永王的事情含冤得罪，实在无辜。李白此人"怀经济之才，抗巢、由之节。文可以变风俗，学可以究天人"，是稀世之英。陛下您赶紧拜他一个京官，让朝堂上也有光。于是四海豪杰，都会望风而动……

李白信心满满，也许因祸得福。奏表递上，没有等得朝廷任何的回复。没多久，连宋若思的幕府也待不下去了，他辞职而去，很快在宿松山大病一场，病中也不忘向刚从凤翔来浔阳，都统淮南诸军事的宰相张镐赠诗求引荐。这个后世声名寂寂的张镐，从不知道在这一年他承担着解救唐代诗坛最重要的两个诗人的重担：夏天的时候，他刚把杜甫从凤翔的死牢里救出来，此时，又收到李白寄来的求助。

依然没有回复。到了冬天，朝廷的回复姗姗来迟：

李白从贼，流放夜郎。

十

八年前，李白的好友王昌龄流放龙标（今湖南省洪江市黔城镇），在李白眼里那就是最险远的边地，他为王昌龄写了一首诗，把龙标比作传说里有去无回的夜郎（今贵州正安县）："我寄愁心与明月，随君直到夜郎西。"没想到现在，愁心、明月与他这把老骨头真的要一起往夜郎去。

从浔阳到夜郎，需要经洞庭，出荆门，过三峡。这一路，李白走了大半年，从江夏、岳阳，到长沙、衡山、零陵。他名满天下，各地都有接待他的朋友，请他喝酒，请他玩，他再写诗相赠，把流放过得像长期巡游，直到这年冬天，到了三峡边。冬季枯水，滟滪堆出水二十余丈，三峡难以通航，进出都只在春秋两季。李白滞留沔州（今湖北汉阳），以为自己有生之年不能再回来，郑重地写了一批诗，留别他的朋友们。

没想到，乾元二年（759年），李白流放夜郎的第三年，朝廷大赦天下，死罪改流放，流放以下赦免。李白流放，半道而还。他快六十了，兴奋起来还是跃跃然，像个孩子。他把跃动的心情写进诗里，就是自由跳动的意象。他不耐烦律诗在颈联、颔联规整的对仗，那像是一个盒子，装不下李白。他选了最擅长的七言绝句，四个散句如一篇飞天遁地的游记，有色彩，有速度，有声音，一切都为了衬托他的兴奋，便成名篇：

朝辞白帝彩云间，千里江陵一日还。

两岸猿声啼不住，轻舟已过万重山。

——《早发白帝城》

过了年,他虚岁六十了。枷锁与宫殿都弃他而去,他又一次回到三十多年前他从蜀中出发的那一刻。那时候,他从四川出发去看外面更广阔的天地。顺江而下,出三峡,下荆门,游洞庭。同样的峨眉山月,同样的夹岸群山。那时候他写"峨眉山月半轮秋,影入平羌江水流"。长江出三峡之后骤然开阔,他写"山随平野尽,江入大荒流"。外面的世界带着无穷机遇与巨大成功在静静等着他。"月下飞天镜,云生结海楼",月亮、江水与云都格外明亮。

现在,他又过三峡与峨眉。江山没变,岁月空长。他得到过财富、荣耀,现在都失去了,只剩老病穷困,孑然一身。还是一样的月亮,老李白此时仰起头,竟发现一种寂寂苍茫:"我在巴东三峡时,西看明月忆峨眉。月出峨眉照沧海,与人万里长相随。"

漂泊半生,一无所有,李白又想到了江南。

十一

顺江而下,李白去了当涂,与他在当涂做官的族叔李阳冰住在一起。

当涂有一条伸入长江中的岬角叫牛渚矶(更普遍的名字是"采石矶"),这里江面变窄,两岸绝壁乱石,是军事要地。李白很爱这个地方,来过许多次。在更早远的时空,他喜欢的谢家人也常来此处。谢朓的曾曾叔祖谢尚镇守牛渚,在秋夜泛舟赏月,月色明亮,枫叶鲜艳。他听见江上的小船里,有人在吟诗,是袁宏在吟诵自己写的《咏史》。谢尚很喜欢,便去结交,而后成就一段相知的佳话。从前许多个在牛渚矶江边游荡，胡思乱想的夜里，李白写过一首《夜泊牛渚怀古》记下这个典故：

牛渚西江夜，青天无片云。
登舟望秋月，空忆谢将军。
余亦能高咏，斯人不可闻。
明朝挂帆席，枫叶落纷纷。

许多年过去，李白又来牛渚。当时人多半认为他神经兮兮，颠三倒四，任性妄为。为了做官，就没脸没皮地自我吹捧，干谒求人，当道士，拜道箓，跟皇帝与公主套近乎，最后他孤注一掷地吹捧"反贼"永王李璘。他知道，不在乎，冷冷写过："世人见我恒殊调，闻余大言皆冷笑。"他不自我辩白，但暗地里也会怅惘——怎就没有一个人能像谢尚理解袁宏一样理解我呢？

李白的希望与失望火焰一样此起彼伏，大多数时候，他有意选择向别人展示高亢明亮，但面对自己的时候，他不得不诚实面对孤独。他有许多朋友，也有他们永不能触及的角落。

他只身面对一轮月亮的时候，是"花间一壶酒，独酌无相亲。举杯邀明月，对影成三人"。

他与敬亭山默默对坐的时候，是"众鸟高飞尽，孤云独去闲。相看两不厌，只有敬亭山"。

对未来的希望是一道阀门，拦住他的失望、寂寞。但是年龄是阀门上的胶皮圈，慢慢地，年轻时熊熊燃烧的热望渐渐冷却松弛，现在他要面对的不是希望、失望的交替,而是最终的熄灭。

他这具躯体诚实地记录了在人间行走的磋磨。他生病。躺着躺着,春天到了。出去走走,也写了一首诗:

沧老卧江海,再欢天地清。
病闲久寂寞,岁物徒芬荣。
借君西池游,聊以散我情。
扫雪松下去,扪萝石道行。
谢公池塘上,春草飒已生。
花枝拂人来,山鸟向我鸣。
田家有美酒,落日与之倾。
醉罢弄归月,遥欣稚子迎。
——《游谢氏山亭》

还是他喜爱的谢公山,山南有谢朓故宅,宅后山道,路极险峻。山上有池,是谢朓喜欢的西池,水冷味甘,盛夏来就好了。山顶有亭,名"谢公亭"。他大概缓缓地又游了一遍:扫雪松下,葛藤爬上石道。花枝拂人,山鸟鸣叫。旧岁还有痕迹,但春气已经蓬勃。他看见两百年前谢朓家的池塘上,已经生出青青春草。

既不是李白式的奇崛,也不是李白式的浪漫的寂寞。六十一岁了,他的行动开始迟缓,但是眼睛、耳朵却因此格外贪婪。等不得,追不上,新的将无可避免地掩埋旧的岁月。这是自然的轮回,也是人类的规律。在一系列的新旧对比里,他与他崇拜的谢朓也在逐渐接近——当他们都成腐土，都会退隐到时间的幕布后去。那时候，时间的距离将不再被计算，他可以自由地到达他想去的任何时代，任何人的身边。他崇拜过建功立业的鲁仲连、诸葛亮，但最后，他还是最想停留在谢朓曾经居住过的地方。谢朓因为不愿参与谋反而被诬告谋反，三十五岁上死在狱中。倚靠着与他一样的失败者，李白竟然有一种滑稽的归宿感。你看，现在李白甚至不再谈论他津津乐道的修道大业了。

后世的笔记小说家为他创造过许多明亮任性的故事：

传说他在长安时参加玄宗的宴会，写诗之前，先要高力士脱靴，杨贵妃倒酒。

传说他年轻时游并州，曾经搭救过犯法的郭子仪。李白下狱时，郭子仪正领兵对抗安史叛军，收复长安，听到消息愿意以官爵赎李白，才由死罪改流放。

《唐摭言》说他死于一场模糊了记忆、诗意与现实的醉酒：那夜他乘船渡牛渚矶，江中明月皎皎，如他童年时最爱的白玉盘。他在梦里乘舟经过太阳，现在，又为什么不能去水里捞月？便兴高采烈一跃，沉入水中。

在他们热爱的眼光里，李白不该受到人间规则的束缚，他是传说本身。但实际上，他挣扎得用力至怪诞，因为他承受最紧的束缚。宝应元年（762年）十一月，在当涂住了没多久，李白就死了。没有传说里那么明亮任性，相反，也许只是平淡但必然地，病死了。

后来他一个朋友的儿子范传正做宣歙（shè）池等州观察使，专门去当涂一带访求李白的后代，想要照顾。只找到他的两个孙女。两个女孩都嫁为农妇，衣饰粗糙，面目村俗。她们说，父亲伯禽无官而卒，一个哥哥远游十二年，不知所踪。并非不知织布，但没有田养蚕种桑；并非不能耕地，但没有田产，只能草草嫁了当地农民，糊口饭吃。李白的孙女们拒绝范传正要为她们寻个更好人家的许诺，但告诉了范传正一件事：李白晚年因为心里喜欢谢公山，一直盘桓于当涂，想要死后葬在这里，但因为种种原因，现在葬在龙山东麓。这并不是他的本意。

范传正便为李白改葬，北倚谢公山，南抵驿路三百步。

十二

李白一生说了许多吹捧别人的场面话，都是道家"为我所用"的现实人生观——为了实现他做大官的理想，没什么不能做的。但老了，却越来越眷恋儒家那些傻乎乎的追求。他在绝笔《临路歌》里再次提到了庄子笔下的大鹏：

大鹏飞兮振八裔，中天摧兮力不济。
余风激兮万世，游扶桑兮挂石袂。
后人得之传此，仲尼亡兮谁为出涕。

他从年轻时就坚信这只飞振八裔、余风激万世的大鸟是他自己。他有高而远的方向，但中道而折。按着庄子那一派的逍遥，飞有飞的好，折有折的好，折便折了吧。然而李白却在这样的悲剧里想到了孔子。孔子晚年也见过一只传奇的动物。鲁哀公十四年的春天，猎到一只四不像：头像龙，身如马，尾如牛，背上有五彩花纹。他们都不认识这只奇怪的动物，拿给孔子看，孔子一看便哭了起来：这是传说中的麒麟呀。竟然被如此对待！李白以为，孔子如果在，也会为他哭泣。可惜孔子已经死了。

因为惋惜而哭泣是儒家才会有的情感，它对于应该得到却无法得到、应该坚持却无法坚持的那些美德过于执着，甚至于迂腐。李白求仙问道一辈子，快要死了，却发现自己最终仍然和孔子站在一起。孔子晚年删述《春秋》，绝笔在鲁哀公获麟的这一刻。李白年轻时候曾经写过一首《古风》，里面说"我志在删述，垂辉映千春"，也说"屈平辞赋悬日月，楚王台榭空山丘"——宏伟的建筑终成土灰，但微不足道的文章词赋在竹简木册口耳相传间有更顽强的生命。早于李白五百多年，也有人曾讲过"年寿有时而尽，荣乐止乎其身，二者必至之常期，未若文章之无穷"。道家的传统里，文章是圣人的糟粕，但对于"道士"李白，文章传世，他还是在乎的。

事与愿违。关于李白资料的匮乏，他的生世行年模糊，一生的故事半真半假，传说累积传说，自我吹嘘叠加出于自尊的谎言。正史不正，野史也未必是野。

他的诗稿散逸，传抄错讹，甚至诗集中屡屡混入伪作。

李白生前曾经托人编过三次文集。一次是请千里迢迢去"追星"的粉丝魏颢，一次是汉东倩公，还有一次是他的族叔李阳冰。魏颢从天台山、广陵一路追踪李白到了江东。李白很高兴，把当时的手稿都给了魏颢，还说以后写了再添，但魏颢并没有得到完整的文稿。他为李白编的《李翰林集》，多是安史之乱"章句荡尽"后的残卷。李白晚年重病不起，草稿万卷，来不及整理，身边只有一个李阳冰。托付诗稿于枕上，别无选择。汉东倩公那里，干脆没了下文。

现存的李白集有两个有名的传本系统。一个是蜀本，由宋代乐史编辑李阳冰《草堂集》、魏颢《李翰林集》外加自己收集的李白散佚的文稿而成，又经过著名的学者宋敏求和曾巩编订次序，是宋代的传本。另一个是当涂本，依照李阳冰的《草堂集》代代编订，宋代另一个有名的"咸淳本"《李翰林集》便很有可能出于当涂本。

这些本子四散传播，开枝散叶，各有抵牾。不知道李白到底有没有写过"乐游原上清秋节，咸阳古道音尘绝"，不知道他最终定稿的《静夜思》到底是"举头望明月"还是"举头望山月"，也不知道《将进酒》到底写的是"古来圣贤皆寂寞"还是"古来圣贤皆死尽"。他在《对酒忆贺监序》里自称在长安紫极宫见到贺知章，但长安根本没有一个"紫极宫"：开元二十九年（741年），玄宗皇帝将天下供奉老子的玄元皇帝庙改名"紫极宫"，只长安与洛阳不同。长安的那个叫"太清宫"。

他那么爱热闹的人，文集却以这样"未完成"的姿态面世，甚至没有名人为他好好写个集序，或者墓志铭。比起他之后的名诗人简直寒酸：柳宗元的墓志铭是韩愈写的；白居易与元稹互相为彼此写了文集序；杜牧大半夜被朋友叫起来，为李贺写了《李长吉歌诗叙》。甚至，连最潦倒的杜甫也有孙子替他求当时的名人元稹写了精确又典雅的墓志铭。

但李白……当世以及所有后世中最有能力与资格为他的文集写序、为他撰写墓志铭的那个诗人被困在蜀中，流离战祸，操心衣食，甚至还不知道李白重病快死。

哪怕在生活最困苦，音信最不通的时候，他也没停止过对李白的思念。安史之乱里，杜甫拖家带口逃难，在秦州的深秋没有吃的，山里只有老鼠和飞鸟，只能靠拾橡树果、野栗子充饥。被操心日常担心国家的愁绪占满的头脑里，得点滴空闲，想想叫他开心的事情，其中，就有李白。

他写了《天末怀李白》。他将他们希望渺茫的相会寄望在零星的书信里："鸿雁几时到，江湖秋水多。"他把自己和李白的命运放在了互文的共同体："文章憎命达，魑魅喜人过。"他以为李白被流放夜郎恐怕没有生还的希望，沉痛惋惜："应共冤魂语，投诗赠汨罗。"

他甚至把关照李白当成了自己的责任。杜甫听到李白被流放夜郎的消息，日夜担心，甚至梦见了他，写下两首《梦李白》：

死别已吞声，生别常恻恻。
江南瘴疠地，逐客无消息。
故人入我梦，明我常相忆。
君今在罗网，何以有羽翼？
恐非平生魂，路远不可测。
魂来枫叶青，魂返关塞黑。

落月满屋梁，犹疑照颜色。
水深波浪阔，无使蛟龙得。
——《梦李白二首·其一》

浮云终日行，游子久不至。
三夜频梦君，情亲见君意。
告归常局促，苦道来不易。
江湖多风波，舟楫恐失坠。
出门搔白首，若负平生志。
冠盖满京华，斯人独憔悴。
孰云网恢恢，将老身反累。
千秋万岁名，寂寞身后事。
——《梦李白二首·其二》

在李白去世的这年，他盘算着又很久没有李白的消息了，写下《不见》，他还记得李白曾经讲过童年在大匡山读书的往事，替他想着"匡山读书处，头白好归来"。最后，杜甫写下总结李白一生的这首《寄李十二白二十韵》：

昔年有狂客，号尔谪仙人。
笔落惊风雨，诗成泣鬼神。
声名从此大，汩没一朝伸。
文彩承殊渥，流传必绝伦。

龙舟移棹晚，兽锦夺袍新。
白日来深殿，青云满后尘。
乞归优诏许，遇我宿心亲。
未负幽栖志，兼全宠辱身。
剧谈怜野逸，嗜酒见天真。
醉舞梁园夜，行歌泗水春。
才高心不展，道屈善无邻。
处士祢衡俊，诸生原宪贫。
稻粱求未足，薏苡谤何频。
五岭炎蒸地，三危放逐臣。
几年遭鵩鸟，独泣向麒麟。
苏武元还汉，黄公岂事秦。
楚筵辞醴日，梁狱上书辰。
已用当时法，谁将此义陈。
老吟秋月下，病起暮江滨。
莫怪恩波隔，乘槎与问津。

李白为了引人注目的狂放，常被人误解。杜甫一定要为他辩白，说他"佯狂"，说他"天真"，说"世人皆欲杀，吾意独怜才"。哪怕根本没人听。没人听，他也要一首一首地写，一首比一首写得好。哪怕他们之间只有短暂的交情，哪怕人生不相见，动如参与商。李白一生从未追求到他所期望的荣耀，甚至连赖以成名的诗文最后也草草编成，是不幸。但有杜甫以"惊风落雨之笔"写李白"笔落惊风雨，诗成泣鬼神"的才华，就有足够的光，仿佛日月相辉照，遮蔽一切残缺的阴影——没有清白的家世，没有显赫的功名，没有仔细编订的文集，没有典雅的墓志铭……李白选择一世疯疯癫癫的人生竭力去追求却依然一无所有，都不重要。

十三

韦执谊最后在这篇《翰林故事》里写道，在翰林院里工作过的，还有李白，他只在翰林院里有一席之地，但具体的工作天差地别，根本算不上翰林学士。韦执谊二十多岁就成为翰林学士，他已经获得了前代诗人心念终生却不能得的，在这么年轻的时候，很难不心生骄傲庆幸。在刚过去的永贞元年（805年），四十岁不到的韦执谊做到了李白甚至只能私下想想没敢说出口的宰相，但他的荣耀与同时的"永贞革新"一样稍纵即逝。

元和元年（806年）的这个冬天，他身在遥远的崖州（今海南海口）做一个没有职权，形同坐监的司马员外置同正员[4]。

韦执谊年轻时做翰林学士，曾经与同事一起看地图，每当看到岭南各州时，都闭目不看，命令赶紧撤下去。现在他真的来到岭南更南的海南，一无所有的时候，忽然记忆起年轻时的翰林院，右银台门右手，大明宫最西北的院廊，笼罩着如云的紫薇花。当他们骄傲地自称"紫微郎"时，没有谁知道，人竭尽全力的追求与命运漫不经心的指向总是南辕北辙。

***

注释：

[1] 刻漏：古代的计时器。"刻"为标示刻度数的漏箭，"漏"为盛水的铜壶。用铜壶装水，底穿一孔，中置漏箭，壶中水从壶底漏出，逐渐减少，箭上刻度渐次显露，据此测知时刻。

[2] 太子宾客、银青光禄大夫、正授秘书监：唐代的职官称谓中一般包含职事官、散官、勋官和爵号。银青光禄大夫是三品散官，太子宾客和秘书监是职事官，太子宾客是太子属官，秘书监为收藏皇家图书典籍的秘书省的长官。

[3] 商山四皓：秦末汉初四个有名的隐士，分别为东园公、绮里季、夏黄公、甪里先生。四人皆八十高龄，为避秦暴政而隐居商山，时人称之为"商山四皓"。司马迁在《史记》中写道，西汉初年，汉高祖刘邦屡屡想要征召这几位高人做官，屡屡被拒绝。后来，刘邦想要废掉太子刘盈，改立戚夫人的儿子赵王如意，群臣谏而不听。张良为太子的母亲吕后出主意，礼遇商山四皓，请他们赴宴。宴会中刘邦看见这四个老头儿以为太子得到了他们的帮助，羽翼已成，只得打消了废太子的念头。

[4] 司马员外置同正员：唐太宗时期，确定朝廷中正职官员的总数为七百三十人，但是由于有资格做官的人数远多于官位空缺，为了安置这些人，发明了员外置、特置、同正员、检校等一系列只有头衔而无实际工作内容的"挂名官"。（《新唐书·百官志》）州

一级的行政长官中,最高为刺史,刺史以下为司马,定制为一人。司马的官职品位由所在州的人口决定,上州司马官位最高,从五品下,薪俸五十贯。柳宗元被贬的永州属于中州,正六品,薪俸为上州司马的三分之二。"司马员外置同正员"即正职司马之外的闲员,没有官舍,也没有实际的工作内容和职权,并且,"员外"不得干预政务。"司马员外置同正员"多为朝廷中被贬的官员准备。与正职司马相同的只有薪俸,大约有三十贯。

柳宗元和刘禹锡
诗人的旅途

一

柳宗元二十岁的初春，荣耀与忧虑结伴而来。贞元九年（793年）二月进士科放榜，柳宗元的名字赫然在列。为了犒劳这场百里挑一的残酷考试中的胜利者，朝廷安排了丰盛的庆祝：游曲江，杏园宴。最英俊的两名进士会成为骄傲的探花使，在雨水过后，当长安城开始恢复新一年的色彩与生机时，一日看尽长安花。甚至，在这样孔雀开屏似的展览之后，成为朝廷达官贵人的女婿。

对于柳宗元，他还来不及考虑个人的光荣。他更迫切地需要走入官场，帮助父亲一起复兴这个衰败许久的家庭。只是，这个进士或许来得太晚了——他的父亲柳镇一病许久，总也不好。黑暗里那层通向死亡的薄幕，正缓缓揭开。而年轻的柳宗元还没有准备好告别。

这个聚少离多的家庭，才刚刚团聚了一年。四年前，执掌刑法纠察的父亲因为平反冤狱得罪宰相，被贬夔州。亲故避之不及，只有柳宗元去送他，从长安一直默默送到蓝田。父子分离的时候，都没有哭。被欺负了，哭有什么用？在长安这个势利的地方，拜高踩低是人人都会的技巧，鲜花与冷眼的转换只需要几个瞬间。

人人都知道河东柳氏曾经是朝堂上的顶级氏族。柳宗元的四代祖柳奭（shì）是高宗王皇后的舅父，官至中书侍郎，同中书门下三品，也就是宰相。当时柳氏在尚书省做高官的有二十多人，一时风光无限。

人人也都知道，那已经是久远的历史：唐高宗宠幸武则天，为了做皇后，武则天对支持王皇后的朝臣进行了血腥的清洗，王皇后的舅父柳奭被禁止出入宫廷，一贬再贬，也逃不过被处死的命运。柳氏从此衰落。

家族衰落的后果是直白的贫穷。柳家在长安善和里有祖宅，里面藏有三千卷皇帝赐书，都是往日辉煌，却没有米，也没有钱。衰落的大家族不只柳家，别人家把祖传的书籍卖掉也能换点粮食渡过难关。柳家却不。柳宗元小时候，倔强的一家子饿着肚子，也还是要教小孩子读书。威势断了，文化还在。柳宗元小小年纪就知道，总有一天，柳家的孩子要靠着考试再次回到他们祖辈曾经站过的宣政殿。

他迫不及待地长大了，议论证据今古，出入经史百子。人人都夸赞他少年英杰，京城里的人都知道，柳家得到了一个好儿子。柳宗元终于可以与父亲并肩合力。但命运总有愿望与努力所不能到达的层级，捱到贞元九年（793年）的初夏，父亲还是去世了。从此柳宗元常常陷在一种"来不及"的焦虑里，父丧需要守孝三年，不得做官。进士科考中，也不能立刻做官，需要有官职空缺，等待吏部授官。柳宗元等不得了。三年守孝期满，柳宗元没有继续等待吏部授官，应考博学宏词科。落榜，再考，终于考中。博学宏词登科的考生不需要像进士一样等待官职空缺，立刻授官。

二十五岁这年，柳宗元成为集贤书院正字。这是应该骄傲的成就：做集贤书院校书、正字，然后出任京城附近的县令、县尉，再回到尚书台、中书省做官，从此就在人人艳羡的传统升官之路上一步一个脚印。但是，这条路的尽头毫无悬念，可以想见——等到三十年后退休，运气不错也能混一个高级公务员。

柳宗元并不相信运气，与这个国家一样，运气已经很久不眷顾这个家庭。父亲十七岁考中明经科，没多久，安史之乱爆发。复兴家族的努力必须让位于生存。父亲带领族人流浪江南，等到安史之乱平息，再迁回长安，已经过了二十多年。安史之乱的平息并没有带来永久的和平。跟随安禄山反叛的军将原地放下武器，受封为节度使。"投降"只给朝廷圆了一个面子，之后，节度使们不断地重新反叛。在朝廷疲于应对藩镇叛乱之时，周边的少数民族抓住机会屡屡发动战争。柳家刚迁回长安没多久，广德元年（763年）吐蕃攻陷长安，当时的皇帝唐代宗不得不放弃首都逃亡陕州。柳宗元十岁那年初冬，被调往河南襄城镇压藩镇叛乱的泾原士卒经过长安时，忽然哗变，攻陷长安，酿成"泾原之变"。当朝皇帝唐德宗不得已，也从京城逃跑。正在读书年纪的柳宗元也因为避祸不得不离开学校，离开家，远避夏口（今湖北武汉汉口）。

国家动荡，朝廷上宦官与权臣争斗不断，柳宗元需要别于常人的勇气，创造自己的命运。但除了一个过时的姓氏，他一无所有。柳宗元不得不去寻找跟他一样无所依傍的"新人"。比如，与他同一年考中进士的刘禹锡。同榜进士，如同同班同学，唐代人也知道这是以后用得上的人脉，总是格外用心维护。刘禹锡只比柳宗元年长一岁。这两个家里的独子，总幻想着自己有个兄弟，甚至屡屡把朋友当作兄弟。但别人大多有自家兄弟，总差了一层。现在，一个庶族外地人，一个衰落了的世家独子，同样怀有对做出一番事业的迫切需要，再也没有比这更亲密的友谊了。

比起柳宗元，匈奴后裔刘禹锡甚至连显赫的祖宗也没有。不过，刘禹锡会编。为了一张显赫的名片，刘禹锡为自己编造了一个有名的祖先：跟三国时代的蜀国开国之君刘备一样，刘禹锡找上了西汉的中山靖王，汉景帝的儿子刘胜。刘胜有一百二十多个儿子。之后这一百二十多个儿子开枝散叶，世系混沌不清。到了刘禹锡这里，又几百年过去，正是浑水摸鱼瞎认祖先的好选择。他的朋友们也很有眼色，从此便都称他"彭城刘禹锡"。

贞元十八年（802年），刘禹锡做渭南县主簿，柳宗元做蓝田县尉，都在京城附近，常常聚在一起讨论学问，切磋文辞。更重要的是，都疯狂地想要建功立业的柳宗元与刘禹锡谋划起在盘根错节的朝堂里找到自己位置的方法。

看向未来，刘禹锡向柳宗元提供了一个机会：刘禹锡考中进士之后的第一份工作在东宫做太子校书[1]，靠着他豪爽的性格结交了许多太子身边的朋友。陪太子下棋的"棋待诏"王叔文尤其欣赏刘禹锡。王叔文表面上陪太子下棋，实际上是陪太子观察朝政，制定未来的施政策略。得到王叔文的喜欢，就得到了太子核心决策圈的入场券，成为太子的心腹，他们都能有一个光明的未来。

唯一的一点儿风险是，皇帝并不喜欢太子，正考虑着要废了他。

二

儿子长大了，父亲总是最欣慰，但在当朝皇帝李适（后世所谓"唐德宗"），伴随着欣慰的，还有恐惧、厌烦与犹疑。见过太子的人都说他"慈孝宽大，仁而善断"。但儿子的能干，是用老子的无能衬托出的。

德宗纵容宦官，一面是宦官完全掌握了护卫皇宫的神策军，一面是曾经由京兆尹下属官员负责采购的皇宫物资全部落入宦官的掌握，宦官假"宫市"之名几乎强抢民财。白居易曾在《卖炭翁》里记下一个卖炭为生的老头，明明衣单衫薄不能御寒，又盼望着天再冷些，自己的一车炭可以卖个好价钱。在夜雪里赶着连夜烧成的一车炭在清晨进城。迎面碰见两个黄衣使者白衫儿——负责"宫市"的宦官。宦官只丢下半匹红纱一丈绫，往赶车的牛头上一挂，就强行拉走了一车千余斤的炭，甚至连车也一并拖走。

皇宫内为皇帝豢养飞鹰走狗的"五坊小儿"[2]也学着宦官的样子欺行霸市。张网在里坊门口，不许人出入；张网在井口，不许人饮水，非得留下买路钱。在酒肆饭馆吃霸王餐，老板如果胆子大，敢问他们收账，一定被打骂。

太子看不过，见到位高权重的宦官如同空气，从没有好脸色。太子的正直让满朝大臣欣慰，他们已经忘记当朝皇帝年轻时也是这样立志扫平藩镇统一国家的有为青年。老皇帝感觉到这样的欣慰是一种对他的死亡心照不宣的期待。贞元三年（787年），太子的丈母娘郜国大长公主私下行巫蛊之术，诅咒皇帝早死被发现。愤怒的皇帝第一个就想到了太子：始作俑者一定是这个等不及要做皇帝的儿子。"废太子"这个想法被老皇帝不遮掩地提了出来。惊恐的太子一边与太子妃离婚，一边给为他讲话的宰相李泌写信：如果陛下不能原谅我，我已经准备好了自杀的毒药。但皇帝要废掉太子也不容易——从来会招致满朝大臣的反对。更何况，还有李唐皇室从唐高宗到唐玄宗这些不久远的历史屡屡提示废太子的可怕后果，皇帝终于没有下得了这个决心。

太子从此收敛起来，只热衷于下棋。实际上，缄口不言的太子通过陪他下棋的棋待诏王叔文、陪他读书的太子侍书王伾（pī）悄悄网络着朝廷里的年轻才俊，规划着老皇帝死后的革新。太子的选择并不多——正左右逢源的朝臣没人愿意沾染一个随时可能被废的太子。他能够说服的，要么是家里没有势力的外地人，要么就是衰弱到没人理的大家族后人，比如刘禹锡，比如柳宗元。后来，负责修撰这段历史的韩愈在《顺宗实录》里写道，王叔文与刘禹锡、柳宗元等人"定为死交"，仿佛在描述一场铤而走险的狂热旅程。

满怀热情的柳宗元并不能预知他与太子就此捆绑的未来，但他有太多这个时代不公正的记忆：柳宗元刚做集贤殿正字那年，国子司业阳城请远贬的同事喝了一杯酒，因为这杯酒被判"结党"，远贬道州。柳宗元下班回家，在司马门乘车，听见吵闹，发现两百多个国子学生跪在宫前阙下，求皇帝收回远贬他们老师阳城的诏书。他感动于学生们追慕道义的勇气，又担心他们因此牵连性命，于是主动给学生们写信,赞扬、劝慰。但是,他一个小小的集贤殿正字不能为他们做任何事实上的改变,他甚至只能虚假地安慰学生们:"哪怕你们的老师被贬谪了,他也能够造福一方。"

正直的遭到谗谤,冤屈无法伸张,如同阴云笼罩在他与他的父辈头顶上。而他的责任,是为下一代留下一个朗朗晴空。为此,他需要站到更高处去创造历史。不仅因为有利,更因为正确。不过,在更多人那儿,仅仅正确并不够,长幼尊卑、面子和自尊心更重要。

三

贞元二十一年(805年)正月,唐德宗去世,太子李诵有惊无险地继位,就是后来的唐顺宗。扶持顺宗继位的一班老臣等着论功行赏,没想到新皇帝却翻脸不认人,立刻开始安排自己的亲信占据关键位置:王叔文做翰林学士,为皇帝草拟制诏,有自由出入皇宫的权限,是为"内相"。吏部侍郎韦执谊,被封尚书左丞,同中书门下平章事。刘禹锡改任屯田员外郎,专管盐铁经营。谋划许久的革新以遏制宦官和打击藩镇为核心迅速实施起来,就是后世所谓的"永贞革新":

罢宫市,罢除五坊小儿;
放出宫女三百,放出后宫、教坊女伎六百人;
诏令天下,除去法定的税率税项,不准再收苛捐杂税;
除去法定上奉,不得再有盐铁使每月向宫中送钱。

命令下来，集市百姓欢呼。

贞元二十一年（805年）初，柳宗元被提升为礼部员外郎，从六品，掌管礼仪、祭祀、选举。从六品的高官，这是他的父亲奋斗一生的终点。对于柳宗元，不过是三十二岁时一个意气风发的开始。他的父祖不能做到的，他可以。

改革税制、抑制宦官与藩镇的那些动作，并不知道柳宗元参与了多少，这短短的几个月倏忽而过，许多重要的细节都被有意模糊。但在史家后来拼贴完成的因果里，宦官与藩镇并没有坐以待毙，甚至，他们以更老练和强势的政治手腕给了年轻的改革者们许多难堪：为了彻底把神策军军权从宦官手里夺下，顺宗任命自己的亲信范希朝为右神策统军、京西诸城镇行营兵马节度使[3]，韩泰做行军司马。以俱文珍为首的一派掌军权的宦官很快明白了这次调任实为夺权。不甘心就此让权的俱文珍很快向神策军诸将发下密令：不许交出兵权。范希朝和韩泰到达奉天军营，神策军中诸将一个都没有来见他们。改革者们的这次夺权至此失败，从此神策军一直掌握在宦官手里。

原先作壁上观的藩镇也很快向朝廷提出了要求。剑南西川节度使韦皋向来惯于察言观色见风使舵，因为归化西南少数民族、通好南诏有功，顺宗刚继位，就升他做检校太尉。这只是个荣耀虚衔，韦皋真正想要的是趁朝廷纷乱之时，顺宗来不及管，名正言顺地占领三川。韦皋很快派手下度支副使刘辟到长安私下拜见王叔文，对他说，太尉派我来向足下表示诚意，如果您能够使太尉做三川节度使，尽领剑南西川、剑南东川及山南西道，他必有重谢；您如果不同意，他也会让您吃不了兜着走。

"剑南三川"是当时政府一半财政收入的来源。韦皋尽领三川，可预见的又会是一个与中央政府分庭抗礼的土皇帝。王叔文坚决反对，甚至差点杀了信使刘辟。韦皋从此信守诺言，积极寻找起王叔文的敌人。

抑制宦官与藩镇，在忠诚于中央朝廷的历史书写里从来是正义的举措。可是，哪怕与改革者们一样忠诚于朝廷的朝官也非常讨厌这几个年轻人——在讲究长幼有序的官场传统里，他们抄近道获得了旁人几十年也妄想不来的权力。站得高了，看在别人眼里立刻就是小人得志。

在新、旧《唐书》里，史官们不吝于记下最戏剧化的瞬间。

冬至、除夕，皇帝会赐下应时的口脂、面脂给近臣，表示亲密与看重。得到赏赐的臣下也必须上表感谢赏赐。永贞元年（805年），刘禹锡根本来不及操心写谢表，他更操心封文件的糨糊还剩多少——需求量太大，按照一般办公用品的量配发的糨糊根本不够，刘禹锡专用糨糊需要有一斗米来做，够成年人吃一天。

宰相们中午在政事堂一起吃饭。按规定，百官在会食期间不得谒见宰相，但王叔文来找韦执谊公务，径直进了食堂。韦执谊赶紧站起身去迎接，跟着王叔文就走了。其他几个宰相只得停下筷子等待韦执谊回来继续一起吃。等了许久还不来，于是派人去问，很快小吏来报，韦执谊已经在王叔文那儿吃过了。饿着肚子等来一包气的几个宰相里有一个当场摔了筷子要辞职，回家之后一连旷工七天。

甚至他们的朋友，不仅没有得到好处，还怀疑自己被出卖了。

永贞革新开始前两年，韩愈和刘禹锡同时做过监察御史，当时柳宗元是监察御史里行（见习监察御史），是同事也是好友。但很快，韩愈便因为上疏议论京兆尹李实瞒报关中旱灾，以及五坊小儿欺压百姓等事被贬为阳山令。哪怕顺宗继位后李实被贬，哪怕韩愈的好友柳宗元和刘禹锡都成了高官，韩愈也并没有被诏回。远在阳山的韩愈不得不怀疑，刘禹锡和柳宗元是有意不想让他回去。感到被抛弃的韩愈酸溜溜写了一首诗："同官尽才俊，偏善柳与刘。或虑语言泄，传之落冤仇。二子不宜尔，将疑断还不。"——同事都是才俊，我却与刘禹锡、柳宗元关系最好，可是他们两个却把我私下说的话传了出去，害我落到今天这个地步。

宦官、节度使和朝中不满王叔文一派的官员都为他们的仇恨找到了最正义的代理人——顺宗的长子，广陵王李淳，最有资格的太子候选人。现在，他们要扶持新太子继位，改朝换代。盘踞在唐帝国之上的朝廷如同一条巨蟒，现在，它决定蜕去一朝天子、一朝臣。朝廷会有新的样貌，王叔文、柳宗元，以及顺宗皇帝的亲信们，将会被自然地扫进权力的垃圾堆。

顺宗皇帝也不能为改革者们撑腰——并非不想，皇帝前两年忽然中风，后遗症是失去了说话能力。继位之后，没法正常地上朝接见官员。所有朝政都由刚升任翰林学士的王叔文和王伾转达。皇帝的病症更给了讨厌王叔文这伙人的老臣们一个最好的借口：王叔文其党，"挟天子以令诸侯"，是奸佞。

四

在宦官们的监控下，顺宗皇帝的身体一天天恶化下去，王叔文自然希望下一任皇帝能够支持他们，假如找不到这样一个志同道合的伙伴，便干脆找一个年幼的小皇帝，做盖章机器，不要碍事。支持王叔文的皇帝宠妃牛昭容正好有一个小儿子，是王叔文更属意的人选。俱文珍和反对王叔文的旧臣们根本没给王叔文磨磨蹭蹭的时间，直接找翰林学士草拟了立广陵王李淳做太子的制书，递到了不能说话的皇帝面前。人多势众，皇帝被逼无奈，点头同意。

广陵王李淳刚一做太子，剑南西川节度使、荆南节度使、河东节度使一同上表，请求太子监国。外有方镇节度使做后盾，内有禁军将领俱文珍的支持，德宗朝留下的老臣开始了对王叔文、柳宗元与刘禹锡一群人的清理。王叔文很快被夺走了翰林学士的位置，不再能随意出入宫禁。太子李淳在方镇和神策军的支持下进一步逼迫顺宗退位。那时候，王叔文正因为母亲去世不得不交出自己所有的权力，回家守丧。太子的继位几乎没有遭到王叔文这一派任何像样的抵抗。

在一切不能公之于众的权力博弈结束后，作为礼部员外郎，柳宗元还需要草拟上奏《礼部贺立皇太子表》，载欣载奔，手舞足蹈地表忠心。皇太子登基为帝，又是柳宗元草拟上奏礼部的贺表，贺皇帝登基，贺改元。喜庆话说得都很漂亮，侥幸希望新皇帝宽宏大量，既往不咎；但他心里已经知道，作为王叔文的同党，在他起笔以锦绣文章恭贺李淳登基时，审判他命运的车轮已经开始沉重地滚动。

五

永贞元年（805年）八月九日，皇太子李淳（后改名李纯）继位，就是后来的唐宪宗。柳宗元领衔上奏的那道《礼部贺改永贞元年表》里说道，这一天黎明之前，死罪犯人改流放，流放及以下罪犯，降一等——这是继位改元的常规操作：大赦天下。三天之后，柳宗元得到了这封贺表的回答：

王伾贬开州司马，王叔文贬渝州司户。王伾很快病死贬所。明年，又一道圣旨追到渝州，赐死王叔文。

永贞元年（805年）九月，刘禹锡被贬连州刺史，柳宗元被贬邵州刺史。

闻诏即行，一刻不许耽搁。

柳宗元一路往南，刚到长江边上，另一道诏令追上了他：柳宗元改贬永州司马员外置同正员。刘禹锡改贬朗州司马。除此之外，与柳宗元、刘禹锡一样有过短暂风光的旧同事韩晔贬饶州司马，凌准贬连州司马，程异贬柳州司马，陈谏贬台州司马，韩泰贬虔州司马，韦执谊贬崖州司马。

这一群与王叔文在贞元二十一年（805年）短暂地改革了朝政的革新者，从此在历史上定名"八司马"。

对于柳宗元，做邵州刺史，虽在险远，也算是一州之长，还可以做些事情，但"永州司马员外置同正员"是朝廷明确规定不得干预政务的闲散职位，没有公务，没有官舍，只有一个正六品上的空头品级。它的存在，专为朝中贬黜的官员所准备——这就是流放永州的体面叫法了。

柳宗元得到这个消息的时候，是仲冬时节。再往南，在洞庭湖、湘江一带的阴风冻雨里，他仿佛看见千年前屈原的背影。怀抱天真的理想而获罪，他模仿《离骚》一连写下数十篇赋。写他并非贪恋名与利，不过是想在混沌世间做些实事，但他站出来的时候，更多的人，如天边连片的阴云遮蔽。在屈原曾经游荡过的湖湘风雨里，柳宗元补上一个诗人从苦难里淬炼出浪漫的必修课。

快过年的时候，他终于到达永州。这个湖南、广东和广西三省交界的小州仅有八百九十多户居民，但毒蛇毒蜂遍地，还有一种叫"射影"的毒虫潜伏在水里，趁人不备向人发射毒物，传说里哪怕被它射中影子人也会生疮。零陵是永州的治所所在，柳宗元在此没有住处，便暂住在三国时期吴国将军吕蒙的旧居、已经荒芜的龙兴寺。厅堂里长满蒹葭，野鸭鹳鹤占据着杂草丛生的院子。长安城里爆竹声声，新桃换旧符时，柳宗元住在阴冷潮湿向北的厢房里，想着，怎样给这没有窗户的房间开一扇透光的窗户。

三十出头的柳宗元承受着人生至此最重大的失败，但也并不是没有机会：唐代的官员三到五年一任，任满可以升迁或调职。哪怕是被贬远离京城做一个没有工作没有住房也不能随意离开的司马，也有机会"量移"——酌情调任到离京城近一些的州郡做个更有实际意义的工作。对于柳宗元，也许等一等，会有转机。元和元年（806年）的八月，柳宗元等到一道专门点名了他的诏书：

左降官韦执谊、柳宗元、刘禹锡等八人,纵逢恩赦,亦不在量移之限。

只要宪宗皇帝在位一天,他就被永远流放。

六

柳宗元被贬到永州时,年近七十的老母亲与他同行。十二年前,父亲去世,七年前,他新婚仅仅三年的妻子杨氏因为流产离开了他,母亲是这个小家庭里陪伴他最久的家人。他年幼的时候,父亲在江南做官,他没有像一般的士大夫子弟那样进国学或者州、县学读书,反而与母亲及两个姐姐住在长安西南沣川岸边的农庄里,家里没有书,便由母亲为他开蒙。母亲教他古赋十四首,且背诵且讲授,又教姐姐们诗礼图史、女红裁剪。

永贞革新的时候,柳宗元捧着朝廷的任命,对于将要登上的舞台,有憧憬有担忧,想要做一番大事,也害怕一旦得罪,会被远贬,被惩罚。母亲只含蓄地对他说:"你就去做大事,不要管我。我虽然老了,如果有一天你要离开京城做官,我也会跟着你。"

直到他被贬邵州刺史,长安到湖南邵阳,路途千里,舟车不便,柳宗元满怀愧疚,母亲却笑着说:"我的愿望终于实现了。"到了永州,山川起伏,寸步劳倦,野外有毒蛇毒虫,只能借住在湿冷阴暗的龙兴寺。柳宗元不仅没有能够复兴他的家族,甚至连一个普通京官一般奉养老母也不行,他抱以厚望的改革,最终把他变成了一个罪人。痛苦内疚的时候,母亲又对他说:"你从前做的错事，当作以后的警示，敬惧而已。你如果能够做到这样，我就没有任何的遗憾。明者不悼往事，我从来没有因为你的事情悲戚过！"

母亲的从容助长了柳宗元本就棱角分明的倔强。永贞革新里施行的政策没有一件是错的。更滑稽的是，除去五坊小儿，抑制藩镇等措施被宪宗继承下来，继续实施着。他便理所当然地不知悔改，甚至，在贬谪的委屈忧愁里生出了一种悲壮。反省，但不后悔。他在《戒惧箴》里写下："省而不疚，虽死优游。"

直到"问对错"也失去意义的时候。永州的房屋简陋，无人侍奉，夏天炎暑熇蒸，湿热不去，生病没有地方看，药石也求不到，祷告更没有神灵的同情。不到半年，在元和元年（806年）的夏天，母亲就去世了。灵柩需要运回京城栖凤原祖坟安葬，但柳宗元这个名义上的永州司马实际上却是个囚徒，连母亲去世也不能送灵车回京。他这个被困在南荒之地的独子，所有的孝心只能是跟在灵车后面，看着它越走越远。

他努力做官为了做让母亲骄傲的儿子。现在，马医农夫、乞丐用人甚至奴隶，只要有孩子，就会在清明时受到子孙的追养，但是京兆万年县栖凤原上显赫的河东柳氏，自以为高门大族的柳宗元，他父母的陵园不会有子孙祭扫。这像一根针，走路时扎在脚下，躺卧时扎在脖颈，痛时他就发愤向京中一切有可能帮助他的旧识求告，求一个回到长安，甚至转去离长安近些州县的机会。

并不是没有机会。元和四年（809年），也在永不量移的"八司马"之列的程异忽然被召回京城，因为在理财方面的本事被吏部尚书、盐铁转运使[4]李巽（xùn）起用为盐铁转运使扬子巡院留后[5]。

柳宗元家的亲故颇有在朝堂上能说上话的，但他贬谪永州五年，从来没有故旧大臣写信来问——他是罪谤交积的罪人，人人都怕问一句就沾上倒霉的腥臭，坏了自己的大好前途。别人不写信来问，他也不敢贸然写信去求救。崔群是柳宗元一起长大的通家旧好，无信来问，柳宗元还要给他找理由：崔群现在做中书舍人，翰林学士，是皇帝身边的人，多少双眼睛盯着，不要给他难堪。柳宗元也不敢给他写信，只能在《与李翰林建书》中小心翼翼提一句："敦诗（崔群）在近地，简人事，今不能致书，足下默以此书见之。"偶尔有信来问，他捧着信诚惶诚恐，疑若梦寐。

年轻时他要做领袖，仿佛人人都喜欢他。唐代有做"壁记"的传统，新的建筑盖起来，都争着要请文坛的最有名的一支笔来做壁记，叙说建筑的源流与意义，抄誊在墙壁之上，作为可以流传后世的光荣。邠宁进奏院[6]落成，请柳宗元写了壁记。周至县盖了新食堂，邀请他在食堂墙壁上写壁记介绍食堂兴建的缘由。太学有三个新任的四门助教上任，办公室里少一个壁记，也请柳宗元去写。他是最受欢迎的天才，人人趋之若鹜。

在永州，穷厄困辱，世皆背去。他还保留着贞元年间应邀写作的壁记，如同保留他年轻时左右逢源的证据。现在想来，当时真的人人喜欢他吗？那些奉承夸赞里又有多少口蜜腹剑……他现在都明白了。在不能入眠的深夜里，柳宗元在给旧友的《与裴埙书》中自我剖析："我早年进取，早早得高官，惹人嫉恨。朋友们都要我替他们求官，哪怕我勉力为同辈朋友推荐，真正得官的也只有十分之一。求官不得的那些于是诪张排损，编排造谣。不过，自己生性高傲，不能摧折，人人说我不堪，我便越不解释，以为时间可以证明一切。现在我落难也已经这样久了，但朝廷中关于柳宗元的造谣依然风风雨雨不能停止。"

为了求生，他还要继续硬着头皮给从前有交集的朝中贵近寄送文集。柳宗元做监察御史里行时武元衡是御史中丞，他的顶头上司。代拟表章的事情柳宗元做过不少，武元衡后来升做西川节度使政绩卓著，也很会表现识才怜旧的风度，他给柳宗元和刘禹锡都写了慰问信。但叙旧可以，起复不行：永贞革新时武元衡因为不站在王叔文一边从御史中丞被贬至太子右庶子[7]。柳宗元、刘禹锡如同鸡肋，弃之可惜，但谁都不愿意赌上自己的前途去再次起用他们两个。

回到京城遥不可望。更给祖宗蒙羞的是，他快四十了，连个儿子都没有，死都没脸去死。

七

柳宗元的妻子去世之后，他忙着考试升官，而后忙着革新朝政，总以为再娶是很容易的事。没想到被贬到永州，连老婆也娶不到了——他要娶妻生子，至少要妻子出身名门世族，可以配得上河东柳氏。永州这里蛮荒险远，哪里来的合适人选？元和四年（809年）以后，少数几个亲密故旧开始给他写信，柳宗元反反复复向故人乞求替他寻一个合适的妻子生个儿子。

在《与杨京兆凭书》里，他对老丈人杨凭说：可怜我妻子早早死了，曾经有个儿子，无一日之命。至今无以托嗣续，恨痛常在心目。孟子称"不孝有三，无后为大"，这世上的人最怕的就是没有儿子。老天如果可怜我父亲让他的香火延续，就请让我得到大赦，回到家乡立家室。那就是我尽了做儿子的孝道。如果我从此之后再掺和朝政，天厌之，天厌之！

杨凭后来因为贪污罪被贬，接替他做京兆尹的是老朋友许孟容。柳宗元于是又给许孟容写信，在这封《寄许京兆孟容书》里再次强调，万一刑部能够去除我的囚籍，我也不堪再做什么大事了。只求您看在我们两家是通家之好，可怜我祖宗没有后代，如果有合适的人选，替我张罗。我也不指望能够回到长安，不指望能够替先人扫墓，住进我家老宅，只求能够让我稍微北迁瘴疠不那么严重的地方，娶个媳妇儿，生个男孩儿，有所托付，我死了也放心。

元和年间，风云变幻。永贞元年（805年），剑南西川节度使韦皋去世；元和元年（806年），节度副使刘辟反叛，被镇压；元和二年（807年），镇海节度使李锜反叛，被镇压；元和五年（810年），朝廷开始了长达六年的镇压成德节度使王承宗的战争。在这一次次的战争里，宪宗向天下宣示了他绝不姑息藩镇的决心，一步步成为后代史书里记载的"元和中兴"之主。柳宗元年轻时的朋友韩愈、元稹如过山车一般享受着他们跌宕起伏的人生。柳宗元则在楚越之郊，在一面面有如牢狱围墙一般相拥的山峰之内，觍着脸，一封又一封向京城投递书信，求一个可以结婚的老婆。

八

他也还讨一类人喜欢：愤怒青年、失意秀才、贬谪朝官。柳宗元的族弟柳宗直考上进士却没有得官，时有传说，都是因为有个罪人哥哥柳宗元连累了他。柳宗直干脆就去永州找柳宗元，向他学文章，陪他到处玩，照顾一家人。类似的还有柳宗元的表弟卢遵，跟柳宗元同样被贬谪而无所事事的吴武陵。

这一群被时代抛弃的人什么都没有，只有大把的时间，于是施施而行，漫漫而游，入深林，穷回溪，幽泉怪石，无远不到。柳宗元负责规划路线：从龙兴寺走到法华寺，登上法华寺西亭可以望见湘江，湘江的支流冉溪，冉溪之外的西山。冉溪而南，西山往西的钴鉧潭，钴鉧潭西有小丘，小丘西又有小石潭。都游玩一遍。

过了几年，他搬去冉溪，没多久，再次从西山开始另一个方向的巡游。

西山中有可以观景的朝阳岩。朝阳岩东南，冉溪水行至芜江，有袁家渴。楚越方言中，水的支流叫"渴"。袁家渴西南步行百步，有一条长十许步、宽窄变化在数尺间的石渠；水流从大石下穿过，往更远处菖蒲覆盖，清鲜环周的石潭源源而去。石渠上有石桥，过桥西北下土山山南，又有一座桥，过桥后是一条比石渠宽阔三倍的石涧，涧底是宽阔不见边际的整块大石。水流冲刷着石床，流若织文，响若操琴。

这两次长长郊游的记录在《始得西山宴游记》《钴鉧潭记》《钴

铒潭西小丘记》《至小丘西小石潭记》《袁家渴记》《石渠记》《石涧记》和《小石城山记》。这些就是后来提到柳宗元必要提起的《永州八记》。

山水游记，柳宗元眼前已见过许多范本：北朝郦道元整理地理文献而成的散文体《水经注》，南朝诗人鲍照的骈体《登大雷岸与妹书》。但没有人如柳宗元，他的文字踏着如水流般自由流动的步态，有击石般玲珑的音律。当时流行学骈体文写公文，他偏不。他按着司马迁的路数写散文，但从小接受的骈骊对偶让他的散文里有强烈的律动，朗朗上口。韩愈在朝，柳宗元被放逐，但不妨碍他们一道提倡的散文写作成为当时的风尚——"古文运动"。

他数十年用力于文章的苦心，原是为了成为最出色的翰林学士，执掌制诰，成朝廷腹心，创造属于他的时代。现在，只能随便浪费在人迹罕至的荒山水。每一次的出游总以兴致勃勃为始，寥落萧瑟为终。每当他从发现美景的喜悦里沉淀下来，将要深入对人生的感慨，他总把它硬生生掐断：都是恐惧，都是委屈，不要提。

有人从北方来，看他天天到处玩，笑嘻嘻地对他说：我本想来宽慰宽慰您，看您现在脸色坦荡，看来是通达人，那我就祝贺你了！柳宗元既无法埋怨这轻佻的安慰，也无法直白地陈说自己的痛苦，只能淡淡回答："嬉笑之怒，甚于裂眦；长歌之哀，过于恸哭。"

柳宗元在永州的前五年，到处寄住，从龙兴寺住到法华寺西亭，都是暂住。五年之间，住处被山火烧毁四次，墙倒窗毁，书籍衣物荡然无存，人光着脚跑出来，不敢烧火，不敢做饭，不敢点灯。只惴惴不安坐在屋顶，等着天灾过去。怀揣着很快就能离开的希望，他总是憋着不愿意盖房子。到元和五年（810年），柳宗元终于买了小丘，买了泉，盖房子，垒池塘，有了固定住所。他为溪水泉丘池堂亭岛都起了名字——愚——因为他自己蠢。他为此写了《愚溪诗序》：愚溪之上，买小丘为愚丘。自愚丘东北行六十步，得泉焉，又买居之，为愚泉。愚泉凡六穴，皆出山下平地，盖上出也。合流屈曲而南，为愚沟。遂负土累石，塞其隘，为愚池。愚池之东为愚堂，其南为愚亭。池之中为愚岛。

从此放弃回京城去的奢望，要把永州当作家。

陪他一起游玩的人渐渐都离开。吴武陵调任，宗直在三十岁上早早故去。柳宗元为此自责万分。他在祭文里反反复复地说，柳宗直的英年早逝都是自己的罪。像柳宗直这样眼神儿不好，不会察言观色的人屈指可数。更多的人，脑子很好使——哪怕是柳家族里的小辈也知道躲着他走。旅途哪怕经过永州，也假装不知道柳宗元在此，目不斜视，飞快赶路。柳宗元年轻时就知道这个道理，在《宋清传》里写过"吾观今之交乎人者，炎而附，寒而弃"。他早早接受了这种势利。老实的小辈柳澥（xiè）来看他，离开时，柳宗元为他写了一篇序，夸柳澥是敦厚朴实的人，勉励他勤圣人之道，辅以孝悌，期望他在未来带领柳氏一族的复兴。那些对他不闻不问的族里小辈，他平平淡淡讲起他们去往各地赴任出差，经过永州也不来看他一眼的事，他甚至还要柳澥为他带话，勉励他们奋发，为自己不能替家族增光而道歉。

他们都有光明的未来。如同一颗钉子一样被摁死在永州的，只有他柳宗元。

永州在南方,到了冬天,有时也落雪,日夜不歇。登上朝阳岩,可以见到白茫茫无边延伸,越过五岭覆盖南越数州。柳宗元记下冬日的大雪,也记下他仿佛自由又永远被禁锢的心情:

千山鸟飞绝,万径人踪灭。
孤舟蓑笠翁,独钓寒江雪。
——《江雪》

九

从零陵送出的信,柳宗元望眼欲穿,等回的只有寥寥问候。也有例外,他年轻时引为兄弟的刘禹锡也正在朗州司马任上,跟他一样,坐监。柳宗元收到的寥寥书信里十之六七来自刘禹锡。

柳宗元从永州往外发送的书信大多是灰色的,讲他"抱非常之罪,居夷獠之乡,卑湿昏雾""穷厄困辱"。只有写信给一样倒霉的朋友时,才有一点点他年轻时的叛逆高傲。柳宗元研究命运与天道,写了《天说》寄给刘禹锡,刘禹锡便写了三篇《天论》寄回,并说:这是你《天说》没有讲完的道理,我来讲。柳宗元读后回信说:我开始大喜,以为是能够让我茅塞顿开的新东西,详读五六日,也没发现什么跟我《天说》不同的地方。你不过是说,天并不能参与改变人间事,这不是我《天说》里早就讲过的吗?你的议论都是《天说》里已经发过的,你写这么多也是车轱辘话佐证《天说》，我是没看出来有什么新见卓识！你这人写文章，是文笔枝繁叶茂，道理七拐八绕！

永州治所零陵（今湖南省永州市零陵区）与朗州治所武陵（今湖南省常德市）距离并不远，难兄难弟。柳宗元写的是"我今误落千万山，身同伧人不思还"，刘禹锡写的却是"自古逢秋悲寂寥，我言秋日胜春朝。晴空一鹤排云上，便引诗情到碧霄"。他在城墙拐角的更鼓楼边建了一栋竹楼，地偏人远，空乐鱼鸟。京城有人想叫他痛苦，他偏不。不忙着掰扯对与错，只忙着强身健体托关系找由头在朝廷里露脸。

他有这样强烈的行动力，更对所谓的"命运"嗤之以鼻，他更相信自己。柳宗元"肌革瘆憀（shèn lǐn），毛发萧条"，"行则膝颤，坐则髀（bì）痹"，四处求告，别人泛泛宽慰几句，好些的再送些药石。刘禹锡一头扎进医书药典里，为柳宗元研究起强身健体治病的药方。他小时候背药典，是童子功。此时闲暇，续起来研究，时时寄来自己研习的药方，治肾虚，治脱发，治脚气（刘禹锡到晚年还手痒，替白居易治眼病）。再有时间，研究佛学与民俗。

刘禹锡的人生从来没有什么平顺的时候，家无高官显宦，只能靠他单枪匹马凭才学在京城闯出一番天地。刘禹锡给皇帝写信，巴结高门大族，考进士，考博学宏词科，考吏部取士科，终于得官，做了东宫太子校书。没过一年又因为父丧去职。等服丧期满，为了赚点钱，只能到当时的淮南节度使杜佑幕府里做个秘书。什么都要写，年节里朝廷发了面脂、口脂、春衣，谢表都是他来写。后来他又来到京城，有了正经官职，为了打点人情通关系，也还得兼职替人写文书，文集里好几卷是替武元衡、裴度等人写的公文。但越坎坷，他就越有无穷的斗志。他对自己有无穷的信心：是与非，不是他自己的错与对，全在时机。他要好好保养，等待时机，健康长寿就总有一天能回到长安去。

元和九年（814年）腊月，刘禹锡与柳宗元在差不多的时间接到诏书：诏回。从南方回到京城有两条路。一条"两都驿道"：出潼关经洛阳经汴河水道南行。第二条"蓝武驿道"：从蓝田、武关经过商山至邓州南行。两都驿道平坦易行，但很费时日，而蓝武驿道山路崎岖，却能更快到达。

柳宗元和刘禹锡选择了快速却艰难的这条。一路上春气萌动，黄昏时炊烟拂来已有暖意。仿佛都是好兆头。到达蓝桥驿时离长安还有不到百里，他们在驿站的墙上看见了同样被从贬谪地江陵诏回的元稹留给他们俩的诗："心知魏阙无多地，十二琼楼百里西。"——京城与朝廷就在百里之外，快马加鞭，他们还能追上这失去的十年。再往前，到达灞上，元和十年（815年）的春花已开，与十一年前他离开的那个春天，几乎一模一样。柳宗元写下此时激动的心情：

十一年前南渡客，四千里外北归人。

诏书许逐阳和至，驿路开花处处新。

——《诏追赴都二月至灞亭上》

这年他四十二岁，重新开始，也还来得及。

十

柳宗元回到长安的一个月并没有做什么了不得的大事。桃花落尽槿花开，听说朝廷正商量着让他和刘禹锡还是回尚书省去做员外郎，但一直没有得到正式任命。于是柳宗元清理祖宅，祭祀父母与亡妻，收拢散落各处的家传典籍，拜访故旧，一个月毫无知觉地溜走。

三月十四日时，朝中的任命毫无征兆地下来：柳宗元做柳州刺史（今广西柳州），刘禹锡做播州刺史（今贵州遵义），其他几个被诏回的"永贞革新"旧人也都通通任命远州刺史——四千里外北归人如今要向四千里外更远而去。

这样近乎戏耍的任命据说来源于刘禹锡的一首诗。在无所事事的一个月里，刘禹锡忙着与他年轻时在长安交下的故旧宴饮，游乐。他们去了以前曾去过的玄都观，是看花的好时节，刘禹锡终于没有被十一年的贬谪弄死，反而活蹦乱跳地回来了，得意地写道："紫陌红尘拂面来，无人不道看花回。玄都观里桃千树，尽是刘郎去后栽。"

传说正当政的武元衡听说这首诗，想到自己曾经在朝廷议论是否诏回"八司马"时授意下属反对。他认为刘禹锡是在嘲讽他们：武元衡就是"刘郎去后"当政的"新贵"。本来朝中对于诏回"八司马"就议论纷纷，宪宗皇帝对于刘禹锡和柳宗元远没有后来的史书中记载的"爱才"：那就继续贬出去，柳州与播州，远远待着，别回来了。

刘禹锡的母亲八十多岁了，刘禹锡带着她去播州，山长路远；刘禹锡不带着母亲赴任，千里相隔。无论如何，这一去，都是生死两别。在永州失去了母亲的柳宗元听到这个消息，立刻上表朝廷，请求让自己去播州，让刘禹锡去做柳州刺史。朝中可怜柳宗元和刘禹锡的御史中丞裴度也帮着劝皇帝：这是逼迫刘禹锡与母亲生离死别，您推崇孝道，这会损伤您的名声。皇帝愤愤说，刘禹锡知道自己母亲年纪大了，就更该谨言慎行，不要给亲人惹祸。他现在明知故犯，不重罚已经是对他好。

皇帝终究爱惜自己的名声，刘禹锡改任连州刺史。柳州刺史柳宗元与连州刺史刘禹锡，这对难兄难弟，再次一道被踢出朝廷，一个去广西柳州，一个去广东连县，在被贬谪的路上甚至还能再结伴走一段。

十一

柳宗元到柳州时是元和十一年（816年）夏天。四十三岁，须发皆白。在永州时落下的膝颤、腿疼、脚气病还没好，又得毒疮再患伤寒。

在柳州的柳宗元没有在永州时那样绝望。他相信天道无法决定人事，但时间已经逼迫他看清自己的命运。二十岁时他是年轻的进士，三十二岁时，他已经做到了父亲一辈子才达到的六品官，没想到，他领先于同龄人的官禄荣耀从此停止。逝者如斯，增长的只有年岁、白发、疾病和不断压着他的复兴家族而无望的愧疚。他不再恐惧将要到来的厄运——厄运已经到来。他这一生将要以这样的方式浪费，已成定局。家族与父母的期望他都辜负，反而有一种破罐子破摔的豁达。

他没能为父母尽孝，便力所能及地让他管理的地方父子骨肉能够团聚。柳州人口买卖猖獗，卖儿抵债成风，还不起钱，孩子就成为债主的奴隶。柳宗元到任之后，禁绝人口买卖，以工钱还债。修孔庙、兴教化，渐渐地，一向被视为化外之地的柳州，变得父慈子孝，兄友弟恭。

他忽然爱上了种树，戏称自己是"柳州柳刺史，种柳柳江边"。种完柳树，又在柳州城西北种下两百株柑橘树。春来新叶婆娑，想起伴随他一路贬谪，他时时向其诉说却从没得到回应的屈原。他仰头看挺拔向上的树干，想起屈原的《橘颂》，想他写下"苏世独立，横而不流兮""秉德无私，参天地兮"的神态。在柳宗元熟悉的文学传统里，有树的地方，就有人对于时光与命运的伤悼。他在心里预演了自己成为过去的那天，后人会怎样记得他。他希望后人看见他种下的树，会想起种树的人。

他从箱箧里翻出草稿与书信，开始编订自己的文集。柳宗元是个早慧的诗人，惠政当世、复兴家族，是他作为河东柳氏后代必须承担的责任。都做不到的时候，他也还是个诗人。现在，他能够寄望的也只有当他、他的朋友、他的敌人，还有那个不喜欢他的皇帝一起被时间碾成齑粉，当后世忘记踩在他身上的脚都属于谁时，他们还能够记得诗人柳宗元。

十二

长庆二年（822年），柳宗元和刘禹锡共同的僧人朋友去连州找刘禹锡。他向刘禹锡细细讲起他这一路上经过永州零陵时对柳宗元愚溪故地的探访。当年柳宗元结茅树蔬，建在愚溪上的房屋院落，已经找不到了。愚溪仿佛从来没有人居住，依然是蒹葭茅草、凫（fú）鹳遨游的荒野。这是柳宗元离开永州的第七年，也是他去世后的第三年。

刘禹锡最后一次见到柳宗元，是元和十年（815年）诏回之后，从京城再次贬谪的路上，他们在衡阳分手，一个去往广西柳州，一个去广东连州。不知道这一次贬谪又是多久，再有一个十年，他们都会是五十多的老头儿。分手时，柳宗元写诗说"皇恩若许归田去，晚岁当为邻舍翁"。他想着，到了退休的年龄，皇帝大概也不会在意这两个废人，也许可以和刘禹锡一起归隐田园，比邻而居，做两个诗酒唱和的老翁。

四年以后，元和十四年（819年），刘禹锡的母亲病故。比柳宗元幸运，刘禹锡现在是刺史了，可以从连州扶柩北返。路上经过柳州治所衡阳，刘禹锡的队伍停了一停。母亲病重时，柳宗元三次派人去问候，疲惫悲伤的刘禹锡决定在柳宗元这里歇歇脚。等待他的，不是柳宗元的盛情接待与安慰，只有素服悲戚的柳家人，还有一封信。信里说：我病重了，留下遗稿，累你替我编集。柳宗元的书案散乱，有些文稿已经编秩整齐，还有些书信写了一半还没有发出去。好像柳宗元与刘禹锡半生的友情，甚至没有一个慎重的句号。

刘禹锡带走了柳宗元的遗稿，也带走他的一个儿子（柳宗元没有娶到合适的妻子，但终于生了两个儿子，其中一个还是遗腹子）。他知道，这是柳宗元最担心的两件事。

后来，元和十年（815年）分手时柳宗元的愿望刘禹锡都替他实现了一半：二十多年之后，刘禹锡早从贬谪之地归来，一路从夔州刺史、和州刺史升官到太子宾客。他不仅熬死了宪宗，还熬死了穆宗、文宗。他从来知道自己必定是这场本质上看谁活得长的竞争的胜利者。从和州北归，在扬州碰见老友白居易，请他吃饭，席间刘禹锡得意地写"沉舟侧畔千帆过，病树前头万木春"。回到长安，刘禹锡一定又要去玄都观看花，再次写了诗："百亩庭中半是苔，桃花净尽菜花开。种桃道士归何处，前度刘郎今又来。"。他后来住在东都洛阳，也有钱，真就买了田，盖了大园子，在最繁华的都市里享受起田园生活。他本就朋友多，此时老朋友白居易、令狐楚都在洛阳。结伴赏花，结伴出游，三人唱和来往，甚至攒出《刘白唱和集》《彭阳唱和集》两本诗集。

唯有柳宗元的故事停留在元和十四年（819年）。死亡消磨所有深刻的痕迹，如同水滴石穿。刘禹锡对于人的意志在时间里一点点被自然抹去从来有清楚的洞见。他写过"山围故国周遭在，潮打空城寂寞回"，也写过"旧时王谢堂前燕，飞入寻常百姓家"。他们年轻时都相信自己会与从前的所有人不同，甚至超越历史，超越时间，成为伟人。

事实上并不。一年年草长莺飞终究会掩盖一围不再有人活动的房屋院落存在的痕迹，溪水悠悠，春草空绿。刘禹锡的朋友柳宗元也在他的目送下一点点淡去。但作为诗人，刘禹锡还有在无情流过的时间里留住柳宗元的一项权利：他终于为柳宗元编纂完成《唐故柳州刺史柳君集》。后人不能知道柳宗元一生里任何的丰功伟业，正如后世已经忘记他的敌人，忘记提携过他憎恨过他的那些皇帝，甚至不再关心踩在他身上的脚都属于谁。

他们只记得诗人柳宗元。

***

注释：

[1] 太子校书：太子属官。太子东宫下设有司经局，主要功能是为太子收集经、史、子、集四库图书，刊印编辑正本、副本、贮本以备太子查阅。司经局由太子洗马领导，洗马手下有校书四人，正九品下；正字二人，从九品上。校书与正字的职责相似，都负责校正、整理、刊印司经局收藏的经、史、子、集四库之书。（《唐六典》卷二十六）

[2] 五坊小儿：皇家动物雕、鹘、鹰、鹞、狗各有一使管理，管理这五坊的总使叫"五坊使"。五坊使和宫苑、闲厩使一般由一人兼任。（《唐会要》卷七八《五坊宫苑使》）"五坊小儿"指五坊使手下负责具体事务的工作人员。

[3] 右神策统军、京西诸城镇行营兵马节度使：神策军统军，左右神策军中各一，从二品。神策军一般屯驻京城，但除去京城之外，在长安西、北又有一些城镇是神策军的防区，即所谓"京西、北神策八镇"。另外，在地方叛乱或者外族入侵时，朝廷一般调遣一部分神策军参战，驻扎在战场或边防地区的神策军叫"神策行营"，由"神策行营节度使"管理。京西北神策军与神策行营都归属神策军中尉管理。（何永成《唐代神策军研究——兼论神策军与中晚唐政局》）

[4] 盐铁转运使：转运使，隋唐时，在州、县一级的行政单位

上增设"道"。转运使一般是掌握多个州、道的漕运的官员。盐铁使,唐肃宗以后,由于筹集战争经费的需要,对盐进行专卖、课税、定价的使职。有时,盐铁使与转运使合为一职,由一人担任。(《唐会要》卷八十七)

[5] 盐铁转运使扬子巡院留后:唐肃宗时期,任命刘晏改革盐铁税收。刘晏在漕运沿线的交通枢纽设置十三处巡院,分别是:扬州、陈许、汴州、庐寿、白沙、淮西、甬桥、浙西、宋州、泗州、岭南、兖郓、郑滑。有知院官常驻,监督、维护漕运,防止走私食盐,同时负责对食盐收税。(《新唐书·食货四》)

[6] 进奏院:安史之乱后,藩镇势力不断增强,唐代宗大历十二年左右,将原先各道在长安设置的邸务(进京朝见时的落脚处)改成进奏院,管理邸务的"留后使"改名进奏院官。进奏院官负责向地方发出"进奏院状报",通报宫廷、朝政和中央的情况,公开或者秘密地收集情报,做地方进贡中央的中转站。进奏院一般设置在靠近大明宫的坊内,尤其以平康坊和崇仁坊最多。(刘艳杰《唐代进奏院小考》)

[7] 太子右庶子:太子属官,隶属东宫右春坊(又叫典书坊)。一般设置为右庶子二人,正四品下。侍从太子,协助处理公务,献言献策,又叫"右中护"。(《新唐书·百官四》)

白居易和元稹
去他的《长恨歌》

一

　　白居易的母亲是个疯子。时人说是"心疾"，大约是现在说的"精神分裂"。不知道是什么原因，有人说是因为"悍妒"。后来人提到白居易，多少要说一句，他母亲是个疯子，还要补一句，白居易的父亲是他母亲的亲舅舅。这是门近亲乱伦的婚姻，好像要为她的疾病在不合礼法的婚姻里找到根源。但白居易自己是不提的。相反，他牢牢记得、反复回忆母亲多多少少曾经展现过的慈爱，其他的那些，就不说了。

　　贫穷和疾病是世上最掩藏不住的两样东西。白居易二十二岁的时候，父亲在襄州别驾任上去世，跟着父亲留在襄阳的一家人立刻失去了经济来源。白居易带着一家老小又搬回渭南下邽依靠太祖父的族人，寄人篱下。母亲有病，但也有清醒的时候，清醒过来便担忧几个孩子的衣食，病却更重了。白居易只好专门去浮梁，向已经做了浮梁主簿的长兄要钱，跑了两千五百里，讨到的钱却不多，很快，长兄就打发他带着匀来的一点儿米回家。从浮梁到洛阳走水路，换船补给的时候，借住在江边山下的小旅店。山里长夜绵绵，熄了灯,雷霆风雨就格外清晰。白居易一个人坐在黑暗里,担心母亲,担心弟弟,担心一家人的生计。他写了一篇《伤远行赋》,讲到贫病交加的家里,斟酌反复,只说:我出门这么久了,母亲一定日夜担心我吧。

在白居易以后的人生里,"贫穷感"一直如影随形。他是十五岁就写出"野火烧不尽,春风吹又生"的天才少年,自然要尽力营造一个文人萧散自在、淡泊名利的自我形象,但另一方面,每一天他都在焦虑"养家糊口"。

人生有累,哪怕吃着肉,也常常觉得饥饿。他后来做官,第一份工是校书郎。刚上班,他就夜里失眠——"薄俸未及亲,别家已经时",忧虑自己在京城瞎忙,既赚不到多少钱,也不能在母亲身边晨昏供奉,工资涨幅跟不上母亲的衰老。他写信给弟弟,担忧两个未嫁的妹妹没有嫁妆怎么办。

他后来做天子近官"拾遗"的时候,唐宪宗问他接下来想做什么官——一个要什么有什么的机会。但是他眼盯着那点工资,老实浪费掉了。他说:我家里穷,工资少,还有老母亲要奉养。我看"京兆府判司"[1]很好,钱多离家近。皇帝于是给他做了户曹掾。他激动地专门写了一首诗,说新工作一年工资四五万,又可以早晚照顾母亲,人生啊,除了衣食无忧,不饥不寒,还有什么好奢求的?

他自己辛苦计较量入为出,但别人家"行马护朱栏""筠粉扑琅玕"的高门大户,就坐在城里最显赫的地段,每天嘲笑着他的疲于奔命。他忍不住眼热,吞着口水酸溜溜地写:这大多是将相高官的别院，这些人豪宅太多，房子建起来，恐怕只看过图纸，来也没来过。

但贞元十五年（799年），客居洛阳的二十七岁"大龄无业青年"白居易甚至还没资格担心他的工资和房子。他需要先考上一个官，到长安去。但做官，是一条千军万马争过而常有伟大诗人掉下去的独木桥。

二

传说里白居易第一次来长安，向著作郎顾况投稿。顾况听说面前的少年叫"居易"，笑了笑说道：居易呀，长安米贵，长安居，大不易呢！

白居易决定去考最难的那科——进士。长安城里最多这样穿着白麻衣的考生，他们走在一起就像一片一片的云，熙熙攘攘来了，没多久就分散寥落没有踪迹。

唐代考试分为"常科"与"制科"。常科年年有，考的人最多，其中又分为"进士"与"明经"两科。明经只考经典背诵记忆，但当时人说"三十老明经，五十少进士"。这一科的考生常作为"庸碌无能之人"，被人鄙视。进士科常常两三千人应考只取二十人左右。进士科考卷不糊名，考试前考生还可以带着自己的诗卷去考官和考官的朋友们家里自我推销。在这二十人里还得去掉这些"声名显赫"的"红人"，更不剩几个名额。

白居易的家世背景不能为他铺路，又没有飞黄腾达的朋友，为了考中，只能拼命。他白天研读赋，晚上研读儒家经书，以研读诗歌作为休息，连睡觉的时间都没有。以至于口舌成疮，手肘成胝（zhī），看东西眼睛里点点都是飞蝇。二十七岁的白居易无意间照镜子，看见的是满头白发和脸上的皱纹。

仅仅进士及第，并不能得到一份工作。还需要守选三年，才有资格参加吏部的常调铨选，有做官的可能。哪怕运气好，被吏部选上了，也都是州府参军或偏远州县的县尉。家里兄弟四人，长兄远在浮梁，生病的母亲，一个快要应考的弟弟，另有两个待嫁的妹妹都要靠他来抚养。为了靠近长安，替母亲治病，给弟弟铺路，他需要一个留在京城的位置。

只能去参加更多的考试。作为已经考上，还在守选期间的"前进士"白居易，得到一个参加吏部主持的"科目选"——"书判拔萃"[2]的机会。书判拔萃与博学宏词一样，是当时最受欢迎的两项得官捷径：先中了进士，再去参加书判拔萃考试，考上就会被授予校书郎、正字，或者是邻近首都的县尉。都是在名声好、前景佳的清要官位，又能留下一个博学有才能的名声，将来要升官的时候便有大概率被举荐为拾遗、监察御史等与皇帝亲近的位置。

比起操心家计，白居易大概更喜欢考试。书判拔萃考解决纠纷的判词。白居易为自己准备了百来道模拟题，比如说：

乙女许配给了丁男，彩礼已经接了，但是乙后悔，丁愤而告官，乙辩称：可是都没有立婚书呢！

甲的老婆在婆婆面前骂狗，甲很生气，把老婆休了。老婆也很生气，认为没犯"七出"，怎能单方面离婚？甲辩称：这是不敬！

……

这些后来成了在考生中广泛传播的"百道判"。

在三十一岁这年,白居易终于如愿做了秘书省校书郎。

元和元年(806年),四年校书郎任满,白居易不愿意赋闲等待吏部再次考核,挤进了"才识兼茂,明于体用"考试。考上了,便能立刻授官。

为了省钱,赋闲时的白居易连房租也不想付。他与同样校书郎任满,也要参加制科考试的元稹一拍即合,都搬进了华阳观,结伴温书。这下连笔墨纸砚的文具钱都有人分摊了。制科考策论,白居易再次展示了他在考试方面的天赋,整理出了一套《策林》,分析策对的每一个部分,还有参考答案,在考生中畅销一时。甚至后来皇帝下制诏,也用了白居易的参考答案。

如果白居易一辈子只需要考试,他一定过得很开心。但考试只是一道帷幕,他以勤奋和才智用力把大幕拉开,满以为会被鲜花掌声淹没,没想到人生最真实的崎岖黑暗才开始一点点展现在他眼前。

三

辉煌的唐代长安城在清晨五点依然保持着她一贯壮丽的面貌。

一条横贯南北的朱雀大街把城市分为东、西两个部分。属于皇族的宫殿与官衙,以及围绕着他们的高官显贵占据着城市的中心与东北部高档社区。

城中心的鼓楼掌握着城市的生息。每到日落鼓响八百声,在鼓声停止前，城里被分割成方块的一百多个居住区关门歇业，行人回家，再不许有人在街上行走。直到第二天五更天刚破晓的时候，宫内的晓鼓响起，坊门才能开启。

在年轻的下级官员白居易眼里，隐没在暗昧夜色中那些象征帝国气派的宽阔道路，面目并不亲切。白居易总是在整个城市熟睡的黑暗里，穿戴整齐，悄悄打开坊门，骑着马向北边宫城出发。他要在宫内晓鼓声响前，到达城市北边的宫城，等着黎明时皇宫城门打开，朝拜君主。

长安城北高南低，从白居易家里进宫，十里北行。在冬天，北风呼啸，上坡路滑，照路的蜡烛半路就被狂风吹灭，耳朵被呲出冻疮。哪怕到了宫城门外，宰相们可以去太仆寺车坊暖和暖和，白居易却还需要在毫无遮挡的风雪中等着开门，一边盘算着向君主贺雪的句子。等到宫门打开时，等着赞美这场雪的白居易却已经是"须鬓冻生冰，衣裳冷如水"。

白居易在长安住了十多年，搬了五六次家。从长乐里、宣平里，到昭国里、新昌里，却越搬越往南，做校书郎时租的第一套房在长乐里，反而是他住过离上班最近的一个地方。

但年轻的白居易对未来有一种火热的信心。

白居易考上"才识兼茂，明于体用"的这一年，也是唐宪宗李纯登基的第一年。这一年，王叔文、刘禹锡"永贞革新"失败，朝廷里当权的高官大多在这次与宦官的权力斗争中失败，被赶了出去。宪宗需要一些年轻新鲜、对他忠诚不贰的面孔。

他看见了白居易的诗。一个光明的未来就这样掉到了白居易头上：他先去做了京畿周至县的县尉，没过几个月就被借调入朝中做了集贤校理。元和二年（807年），白居易以县尉成为翰林学士，为皇帝起草诏令，做机要秘书。

隔三岔五，皇帝就邀请他参加宴会，他以"内相"的亲密姿态坐在皇帝身边，百官之上。至于宫里送他茶果梨脯、绢帛，甚至家具、御用车马更是平常的事情。白居易在日后为自己编订《白氏长庆集》时，特别收录了所有他为皇帝写的任命诏书，成《中书制诰》与《翰林制诰》两编，以为无上光荣。

转过年去，白居易被再次提拔，做了左拾遗。虽然官品只有从八品上，却是不经吏部由皇帝亲自考核的近臣。工资自然是涨了不少，他甚至有钱买了两个健壮的婢女照顾母亲，防止她神志不清时自伤自毁。

家庭的负担一时松动，事业一片光明。在无亲无靠的京城里，忽然靠上了那个最大的靠山，心情激动的白居易给皇帝写了一封信，表达了他受宠若惊，宁愿肝脑涂地的心情：

拾遗虽然是小官，但供奉讽谏，天下发生任何不恰当的事情，都该由拾遗提出来，或是上书，或是廷诤。高官们顾虑身份地位不敢说的话，只好由拾遗这样的小官来说。但这正是我愿意去做的事情。您对我这样好，让我食不知味，寝不遑安，只能粉身碎骨来报答您。可惜我现在还没有得到一个粉身碎骨的机会！您放心，但凡天下的官员做事有一点儿不合规矩的，您下的诏令，有任何不妥的，我一定竭尽愚诚，向您密陈！

为了证明自己所言不虚，他写了《新乐府》五十篇，"为君，为臣，为民，为物，为事"。他拿着放大镜努力找到了王朝每一个地方的问题：《卖炭翁》写官市欺压小民，《阴山道》写贪官，《杏为梁》写居住的奢侈，《紫毫笔》写失职，《官牛》写自私的丞相……但同时，他在开篇便写了《七德舞》《法曲》，又写了《牡丹芳》——也没有忘记歌颂圣人与皇帝——万方有罪，都是地痞、恶霸、朝臣的错。

作为谏官，他唯恐自己须臾闲置了手上的谏纸。中唐以后，要想在朝廷上出人头地，不投靠宦官，就得投靠节度使。但白居易，把两边都得罪了。

淮南节度使王锷（è）很有钱，到处送礼，给皇帝送，给皇帝身边的宦官送，想做宰相。白居易跳出来对皇帝说：做宰相的人首先要有贤德。这人在节度使任上搜刮您的子民，把搜刮来的财富再送给您，以后人人想当宰相就跟他学，这天下还会好吗？

平卢淄青节度使李师道拉拢魏征的玄孙魏稠，想替他把当年唐太宗赐给他太爷爷魏征的房子赎还。皇帝同意了，让白居易草拟一个诏书。白居易却又不同意，说这种激励劝勉前代功臣后代的好事，当然要公家来做，李师道是什么东西，能以他自己的名义来做这样的事情？还是您出钱比较好。

成德节度使王士真死了之后，他的儿子王承宗按着惯例自己继位为节度使，向朝廷先斩后奏。宪宗生气节度使不经过朝廷同意，私自搞父子世袭，要打他。朝臣却没几个同意。宦官吐突承璀（cuǐ）为了表功，自请领兵。带着二十万军队去打王承宗，屡战屡败。白居易又上书：本来就不该打，现在又打输了，还不停战，等什么呢？

唐代朝官，四年一任，每年考核政绩口碑。拾遗是皇帝亲自选拔的官员，不参加吏部考核，但被白居易点名批评的官员可是要被考察的。白居易像他在书里读到的那样，为了皇权，做直臣。通往大明宫御座前，白居易浑然不知的黑暗里，一双双仇视的眼睛在窥探一个机会，把他掀翻在地，永远不要回来。

四

传说白居易母亲的死，成了元和六年（811年）长安的一桩大丑闻。京兆府申堂状到了裴度面前，报的是白居易母亲掉落坎井，死了。但哪有正常人会莫名掉进井里去？据说，白居易曾经有一个叫湘灵的恋人，母亲却反对他们的婚姻，白居易到三十多岁都还没有结婚。有司便怀疑这是一桩谋杀。

皇帝近官谋杀母亲的案子报上来，四座皆惊。

白居易百口莫辩。母亲有时发狂自戕，甚至会抓着菜刀在家里狂奔。白居易专门请了两个健壮的仆婢，厚给衣食，就是为了照管好母亲。但这一次，一个没看住，母亲便跳进了井里。他又不愿把母亲的疾病说出来。幸好这时薛存成说，我住白居易隔壁，邻里左右都常常听到他母亲大喊大叫，听说是心疾，已经很久了。

案子结了，但白居易的秘密终于众人皆知：白居易原来有一个疯狂的母亲，常常在家大喊大叫，最终死于坠井。

白居易母亲的死从此成为一个把柄。

元和九年（814年），白居易守丧结束，做了赞善大夫[3]。转过年去，宰相武元衡、御史中丞裴度在首都长安的大街上被刺客刺杀。武元衡当场死了，裴度因为戴了厚毡帽掉在阴沟里逃过一劫。凶手还嚣张地在金吾卫办公室留书：别想逮我，我先杀你！

当天中午，这宗谋杀案就在长安城里传遍了，却没有任何人上书向皇帝建议处置凶手。武元衡、裴度，都是主张向不听话的节度使开战的主战派，自然人人都怀疑刺客来自李师道、王承宗，却都不敢说。只有白居易当天就第一个上书，态度强硬急迫，敦促朝廷赶紧逮捕刺客捉拿真凶。

正各执己见没有头绪的朝臣此时却统一了目标：攻击白居易。——他此时已经不是拾遗。不是谏官，这就不是他该先插嘴的事情。很快就有人说了，白居易别人的事情管得宽，自己却毫无私德。他的母亲是看花坠井死的，他却在守丧期间写了看花和新井诗。这样毫无孝道的人，该赶出朝廷去。

朝廷上人人都很喜欢这个借口，提出要把白居易赶出去做江表刺史。中书舍人王涯又补充说：白居易做了这样伤风败俗的事情，根本就不能作为一郡长官，还是做江州司马吧。

在关键时候，唯一能够救他的宪宗皇帝没有做出任何保护白居易的努力。实际上宪宗也早就对白居易不耐烦了，他曾经私下不满地说：白居易这家伙，是我一手提拔起来的，现在却屡屡说我这个不对那个不对，真是让人无奈得很！

官场有一些大家心知肚明的规矩：政见不合，便被找各种理由排挤。礼法是一套隐形的"刑具"，专门伺候异见。它的内容——

"孝亲"被规定出整齐的面目，哪怕心里最恨父母，表现出规定的形式就是孝顺的，相反，稍微不合"规矩"，不论事实如何，便要被扣上不孝的帽子，踩上一百只脚。

这一次，他们找上白居易的时候，玩弄的是他母亲的死。他在浮梁夜雨里，反复说服自己，虽然她不讲，但母亲一定也在思念他；他为父母写作墓志铭，也只愿意回忆父亲去世之后，年幼的自己与弟弟妹妹围绕着母亲的身边听她亲讲诗书，循循教导。

他在所有的回忆里裁剪掉母亲疯狂的那一面，坚定相信，哪怕她深陷在不能自控的疾病里，她心里也是爱着他的。温柔慈祥，就是她本来的样子。为了给她一个安详的晚年，他掏心掏肺地为朝廷做事，拼命往上爬。

现在，因为政敌充满恶意的杜撰，人人都知道他有一个疯狂的母亲，为看花坠井而死。而他对此十分快乐，还高高兴兴地写诗、看花、咏井。

这也是可以的吗？

五

白居易还没有经历沉沦的时候，对"失败"就不陌生。他做拾遗，作为皇帝的眼目，系玉为佩，曳绣为衣。但居高临下，"朝见宠者辱，暮见安者危"，对命运翻覆看得更清楚。他跟好朋友元稹约好了，等到女儿嫁了，儿子成家了，就退休去过渔樵江渚、岁晚青山的生活。

等到自己真正经历起伏，又忍不住计算起数十年宦游的得失。唐代做官，三品之上穿紫袍，佩金鱼袋，五品以上才能穿绯袍，配银鱼袋。六品之下着青袍，没有鱼袋。在长安蹉跎十多年，他屡屡望见绯袍银鱼袋，现在又功亏一篑。

年轻时用来拼搏前途的健康也已经抵押给时间，再也拿不回来。白发多得数不过来，就任它去长。眼睛更坏了，夜里读书疼痛难忍，只能熄了灯，暗夜枯坐。

小城市日落而息。江边清冷的码头上，他又听见繁华长安的琵琶曲。浔阳北风里枫叶荻花瑟瑟脆响，他又写了一首流行的诗，娱乐别人，拯救不了自己。他依然陷落在没有灯火的荒野，再繁复堂皇的曲调，也不过讥诮地一遍遍指出，他一个"天涯沦落人"罢了。

元和十年（815年），四十三岁的白居易困在庐山脚下的江州，白发青衫，江州司马，他这辈子大概就这样完了。当年的同事，哪怕是不如他的，却个个都发达了！他像是赤身裸体落在深井里，衣冠整齐的昔日同僚在井上来来去去，不看他，难过；低下头来看看他，更让他感觉受到羞辱。与他同做拾遗的崔群已经做了宰相，写信来问。他回信说：您问我近况怎样，没什么好说的，混吃等死而已。您又问我身体怎样，除去一只眼睛不好，身体的其他地方也不好。你又问我每个月的钱够不够花，我虽然钱不多，计算着花，反正没冻死。

白居易花钱在庐山上造了一栋别墅，三年江州司马，他有一半时间住在庐山上。按规矩，守官离开治所，都要请假报备按期归来，白居易屡屡超期，别人也不敢管他——白居易的诗名天下皆知,哪怕在贬谪的路上,也有学龄少年款款背诵《长恨歌》。

委屈、怨恨。说出来小家子气,给别人添笑话。只好一再强调:我不在乎,我无所谓,我学佛参禅热爱自然,好得很!

六

只有回信给元稹的时候他感到舒适——他比人人混得都差,最起码比元稹好一点儿。

元稹,他那个十四岁就明经及第,比谁都聪明,都讨女人喜欢,都能折腾的好朋友,就快要死了。

白居易刚到江州,有人带给他一封信与二十六轴元稹的诗文。是通州司马元稹写来的。信里说:我得了疟疾,病得很重,怕是要死了。在生死危惙之间,只想到了你,我让人收拾了几卷我的文章,封存好。告诉他们,哪天我死了,就把我的文章送给白居易,请他替我写个序吧。

元稹与白居易的人生经历相似,却处处都比白居易更惨一些。元稹七岁丧父,整个少年时代都跟着姐夫住在凤翔北方边境的荒残之地,没见过繁华,不敢有欲望。十四岁来到长安考试。考上的却是受鄙视的明经科。甚至有人说,他以新进诗人的热忱去拜访当时的名诗人李贺,李贺接了他的名片却一言不发。直到元稹硬着头皮进去,热情表白了半天,李贺才冷冷反问:你考明经科的,有什么资格来看我?为了甩掉明经及第的"污点",元稹不断考试,直到贞元十九年(803年)平判登科,做校书郎,才算洗刷了明经科的低下,他同年中明经的人却早已做了两年多的官。

元稹与白居易一道策试及第,在白居易做拾遗的时候做了监察御史。

两个人都很爱提意见,但白居易只是被皇帝背后吐槽,元稹却被宦官用马鞭打伤了脸。

元和四年(809年),元稹以皇帝使者监察御史的身份出使东川,一路上弹劾剑南东川节度使严砺违法贪墨朝廷赋税、田产、奴婢数百万,因为严砺已死,与此案有关的七刺史都被罚俸。元稹得罪了与严砺有关的众多权臣要员,朝廷却没为他撑腰——元稹刚回长安就被调去了东都洛阳。没几个月,曾经与他野蔬充膳,金钗换酒的妻子韦丛去世,祸不单行的元稹只能在不眠的夜里默默写下"惟将终夜长开眼,报答平生未展眉"。下一年,他终于被召回长安。回程路上住在公家旅馆"敷水驿",照着规矩住在上厅。宦官刘士元晚到,却也要住上厅。元稹睡下了,不让。刘士元直接抄起马鞭一脚踹破房门,闯进房间里追打元稹。元稹从床上惊起,衣服都没穿整齐,不仅被狠狠地打伤了脸,还被贬江陵府士曹参军。

在与江州司马白居易如今一样的心境里,他还依然写信祝贺白居易的高升,白居易丧母停官生活拮据,他还寄钱接济白居易的家用。元和十年(815年),元稹被短暂地召回京城,但结果并不是重新启用,而是换贬到通州。

元稹跟白居易一样,快四十的时候贬到险远,真的相信,这辈子就这样完了。元稹写诗说"黄泉便是通州郡,渐入深泥渐到州"。刚到通州没多久,在湿热与蚊虫的攻击之下,北方人元稹很快就得了疟疾，病体缠绵，前途惨淡。

但元稹跟白居易又不一样，他是一定要做宰相的人，一天没做到，一天不甘心。被赶出朝廷，便想办法回去，落下来之后，必有东山再起。

元稹在通州病到手脚都不好使了，也要向当时主管选官的吏部尚书权德舆上书，寄送一轴自己的各种作品。等他琢磨清楚军阀宦官才是他重回朝堂的关键，朝臣的品性面子也不能阻挡他献殷勤。

元稹在江陵的时候，下了大功夫与荆南监军崔潭峻交好。后来新皇帝穆宗登基，崔潭峻带着元稹的诗词给宫娥嫔妃歌唱表演，很快让穆宗记起早就有诗名的元稹。于是元稹转祠部郎中，知制诰——为皇帝草拟诏书，做秘书。为了得到在皇帝面前露脸的机会，元稹常常轻车简从悄悄拜访宦官魏弘简，后来果然一举以工部侍郎本官同中书门下平章事——做了宰相。元稹当宰相的那天，满朝轻笑——人人都知道他的宰相是怎么来的，便都有谈资耻笑他结交宦官，首鼠两端，斯文丧尽。

而白居易，按着他做拾遗时的性子，该猛烈抨击德不配位的元稹。不过，他做不到。

白居易在江州，想念元稹而不能见，便在屏风上写满元稹的诗。元稹还在通州，相隔万里，通信不便，他就在阆州开元寺的墙壁上写诗遥寄白居易："忆君无计写君诗，写尽千行说向谁。题在阆州东寺壁，几时知是见君时。"

白居易梦见元稹，写诗问他："不知忆我因何事，昨夜三更梦见君。"元稹沉疴难愈，自料是活不过来了，于是回信说："山水万重书断绝,念君怜我梦相闻。我今因病魂颠倒,唯梦闲人不梦君。"但哪怕病得快死了,元稹也没有忘记给江州司马白居易寄去京城买来的绿丝巾白轻容。

白居易、元稹,半生蹉跎,眼睛都不好使了,才睁大眼睛看见那个挂在眼前,显而易见的道理:他们曾经以为做官与考试一样,靠勤奋与才华。但考试之后的漫长人生,并不遵循任何与公平相关的规则,更不提供任何体面的退路。

元稹被重新起用的时候,白居易也离开江州,升任忠州刺史。刺史可以"借绯",白居易连忙喜滋滋地脱下青衫换绯袍。但从江州到忠州,是"今来转深僻,穷峡巅山下。五月断行舟,滟堆正如马"。山高路远人烟稀少,忠州也不是个好地方。

为了把他从江州捞出来,前同事崔群出了大力气。白居易写信感谢崔群,最后说:您问我,去忠州我喜不喜欢,我有什么好选的?鸟能从笼子里飞出来我还挑拣哪片林子吗?

元稹决心留在这个决斗场里,挫折与轻视只让他更无畏地往上爬。但白居易,弟弟白行简做了左拾遗,两个妹妹嫁了人,母亲死了,失去负担,也失去在这条狭窄而熙攘的官道上闷头往前挤的动力。

距离他们约定"白首同归"已经过去十多年,这件事情元稹不再提了。距离白居易满怀感激与豪情地向宪宗上书也过去十多年。肝脑涂地以身相报这事,白居易也不再提了。

七

后来白居易的官越做越大，主客郎中[4]、再次知制诰[5]、朝散大夫[6]、中书舍人[7]……但他再也没有肝脑涂地的激情，迫不及待去报答提拔他的皇帝。隔三岔五就要写诗自嘲：我这么差劲的人觍着脸赖在这么显要的位置上，还不都是为了钱。不是我喜欢做这份工，实在是为了养家糊口，没办法。

有时忍不住，还是要提意见，提了依然没人理。他便眼不见心不烦，申请外调苏杭，一边工作一边休假。工作自然做得不出岔子，但跟年轻时，很不一样了。

喝酒、学佛与写诗成了白居易往后人生的目标。学佛是在这所剩不多的人生里不用太痛苦的镇痛药，他的眼病到老更重，看朱成碧，眼不经风，只能看特制的"大字书"。寄望僧侣用金篦（bì）拔出，但也不知道成功与否。

而写诗，他还是希望在百千年之后，这么多让他愤怒却不能声张，让他狼狈还要装作不在乎的事情都没人提了，那时候，有人像元稹一样喜欢珍重他的诗。

唯一值得高兴的是，他有钱了。长庆元年（821年），白居易回到长安做主客郎中知制诰，新昌里那栋二手房，终于还是买下来归自己了。他可以放心在院子里养竹子，不用担心哪天搬家了又要重新来过。他一连写了两首诗赞美终于有了自己的房子的快乐。不过，母亲早就去世，当初他一心想要涨工资买房子的理由却又不在了。

唐文宗大和三年（829年），经历了宪宗、穆宗、敬宗、文宗的"老臣"白居易做了太子宾客，有钱有闲，决定在洛阳住下。奋斗半生买得的长安新昌里二手房，说卖也就卖了。在洛阳买了一套更大的园林。他自己说："吾有第在履道坊，五亩之宅，十亩之园，有水一池，有竹千竿。"养歌姬，宴宾客，甚至还养了一双白鹤。没想到自己也成了当年让他斜着眼看不上的"土豪"。

太子宾客任满，朝廷本来要派他去做同州刺史。他因病嫌远不愿去，朝廷只好改派他做太子少傅[8]。做了七年不想做，白居易还敢辞职。朋友们担心他断了工资家用拮据，他还有积蓄田产规划退休生活——"囷中残旧谷，可备岁饥恶。园中多新蔬，未至食藜藿"——有谷仓，有菜园，比起他当初做拾遗时"衣不盈箧，食不满囷"不能同日而语。

大和五年（831年），元稹死在武昌军节度使任上。元稹的家人求白居易写一篇祭文，把元稹的骏马、绫罗、丝帛、银鞍、玉带，六七十万的东西全部送给白居易当润笔。白居易不肯要，元家人不肯收回，白居易便全部捐了重修洛阳香山寺。他说，修好了，是功德，都是元稹的。但愿他多享冥福，也但愿来生我可以与元稹再次同游香山寺。

后来他真的梦见与元稹同游，还是像年轻时候那样，郊游踏青，骑在马上随口说个题目便开始联句，从城外到城里，联了几百句，还意犹未尽。醒来的时候，茫茫夜色里冷冷清清一点儿光正落在枯黄的草地上。白居易慢慢想起来，元稹去世以后，窗外这片草地青而又黄，是第八个秋天。

君埋泉下泥销骨，我寄人间雪满头。

八

大和九年（835年），风雪夜里，庐山顶上东林寺收到六十卷《白氏长庆集》。寺院的云皋上人颤颤巍巍打开门，接过随文集附来的诗信一封。是年逾七十的白居易从洛阳写来的。他说，他们已经许多年不互相通信，不知云皋上人近况如何？大家都发疏齿摇，距来生再会已经相距不远。讲好了，由于他的特别信任，亲手编订的白居易一生的成就将由东林寺云皋上人保管。送书的家仆得到云皋和尚一再强调会用心保存才放心离去。

稍后几年，苏州南禅院收到《白氏文集》六十七卷，诗文三千四百多首，洛阳胜善寺收到《白氏文集》六十五卷，白居易的侄子龟郎、外孙谈阁童也都收到了麻纸誊抄的七十五卷《白氏长庆集》，白居易一再在随诗书信里表示：这是比我性命还重要的文集，这就托付给您了。唐代的名诗人这么多，但诗文散落，保存下来的不足鳞爪，最"万无一失"的只有白居易。

白居易最后在刑部尚书任上退休，领半薪，每年也有五十多万钱入账。当年跟他一道做翰林学士的同事，除了他，都做了宰相。他又忍不住做出满不在乎的样子写道："同时六学士，五相一渔翁。"——反正我混得最惨。而做过宰相的那些，其中就有王涯——当初说白居易品德低下，只能做江州司马就是他的功劳。

大和九年（835年），白居易在洛阳专心修订他的文集。这年冬天，七百里外的长安发生了一件大事：朝臣谋划杀掉宦官仇士良，本来得到了唐文宗的支持，没想到举事当天唐文宗反被宦官们挟持，计划失败——正是"甘露之变"。一批大臣被杀，其中正有王涯。消息传到洛阳，只用一个白天。白居易正在香山寺看花，立刻写了诗：

> 祸福茫茫不可期，大都早退似先知。
> 当君白首同归日，是我青山独往时。
> 顾索素琴应不暇，忆牵黄犬定难追。
> 麒麟作脯龙为醢，何似泥中曳尾龟。
> ——《九年十一月二十一日感事而作》

你们是龙是麒麟，了不起！我不过是泥里拖着尾巴的乌龟。只是没想到，你们都被砍成肉酱了啊！

***

注释:

[1] 京兆府判司:"判司"是节度使、州刺史的僚属,掌管判案等司法工作。京兆府与河南府在唐代地位高于其他州县,京兆府判司的地位也高于一般州郡的判司,虽然是州官,但重要程度可以与一些清要的京官相提并论。因此,白居易得到"京兆府户曹参军"(另一种判司的称呼)时专门写诗说亲友"贺客满我门"。但白居易就任"京兆府户曹参军"也并不真正管理判司分内的工作,升迁京兆府户曹参军只是为了让他在继续为皇帝"知制诰"草拟诏书时能有一个可以领薪俸的官职。(赖瑞和《唐代基层文官》)

[2] 书判拔萃:科举制度之下选拔人才的考试有许多种类,最常见的是一年一考的进士科和明经科。考中进士或明经科之后,并不能立刻做官,需要到吏部再考"关试",成为吏部的"选人"。由于官员的名额有限,选人总比官位空缺要多,因此,成为选人之后一般要"守选"几年——等待空出的缺。守选期满,可以参加吏部在冬季统一进行的铨选。参加吏部冬季铨选的,除去从未做官的选人,还有更多的是官任期满等待再次授官的前任官员。如果不想经过漫长的守选,也有其他考中就能做官的考试:由天子召集、亲自监考选拔的"制科",由吏部召集为选拔专门人才而设的"科目选"。

科目选每年十月由吏部召集,其中最主要的两科是博学宏词科和书判拔萃科。博学宏词科考文章三篇,分别是诗、赋和论。诗为五言排律，十二句六韵，赋限字限韵，有时八韵，有时六韵。书判拔萃科考三条判词，长度和难度都比较大。所以为准备书判拔萃科考试，白居易需要练习百道判词。（王勋成《唐代铨选与文学》）

[3] 赞善大夫：太子属官。太子府一般设有左、右赞善大夫各五人。（《唐六典》卷二十六）

[4] 主客郎中：礼部尚书领导下掌管周边国家朝贡往来等外交事宜的官员。从五品上。（《唐六典》卷四）

[5] 知制诰：为皇帝起草诏令。唐代以九品职官等级定薪俸，但是"知制诰"并不是九品职官系统里的官职，所以没有专属于"知制诰"的官职和薪酬。"知制诰"常加缀在本官官名后，相当于拿着本官职的工资做替皇帝起草诏令的工作，比如白居易以主客郎中知制诰，就是白居易拿着从五品上主客郎中的工资待遇，实际上并不管朝贡往来等事物，而专职为皇帝起草诏令。这种非正式的借调方式在唐代中后期十分普遍，又叫"使职"。

[6] 朝散大夫：文散官，从五品下。（《唐六典》卷二）唐代文散官有二十八阶（一说二十九，或三十阶），开府仪同三司为第一阶，将仕郎为最末一阶。朝散大夫在文散官等级中排第十三阶。文散官没有具体的职事内容，多用来划分身份级别，类似现在的"职称"。

[7] 中书舍人：中书省内负责为皇帝起草诏令的职位。官居中书令、中书侍郎之下，常设六人。正五品上。（《唐六典》卷九）

[8] 太子少傅：太子属官。太子府一般设有"太子三师"，即从一品高官太子太师、太傅、太保，和"太子三少"，即从二品高

官太子少师、少傅、少保。(《唐六典》卷二十六)"太子三师"和"太子三少"这样的高官,只授予极少数对皇室有重大贡献的高官,或者授予失去实权的功臣武将做荣誉职位。

李商隐
最后时过境迁，再回想谁的脸

一

大中二年（848年）的重阳节，长安还是记忆中的模样：高阳越淡，天光越薄，菊花越贵。暗暗淡淡紫，融融冶冶黄。昂贵而应时的花卉茂茂挤在高官贵戚的花圃里，等待与茱萸厮混，飘入盛满酒液的杯中，也等待主人家盛大聚会上，一句吟咏重阳节的好诗。令狐楚最爱白菊，他去世十二年，相关的痕迹一点点被时间磨灭，似乎连长安城的白菊都变少了。

十多年前李商隐是为令狐楚写公文的秘书，令狐楚的儿子令狐绹，是他嬉笑怒骂无话不谈的朋友。现在，李商隐依然是为京兆尹写公文的秘书，令狐绹已经是长安城里最贵重的宰相。十多年前，李商隐写得一手好散文，后来令狐楚教他，要为人做秘书必须得写好骈文，对仗用典。十多年后，艰深的典故，"骈四俪六"已经成为李商隐的风格，甚至学写公文的年轻人也要去求一册他的文集来作范文。十多年前，李商隐为令狐绹写信，说他们之间"一日相从，百年见肺肝"，现在，他想去见令狐绹，但不知道令狐绹想不想见他。

令狐绹这年刚升任,搬了新家在晋昌坊。李商隐硬下头皮去拜访,枯坐半天,令狐绹也没有出来见他。如坐针毡的李商隐再也没法被令狐家的下人带着玩味的表情参观,要了笔,在令狐绹家的屏风上默默写下他此时的心情:

曾共山翁把酒时,霜天白菊绕阶墀(chí)。
十年泉下无消息,九日樽前有所思。
不学汉臣栽苜蓿,空教楚客咏江蓠。
郎君官贵施行马,东阁无因再得窥。
——《九日》

晋昌坊中还有名胜大雁塔,从令狐绹家出来,抬眼就能看见。旧俗,考上进士便要在雁塔下石碑上刻上自己的名字。李商隐还记得,大和九年(835年),他又一次落第,令狐绹为了带他散心,一起登上大雁塔,并在塔下石碑上题字。右拾遗令狐绹、前进士李商隐的名字并肩而立。李商隐没有哥哥,令狐绹比他大十二岁,他一直当其是兄,甚至"当此世生而不同此世"的知己。他以为,他们的缘分可以超过人生寿命的极限,延展前世后生。现在知道,当时年轻,一生一世已经很长,够变卦很多次。

十多年前,李商隐和令狐绹可以拉着手哭,是亲过兄弟夫妻,过去与未来的时间里独一份的默契缘分。李商隐对令狐绹写过:"足下与仆,于天独何禀,当此世生而不同此世,每一会面一分散,至于慨然相执手,颦(pín)然相戚,泫然相泣者,岂于此世有他事哉？"现在，身份悬殊，自然不能再写这样没分寸的傻话。再两年，令狐绹命令李商隐将令狐楚存在太清宫的旧诗刻写石上，李商隐一天就写完了。他给令狐绹写了《上兵部相公启》，报告这件事情，开头是"伏奉指命"。十年前他一定不会想到，自己给令狐绹写信，会用这样卑微疏远的语气。从前的李商隐见到现在的自己，恐怕也看不懂了。

暮鼓响起，是宵禁开始的信号。一间间坊巷临街的坊门关闭，鼓声停止时，街上不准再有行人。但百多年来严厉的禁令渐渐松弛，依然有稀稀落落的行人在街上行走。百无聊赖的李商隐一路向北，不知不觉走到了开化坊令狐楚的旧居。夕阳西下，墙外人迹零落，墙内只有几只乌鸦栖息在屋檐上。向晚时的风吹来苦竹与花椒的味道，渐渐荒芜的花园里，还有星星点点的白菊花，被时间遗留下来，归于寒雁与暮蝉。他慢慢走在弯弯曲曲的小道上，细细想起十多年前细碎的往事，仿佛与这些被撇下的菊花沟通了命运——令狐绹搬家时带走珍贵的花卉，但没有带上它们。

二

开成二年（837年）李商隐第五次到长安参加进士科考试。放榜以后的流程，他闭着眼睛也能走：正月二十四日礼部放榜，二月七日过吏部关试。关试后，便要拜见座主，参加曲江宴、杏园宴，在慈恩塔下前代进士们的名字后面题写上自己的名字。

礼部侍郎掌管贡举。整个长安恐怕没人比李商隐更精准地归纳大和五年（831年）以来历任礼部侍郎的性情习性："始为故贾相国所憎，明年病不试。又明年，复为今崔宣州所不取。"他们有个强烈的共同点——不喜欢他。

十九岁落第的时候，可以安慰自己：还年轻，落第不丢人。现在他二十五岁了，好朋友令狐绹因为荫补被诏去长安做左拾遗，给李商隐寄送葛衣时，李商隐失落地回信说："尔来足下仕益达，仆困不动，固不能有常合而有常离。"他的朋友飞黄腾达了，只有他，总是困在原地。

也不是他准备得不好，也不是他没有才能。李商隐的时代，科举已经由选拔人才变成了比拼人脉靠山的斗兽场。从前，试卷不糊名给了考生在考试之外用旧佳作打动考官的机会，现在的不糊名，成了赤裸裸的利益交换。穆宗长庆元年（821年）曾经爆出过一桩科举舞弊案：进士科三十三名上榜人中有十四人胸无点墨、不学无术，都是官宦子弟。进士科上榜是他们的父祖辈与考官的一次利益交换。官场震动，皇帝特别要求重考，考官也换成并不主管选举的主客郎中白居易和中书舍人王起。长庆科举舞弊案只是科场黑暗的冰山一角。甚至往后，屡屡有长安豪强的后代得到进士科上榜的殊荣，深究起来，都不可说。但一次进士考只取三十多人，"不可说"的多了，没有背景、没有靠山的那些，几乎永无出头之日。

比如李商隐。

脾气也发过了：李商隐送叔祖去做东川节度使幕僚，写了一首《送从翁从东川弘农尚书幕》。恭贺了叔祖光明的前程，话锋一转，讲到自己，"鸾皇期一举，燕雀不相饶"——我是想要高飞的凤凰，可是礼部侍郎主管考试的贾相国就如同燕雀，不依不饶把我往地上啄。

闷气也生过了：进士科考试不糊名，考试之前，考生们必得誊抄自己最得意的文章诗篇成卷，投送给高官，以求考官在试卷上看见熟悉名字时，能够"择熟录取"。久而久之，这成了规矩，叫"干谒"。李商隐也抄送过自己的诗文，很久之后，他在给朋友的《与陶进士书》里还清楚记得自己一片心血是怎样被随意糟践：收到他诗卷的大人物有的往角落里随手一搁，无暇一读，有的随便看两眼，根本不开口朗读，还有的终于开始读了，但是失字坏句，完全理解错了他的意思。大和七年（833年）以后，李商隐干脆连干谒也免了。除去替人写信，代拟上皇帝的奏启表章之外，连文章也不写了——可以为还人情而写，可以为钱而写，但要他陪着附庸风雅的蠢货糟蹋心血，不行。

但进士，依然年年是要考的。作为家里的长子，他还有三个弟弟一个妹妹要抚养，他还要攒钱把葬在获嘉（今河南新乡）那个嫁给裴家却早早死了的姐姐和葬在荥阳（今河南荥阳）的父亲迁葬回怀州的家族墓地。每年考试季，不成文的规矩是考生要向礼部主持考试的官员"纳卷"——誊抄一些得意的旧文，作为考试之外评判考生能力的参考。李商隐不耐烦，从来不交。他一边咬牙切齿恨考官一边年年上京应考，这一切被已经升官做左补阙的令狐绹看在眼里。令狐绹便替李商隐誊抄旧文送去贡院，替他纳卷。直到开成二年（837年），李商隐第五次到长安参加进士科考试。

三

进士科考试不糊名，考官可以清楚看到哪份答卷来自哪个考生。礼部侍郎高锴不耐烦一份一份仔细判这几千份卷子，于是问他的好朋友左补阙令狐绹："这里面总有跟你关系好的吧？谁呀？"令狐绹头也不抬，回道："李商隐。"高锴又问："还有呢？"依然是一样的答案：李商隐。问了三遍，令狐绹回答了三次"李商隐"，斩钉截铁，没有别人。

比起做一身耀眼的新衣服等待可能到来的曲江宴饮，或者打听一下京城哪家高官的漂亮小姐正待嫁，李商隐更需要面对很可能再次到来的失败：老恩师令狐楚每年资助他进京赶考，替他准备衣食与行资，是一大笔钱。至于令狐绹每年替他纳卷，邀请他一道登大雁塔，游曲江池，陪他散心，他也时时记在心上。他九岁上父亲就去世了，去世之前，父亲也仅只做过获嘉县令和几任幕府，家无余财。作为家里长子，九岁的李商隐拉着装有父亲灵柩的板车一路从获嘉走回荥阳，主持葬礼，安顿家人。为了养活弟妹，替人抄书、舂米……只要能够换来米面，他什么都做。什么都做，也不过勉强维持温饱。令狐家对他这样好，但除了一笔好文章，他能够回报的太少。只有考上进士，得到官做了，才能稍微报答令狐家的恩情。自然从没有人要他报答，但一年一年，偏偏总是考不上，令狐家的善意便成为笼罩在自尊心之上的阴云。深恩难报，如同巨债难偿。

进士科放榜的时候，四张黄麻纸刚被贴上礼部南院东墙，丈余高的一堵张榜墙立刻就被围得水泄不通。李商隐还是跟着人群去看了一眼。自己的名字赫然在列。他那耷拉着的眼角眉梢瞬间活跃起来——高锴的眼光不错！终于还算有人慧眼识英才！更重要的是，现在，他又可以与令狐绹回到同样的起点：节度使的儿子与县令的儿子，终于仅仅是同朝为官，不再是施舍与给予。

进士及第的喜悦只闪了一闪。与李商隐进士及第同时，很快传开一则"谣言"：令狐绹在高锴面前三次推荐李商隐，所以这个落第四次的李商隐才终于在第五次参加考试时榜上有名。

很快也传到李商隐的耳朵里。这越俎代庖的助力未必不是一种侮辱——他明明可以凭本事，现在人人都知道他是托关系。哪怕他以后做官了，想要堂堂正正地报答令狐楚一家对他的恩情，也不可以：这个官本来就是别人给他的，哪有用别人的东西去报答别人的道理？

后来他在《与陶进士书》里原样记下这件事，把进士及第完全归功于令狐绹，而他在七年间五次参加进士考试的努力，他"五年诵经书，七年弄笔砚"的骄傲如同一个笑话，提都不想提。

虽然如此，多年寄人篱下，他还是迅速对此做出了应有的反应：李商隐给令狐楚写了一封信说自己"才非秀异，文谢清华，幸忝科名，皆由奖饰"，对令狐家感恩戴德。很快得到了回信——令狐楚让他赶紧回到兴元去继续工作，但李商隐已经决定回家看望母亲，不得不再次低声下气地回了第二封信，感激他一直以来的提携："伏思自依门馆，行将十年，久负梯媒，方沾一第。"约定陪母亲过了中秋节就去兴元看望令狐楚。

"功成名就"的流程走得味同嚼蜡：拜见过考官高锴，以后李商隐是高锴"座下"门生，高锴就是李商隐的"座主"。同门的进士一道该喝的酒喝了，该展现才华的诗也都写了。曲江宴吃了，倒真有不少高官贵人来选女婿。李商隐的新朋友，同榜进士韩瞻很快就被泾原节度使王茂元看中，成了王家女婿。王茂元家财丰厚，为了嫁女儿，盖朱楼，饰金彩，万人瞩目。迎娶时李商隐赠给韩瞻一首诗，"一名我漫居先甲，千骑君翻在上头"——考试的时候我名次明明比你高，现在你做了贵人的乘龙快婿，我还依然是个光棍。

以婚嫁为纽带，可以把非亲非故的陌生人变成坚固的利益共同体。可惜，在令狐家他永没有与他们真正成为一家人的机会：令狐家只有一个女儿，早早许配了裴十四。他曾经写诗送别令狐家这个幸运的女婿，有点酸溜溜地用了司马相如琴挑卓文君的典故："嗟予久抱临邛渴，便欲因君问钓矶。"——说自己一个单身汉，也想跟裴十四一样。他很快知道，除去嫁给韩瞻的姑娘，王茂元家还有另外一个待婚的女儿。而王茂元似乎对选他做女婿也很有兴趣。

初夏时，李商隐回到济源，看望老母亲。不管这个进士让他心里多别扭，对母亲来说，总是一个好消息。从祖父起，李家的男人尽皆早逝，作为家里的长男，他承担起了三代女人对于一个撑起门户的成年男人的期待。现在，他终于可以给这个家庭带来稳定的收入、体面的地位，在长久的贫穷里这个家庭欠下了太多的愿望，都需要他一个人去一一实现。

李商隐在家里没有住几天，兴元来了急信：令狐楚病危，急招李商隐。

四

　　唐穆宗长庆年起，后来举世闻名的"牛李党争"从政见之争变成一场关于人品道德、执政能力、家世背景的全方位"战争"。北朝以来拥有经学传统的大家族自认为高门大族，看不起因为进士考试而做官的新士族。通过进士科考试而做官的新士族认考官为"座主"，认同榜进士为"同年"，在政事上同进同退，看在旧士族眼里就是"朋党"。永贞元年（805年）顺宗朝的进士李宗闵、牛僧孺由主考官权德舆选拔，结为死党。元和三年（808年）李宗闵和牛僧孺又参加制举，在考卷上大肆抨击时弊，一时人人叫好，惹得当时的宰相李吉甫到皇帝面前哭诉委屈。从此，以李宗闵、牛僧孺为一派，李吉甫为一派的党争越演越烈，甚至波及许多无辜。后世史家把令狐楚归成牛僧孺一派——令狐楚自称是唐初令狐德棻的后代，其实是为抬高家族背景的伪造，追根究底，他也不过是一个靠考试做官的"新士族"。李吉甫的儿子李德裕，正宗赵郡李家的名门之后，此时也已经成为政坛一颗明星，作为"李党"的新首脑，自然对令狐楚不怎么看得惯。令狐楚做汴宋观察使，治下亳州传闻出圣水，饮者痊愈。令狐楚奏上这道祥瑞，原想讨个吉利，浙西观察使李德裕专门上疏痛陈这"吉兆"是妖僧为了赚钱胡说八道。一时间水价飞涨，一斗三贯，老病之人喝了，疾病更重。宰相裴度严厉判责了令狐楚，命令令狐楚填塞泉眼。

　　开成二年（837年）的初冬，令狐楚终于快要从这场令人窒息的党争里永远解脱。令狐楚七十一岁了，他写信召回儿子们和李商隐。儿子们也明白这次回家的不寻常，请假时都告诉了上司父亲预计的殁期，说好要请长假，去职守丧。

李商隐十月到了兴元，令狐家筹备丧事，他能帮忙的也有限，更像一个外人。李商隐第一次见到令狐楚的时候，令狐楚六十三岁。李商隐十七岁，已经因为散文写得好而小有名气。著名的"大手笔"令狐楚闲居洛阳，每天跟老朋友白居易、刘禹锡写诗唱和，对忽然冒出来的少年天才爱不释手。但面前青竹一样瘦削的年轻人脸上却有一种急迫，不是为了求人赏识，是求生存的机会。拜见令狐楚之前，什么样的工作他都做过了。为了照顾年轻人敏感的内心，令狐楚教他写骈文，给他钱，作为替他写公文的报酬。又将儿子们介绍给他，让他在同龄人间少些拘谨。令狐绹二十八岁，已经进士及第，但并不急着去赴朝廷任命，令狐楚做天平军节度使，令狐绹正陪伴左右。他们出身不同，成长环境不同，但对李商隐来说，令狐楚像是父亲，而令狐绹正是他梦寐以求的兄长。

李商隐早年丧父，他对于父亲这个形象更明确的印象来自令狐楚。哪怕病重，令狐楚也没有让李商隐失望。他保持着文坛领袖几十年如一日的从容风雅。甚至过分清闲，管起了闲事：听说诗人贾岛刚进士及第还没有授官便被人中伤，连忙为他疏通关系，最后贾岛得到了一个长江县主簿的官。到任之后，令狐楚还专门托人赠他寒衣。至死，令狐楚也记得自己是个诗人。卒前五日，令狐楚给老友刘禹锡寄去一首诗，词调凄切，算是一个慎重的告别。

令狐楚去世前一天，李商隐被单独召见。令狐楚终于告诉他，一定要把他从母亲身边叫来的原因：这件事情我本该自己来做，但我病得重了，怕胡言乱语招人讨厌，还是请你来帮我吧。于是李商隐为令狐楚起草了诚恳的遗表，上报朝廷。

而后令狐楚召集几个儿子，留下遗命，要他们兄弟友善，为国家竭尽全力。令狐楚死去的这天晚上，有大星落于寝室之上，光如烛焰，令狐楚端坐与家人告诀。尽管有资助，有亲自辅导文学，但李商隐终究不是令狐楚的儿子。孺慕之情与寄人篱下的卑怯纠缠成李商隐对令狐家复杂的感情。他在令狐楚的祭文里写："将军樽旁，一人衣白……公高如天，愚卑如地。"

现在，令狐楚死了，连同他为李商隐营造的虚假的"家庭"也一并消失。开成二年（837年）十二月，李商隐跟随令狐绹兄弟护送令狐楚灵柩回到长安万年县凤栖原祖坟安葬。李商隐一直在令狐家帮忙到夏天，发挥他写作上的长处。按照令狐楚的遗愿，他撰写了《令狐墓诰》，之后又写了《奠相国令狐公文》。文宗皇帝遣人到令狐家祭奠，又是李商隐负责替令狐绪、令狐绹兄弟写作《谢宣祭表》。

令狐楚对他有十多年的恩情，李商隐想要报答，除了写文章，并没有更多的能力。而他迫在眉睫的难处，此时并不能对令狐家的人启齿——他已经一年多没有收入了。令狐楚去世，幕府随即解散，幕僚们也必须自谋生路。上有老母亲，下有一个正需要花钱考试的弟弟，两个待嫁的妹妹，他不能停止赚钱。哪怕进士及第，在正式授官之前，也不会有分文收入。在这个冷漠到"四海无可归之地，九族无可倚之亲"的世界，他没有资格选择成为清高傲岸符合世人对一个诗人一切想象的李商隐,他必须抓住一切机会攀援而上。继续留在令狐家越来越低矮的屋檐下,他永远只能是个尴尬的附属品。李商隐还有比沉沦在失势的令狐家更光明的选择。

送君千里,终于到了告别的时候。

五

守丧中的令狐绹很快听说了李商隐进入王茂元幕府工作的消息,差不多同时也听说了他娶亲的消息:李商隐与他的同年进士韩瞻一样,娶了王茂元的女儿为妻。令狐绹知道,这是"树倒猢狲散"的人之常情——骤然失去顶梁柱的令狐家对于李商隐,就像穿旧的鞋,随手丢在过去。但人又总愚蠢地期望,能够碰见例外。父亲视李商隐如亲子,教他写文章,资助他考试,为他提供工作,给他一切支持,甚至在他屡屡进士落榜时替他向考官说好话。可惜,李商隐并不是那个例外。他迫不及待地另攀高枝去了。

开成三年(838年),进士及第却没有等到授官机会的李商隐参加了博学宏词科考试。原以为像这一科其他考生一样,可以走一条考中即授官的捷径,没想到,他虽然通过了考试,却没有通过政治审查——他的名字已经被报上中书堂,却被某一个宰相黜落了,理由是"此人不堪"。不具名的这个宰相想来知道了李商隐在令狐楚丧期投奔王茂元的事,做出了他认为最有正义感的判罚。李商隐被后世戳着脊梁骨骂"背恩无行",从此开始。甚至《新唐书》的主编宋祁为了炫耀文采,不肯照抄《旧唐书》,在"背恩无行"四个字上又发展出

"放利偷合"。哪里有利呢？两位《唐书》作者脑袋一拍：不是正有所谓"牛李党争"吗？令狐楚是牛僧孺一派，王茂元是李德裕一派，他窜来窜去，是哪一派的好处都不想丢下的小人。

李商隐不爱为自己解释。已经举世嘲讽他"不堪"，还解释什么呢？但面对令狐绹，他总忍不住想要解释一番。两年之后，他给令狐绹写过一首诗，小心翼翼地写道，"锦段知无报，青萍肯见疑"。他是最擅长玩弄文字的天才，一首渲染可怜的诗并不能显示特别的真诚，事情已经发生，再多的解释都是一种掩饰。令狐绹把这封信如常地收在一边。原谅是容易的，但情感上的铁幕落下，要想再打开，哪怕是他自己，也不是随心所欲就能做到的事。他们依然通信，诗词唱和，仿佛还是从小到大一起玩的朋友，但两人心里都知道，都不同了。

李商隐不想失去令狐绹这个朋友，令狐绹的朋友们不想放过李商隐这个"罪人"。开成四年（839年），李商隐一边为王茂元工作，一边依然没有放弃考试。他又参加了一次考中就能立刻授官的科目考：书判拔萃。这一次运气不错，成了秘书省校书郎。很快，李商隐就被调出中央去做弘农尉，负责司法。没想到，他不愿意草率判犯人死刑的努力触怒了上司陕虢（guó）观察使[1]孙简，差点把工作给丢了。孙简这不分青红皂白的怒气却并不是就事论事：孙简的女儿嫁给了令狐绹的哥哥。与黜落李商隐的宰相一样，找李商隐的麻烦是孙简替令狐家鸣不平。

一边是令狐家的亲朋故友对他的惩罚，另一边是老丈人对他文笔近乎自私的索取。李商隐做弘农尉没两年，正在陈许节度使任上的王茂元便招李商隐为自己做掌书记，李商隐没法拒绝。朝廷离开容易，回去难。从此，李商隐又开始辗转幕府，他能做的，只有再次参加考试，获得回朝的机会。两年之后的会昌二年（842年），李商隐再次参加了书判拔萃的考试，锲而不舍地回到了秘书省做正字。

在命运一次次的磋磨里，他已经足够坚强，但一次又一次的跌倒再爬起来并不能交换任何一点儿喘息的机会。春天授官，冬天传来母亲病故的消息，做秘书省正字才半年的李商隐不得不递上辞呈，回家守丧。在与冬天一样萧条的心情里，无所事事的李商隐目之所及，都是家庭的残破。哪怕他背负举世骂名，放弃最爱的朋友，放弃矜持与尊严努力与命运对抗，他还是不够快，来不及给母亲一个想象里衣食不愁、儿孙满堂的安稳晚年。他还能够做到的只有把几个姐姐改葬，迁回怀州家族墓地，这是从祖母那时起就一直惦记也一直无法实现的愿望。

没想到，改葬是在战争中进行的。会昌三年（843年），昭义节度使刘从谏去世，他的侄子刘稹秘不发丧，要求朝廷任命自己为节度使留后。节度使留后常常在节度使不在辖区时代理工作，久而久之，便成了下一任节度使候选人。对朝廷任命不屑一顾的河朔三镇节度使，常常任命自己的亲信儿子做节度使留后，朝廷只有点头应诺的份儿。这是效仿河朔三镇的故事，要把昭义节度使从朝廷命官变成刘家父死子继的囊中之物。朝廷对此有相反的意见，一边认为朝廷已经姑息河朔三镇如此多年，现在多一个昭义不多，少一个也并不能挽回多少脸面。但主持朝政的李德裕态度坚决：昭义与河朔三镇不同,首府路州(今山西长治)靠近长安,如果昭义也如同河朔三镇一样失去控制,对于朝廷是迫在眉睫的威胁。最终,皇帝听从了李德裕的意见。五月,朝廷下令削夺刘从谏、刘稹官爵。朝廷对昭义的战鼓由此擂响。

下一年,朝廷派宣谕使[2]出巡河朔三镇,宣谕皇帝的诏令:想要保持现状,就不准帮助刘稹作乱。宣谕使的工作完成得很好,河朔三镇中的成德节度使与魏博节度使同意率兵攻打昭义与他们接壤的邢州、洺州与磁州。河东节度使、河中节度使等也受命合力进攻,形成了对昭义的包围。正做忠武军节度使的老丈人王茂元被调为河阳节度使,切断昭义军进攻洛阳的可能。

李商隐家的祖坟在怀州雍店东原,正要穿过战场。李商隐带着母亲和姐姐们的灵柩从郑州回到怀州时,烽火朝然,鼓鼙夜动。王茂元的军队与刘稹在怀州短兵相接。李商隐被阻拦在战场之外,无进无退,只能暂时寄放灵车,回到王茂元的幕府,一边为他起草公文,一边等待着这场战争不知道何时的终结。会昌四年(844年)八月,昭义叛乱平定。四散多年的李商隐至亲的灵魂终于在他的努力下团聚在怀州祖坟。

李商隐为这次改葬写下一批祭文,最有名的是《祭裴氏姊文》《祭徐氏姊文》。几个姐姐比他年长许多,她们去世时他还年幼,生离死别的痛苦其实遥远,但"失去"本身却是一种一天一天都在强调的切肤之痛——"内无强近,外乏因依","四海无可归之地,九族无可倚之亲"。这个家庭,失去了经济来源,失去了社会地位,失去了亲戚朋友,失去了一切来自外部的帮助,有的只有冷眼与拒绝，穷且困。

李商隐的上一辈人柳宗元曾经写过："吾观古豪贤士，能知生人艰饥羸（léi）寒、蒙难抵暴、捽（zuó）抑无告，以吁而怜者，皆饱穷厄，恒孤危，訑（yí）訑忡忡，东西南北无所归，然后至于此也。"艰苦、饥饿、羸惫、寒困，他都经历过，也算是"饱穷厄，恒孤危"，他没有被穷厄压死。现在，他是朝廷命官秘书省正字，有一个封疆大吏老丈人，正该成为豪贤。但是王茂元死于昭义叛乱的战场，李商隐通往政治中心的社交网络轰然摧塌。

他再仔细检查，尴尬地发现，只剩下令狐绹。这些年，令狐绹一路从左补阙兼史馆修撰升到从六品的库部员外郎、户部员外郎。令狐绹的官运不亨通，但也一步一个脚印。比起一次两次反反复复从九品下秘书省正字重新开始的李商隐，已经好太多。只是中间隔着"背叛"这样大的障碍，哪怕李商隐反复解释了，交情也维持得不咸不淡。在觍着脸吹捧令狐绹获得推荐与残存的自尊心间，李商隐摇摆了一会儿，但他的犹豫并没有维持太久：

会昌六年（846年），唐武宗去世。唐宣宗即位，改元大中。令狐绹的官运时来运转。

六

大中元年（847年），令狐绹四十五岁。令狐楚遗留下的政治经验与前半生对官场的耳濡目染让令狐绹迅速成为唐宣宗最宠爱的大臣。他很快以考功郎中本官做翰林学士，知制诰。为皇帝草拟诏书,成了名副其实的"内相"。唐宣宗曾经在宵禁之后诏令狐绹夜谈,谈完,又命令内侍用皇帝专用的金莲花灯蜡为令狐绹开道送他回家。

风光正好的令狐绹检索他的朋友圈最危险最会牵连他的因子,不意外地看见李商隐一如既往地显现着他不会读空气的傻相:他为被宦官迫害含冤而死的刘蕡(fén)一连写了四首诗,说他:"平生风义兼师友,不敢同君哭寝门"——认他为师为友。"上帝深宫闭九阍,巫咸不下问衔冤"——控诉皇帝的不作为默许了忠臣的冤死。李商隐替李德裕的文集《会昌一品集》写序,说他"成万古之良相,为一代之高士"。哪怕只是场面话,也实在一个巴掌打在正打压李德裕的一党人——令狐绹的脸上。

李商隐像一个刺猬,偏爱吹捧这一类人,仿佛他们都"同是天涯沦落人"。他的好恶正与潮流为敌,吹捧罪人既能满足他的同情心,又长了弱者的势,是正义。他一个光脚的,没什么可以失去的。但令狐绹眼前的世界,远比他复杂。大中元年(847年)至大中二年(848年),令狐绹与朝中不满李德裕的大臣们联手翻起李德裕执政时的旧案,李德裕从宰相一贬再贬到崖州司户参军。那道严厉贬斥他"专权生事,嫉贤害忠,造朋党之名打击异己,任人唯亲"的制书,还是令狐绹草拟的。李商隐现在是桂管观察使郑亚的秘书。郑亚与李德裕关系密切,李商隐在令狐绹正专心打击李德裕时进入郑亚的幕府,替郑亚写信慰问李德裕,替郑亚给李德裕的文集写序。向来对李商隐放任不管的令狐绹终于气得跳了起来,给李商隐写了一封信,骂他给自己添乱。李商隐又一次陈情告哀:

望郎临古郡，佳句洒丹青。

应自丘迟宅，仍过柳恽汀。

封来江渺渺，信去雨冥冥。

句曲闻仙诀，临川得佛经。

朝吟支客枕，夜读漱僧瓶。

不见衔芦雁，空流腐草萤。

土宜悲坎井，天怒识雷霆。

象卉分疆近，蛟涎浸岸腥。

补嬴贪紫桂，负气托青萍。

万里悬离抱，危于讼阁铃。

——《酬令狐郎中见寄》

说他收到了他的信和他的雷霆之怒，但他为郑亚工作，不过是贪一点儿微薄薪水可以养家。从前李商隐给令狐绹写信，几乎也是同样的说辞，"锦段知无报，青萍肯见疑"，"弹冠如不问，又到扫门时"。每次都言辞恳切，每次都让人哭笑不得。仿佛他穷他卑微，他不管做出怎样的事情，心里都怀有对令狐家的感恩，令狐绹就不能气他。

大中二年（848年），李商隐在桂林服务的府主郑亚被贬，李商隐也离开桂林北归。他现在不过是一个从郑亚幕府解职的白衣，令狐绹已经是阶官中大夫，勋官上柱国，爵位彭阳县开国男，食邑三百户，翰林学士，知制诰——风光无限，人人羡慕。他心里很明白令狐绹现在并不希望跟他扯上密切的关系，甚至很不待见他。

可是在长安这座城市里，他最熟悉、最能够帮助他，也最想见面的还是令狐绹。李商隐只能硬下头皮继续向他写信、寄诗，言语之间见缝插针地求他提携。从桂林北归的旅途中，李商隐试探着给令狐绹寄了一首诗，语焉不详地自我表白："晓饮岂知金掌迥（jiǒng），夜吟应讶玉绳低。钧天虽许人间听，阊阖门多梦自迷。"

途中下了雪，山里的雪夜只有雪花落在雪地的声音，浅眠的李商隐做了迷迷糊糊的梦，梦见令狐绹踏着雪走出右银台门翰林院结束一夜的工作：

山驿荒凉白竹扉，残灯向晓梦清晖。
右银台路雪三尺，凤诏裁成当直归。
——《梦令狐学士》

他想象里作为翰林学士的令狐绹有多得意，来自李商隐的声音就有多微弱，不可接近。从前他们"慨然相执手，罄然相戚，泫然相泣"，日日相从。现在，正应了李商隐很久前带着玩笑的一句断语：足下仕益达，仆困，不动。

大中二年（公元848年）的重阳节，长安还是记忆中的模样：高阳越淡，天光越薄，菊花越贵。暗暗淡淡紫，融融冶冶黄。

回到长安的李商隐硬着头皮决定去晋昌坊拜访令狐绹。隔着十二年的沉沦起落，卸任的桂管观察使幕僚李商隐没有等到翰林学士令狐绹的接见。他只能默默在令狐绹家的屏风上写下他此刻的心情:"郎君官贵施行马,东阁无因再得窥。"

七

"十年泉下无消息,九日樽前有所思",墨迹未干地题在客厅屏风上,令狐绹不可能永远躲着假装看不见。《北梦琐言》说,令狐绹看见这首题在客厅屏风上的诗,愤恨还在,更多的是惭愧和惆怅,他于是关闭客厅,终生不再踏进一步。《唐诗纪事》说,一心深恨李商隐为郑亚做幕府给他添乱的令狐绹看见这首诗,一时心软,为李商隐推荐了太学博士的职位。但这都是后世小说家带着同情的猜测。更可能,李商隐写《九日》也是一种幻想,大中二年(848年)的重阳节,他明明还在从桂林回到长安的路途中。对令狐绹家的这次拜访,也许只是他一个凄凉的梦境。甚至李商隐在大中二年回到长安以后,依然来往于晋昌坊令狐绹的新家,他写过《晋昌晚归马上赠》《宿晋昌亭闻惊禽》。赴宴,和诗,甚至喝多了也可以在令狐绹家住一晚。

闭门不见这样戏剧化的情节小说家最喜欢。但令狐绹,作为翰林学士,作为久经阵仗的高官,不愿意在任何时候成为同僚茶余饭后的笑话,也不想给政敌递上刻薄寡恩的素材。令狐绹不缺一餐饭,不缺一间睡觉的房间,给谁都行,也未必不能给李商隐。但是"一日相从,百年见肺肝"所需要的勇气和信任,失去了就再补不回来。

又过了一年多,大中三年(公元849年),李商隐再次离开长安，为徐州节度使卢弘止做节度判官，临近腊月，李商隐想等过了年再走，可是卢弘止一封接一封来信催促，送他路费，又为他向朝廷申请侍御史的六品头衔。李商隐不得已，只好在寒冬风雪里离开长安行向徐州。离开时他并没有意识到，自己这桩不被祝福的婚姻很快也会走到尽头。在这十四年里，他承受非议，也得到温柔与体贴。在他因为婚姻"大不堪"被黜落时，妻子写诗安慰他，明明是委屈难过的事情，却让他看到"锦长书郑重，眉细恨分明"的可爱。他为节度使做秘书，常常不在家。山水万重的遥远才够一首好诗在季节流转里慢慢生长："君问归期未有期，巴山夜雨涨秋池。何当共剪西窗烛，却话巴山夜雨时。"大中五年（851年）当他因为妻子重病的消息赶回家时，王氏已经病死。帘幕空垂，久无人用的床席落了厚厚灰尘。万里西风长夜，雨一直下。他曾经得到的东西正在一件一件失去。

同一年，令狐绹与他的兄弟令狐绚、令狐緘再次登上大雁塔。唐武宗会昌年间，李德裕当政，以防止结党为名打击进士科举，甚至连从前进士的雁塔题名碑也一道磨灭。现在，题名碑上密密麻麻的题字已经被毁灭了大半，但令狐绹依然幸运地找到了十六年前登塔时自己的题名——"侍御史令狐绪，右拾遗令狐绹，前进士蔡京、前进士令狐纬、前进士李商隐。大和九年四月一日"。李商隐题名时另起一列，他的名字排在令狐绹边上，谨慎又亲密地矮了半头。大和九年到大中四年，中间只隔了一行字，倏忽十六年飞马而去。十六年够令狐绹从右拾遗做到宰相，够他在大雁塔脚下买房，也够他选择离开一段曾经"一日相从，百年见肺肝"的友谊。令绹望着十六年前的李商隐与自己，写下对《九日》的回应："后十六年，与缄、绹同登。忽见前题，黯然凄怆。"

八

在他又一次为了生计奔波离开之前，李商隐在长安住了一阵子。从大中二年（848年）到大中三年（849年）年底，李商隐在长安为京兆尹做秘书，一份不喜欢又不得不做的工作。他依然隔三岔五寻找由头给令狐绹写诗，混脸熟，探听升迁的机会。他也收到令狐绹的诗，譬如说他昨夜在左省值夜，望见一轮明亮的月亮，便写下这首诗如何如何。诗写得不怎么好，李商隐当然是不能说的。他还想趁着令狐绹依然愿意跟他讲话的时候，再求他帮帮忙。于是硬着头皮回了一首，先写"昨夜玉轮明，传闻近太清。凉波冲碧瓦，晓晕落金茎"，是他信手拈来的状景，但写着写着，忍不住心心念念要提醒令狐绹"几时缅竹颂，拟荐子虚名"——问他，是否可以像楚人杨得意当年向汉武帝推荐司马相如一样向皇帝推荐他？几乎是赤裸裸地要求令狐绹为他求官，今天读来也很尴尬。当然，诗寄出去就再无音信。

李商隐住在樊川，风雨凄凄的春日里登上高楼，城市笼罩在雨雾中，如同这个国家和他自己的命运，晦暗不明。飞鸟成群远飞，而他就像是短翼的异类，从不能与众鸟为群。他能认出一些熟悉的建筑，比如司勋员外郎[3]、史馆修撰杜牧的家。李商隐为杜牧写过一首诗："高楼风雨感斯文，短翼差池不及群。刻意伤春复伤别，人间唯有杜司勋。"——他总在这样的时刻想起杜牧的一篇名文章，在这篇文章里，他反复回到大和五年（831年）十月的一个夜晚。

那天夜半，忽然有人拍着杜牧家门大声呼喝，惊起辗转未眠的杜牧。大半夜的，哪里会是怎样的好事？杜牧急急忙叫人取了火烛来，就着光拆开，不想却是一封一点儿也不紧急的信，来自集贤学士沈述师。沈述师说：我有位好朋友叫李贺，去世之前曾经把自己的诗集托付给我。这些年辗转各处，总以为已经散佚了。没想到，今天晚上醉而复醒，睡不着了，翻箱倒柜，居然找了出来。一时间，李贺的音容笑貌，如在眼前。我曾经与李贺一道吃饭、喝酒。去过的地方，经过的季节，竟然一点儿都没有忘，不觉泪下。李贺没有妻子儿女，没有人能让我抚恤问候。我常遗憾地想，竟然没有人能够继承他的诗与志。求您为他的诗集写个序，也算了却我一桩心愿吧。

杜牧向来是个眼睛朝天、性格高傲的人，最不爱掺和这些互相吹捧的"圈子"。他的墓志铭是自己写的，他的文集序是专门嘱咐外甥写的。为李贺诗集作序这件事情，本来不愿意，但沈述师半夜拍门的热情与真心，他再三推辞而不得，终于写下《李长吉歌诗叙》，并在这篇序文里录下了这封信。

序文与李贺诗集一道很快被传抄散播开来。读到这篇序文的李商隐恐怕非常不甘心——放眼当世，他才是最有资格来写这篇序文的人。李商隐从来是李贺最痴心的模仿者，他可以模仿李贺"斩龙足，嚼龙肉。使之朝不得回，夜不得伏"的奇诡写"从来系日乏长绳，水去云回恨不胜。欲就麻姑买沧海，一杯春露冷如冰"，他写过"十番红桐一行死"，如同李贺"南山桂树为君死"的翻版。更何况，李贺的姐姐嫁给了李商隐老丈人王茂元的弟弟王参元，他们勉强还沾亲带故。

但杜牧在《李长吉歌诗叙》里精确地点评了李贺的诗风：源出屈原，兼有乐府的音乐感，更有南朝宫体对于步韵的细腻追求。唯有不足，是情过而理未及。但他才二十七岁，二十七岁就死了的年轻人，谁又能要求他更多？

理致情密。就算换李商隐来写，也不能更好。但他放不下那点不甘心，也许还有点嫉妒：杜牧的诗风与李贺迥异，但杜牧能够这样深入细致地理解李贺，几乎是知己了。他又在谁那里被理解呢？

不服气的李商隐随即写了一篇《李贺小传》。按照史传的传统标准，这是一篇不及格的传记：既没有写李贺生年籍贯，也没有写祖上世系，更没有写李贺因为父亲名讳一辈子也无法参加考试，满腹才华，都浪费了。相反，李商隐忍不住，开篇便说，杜牧为李贺写了《李长吉歌诗叙》，把李贺诗歌的奇特说尽，举世传扬。但我依然有几件事情要补充，是从李贺那个嫁给王氏的姐姐那儿听来的：李贺细瘦，通眉，长指爪。总是骑着一头驴，背一古破锦囊，想到诗句，就写下来，投进锦囊里。他的母亲悄悄让奴婢把他的锦囊拿去看，看见他呕心沥血的句子装满那只织锦袋子，心疼地说：我这个儿子是要为写诗呕出心才能停了。

他快死的那个白天，忽然看见一个红衣人，拿着一块写着上古篆文的云板，笑着说：天帝造白玉楼，召君为记。天上当差快乐，不苦。李商隐写道，这不再受苦的承诺反而让李贺哭了起来——母亲老且病，他宁愿留在人间穷瘦苦吟，再好的天上，也是不愿去的。譬如李商隐十二岁时替人抄书、替人舂米也不愿意放弃养活弟弟妹妹；不愿意吹捧考官，不愿意去礼部"纳卷"，但弟弟羲叟进士及第时他依然为弟弟向礼部侍郎写洋洋洒洒的感谢信；不愿意仰人鼻息，为了将去世的家人迁回家族墓园，不得不辗转在太原、许州、桂林，替人写公文、做秘书，没有自己的意志，早出晚归，朝不保夕。

他一面感同身受李贺的哭泣，一面又隐约嫉妒传说里李贺得到的来自上天的体察：李贺在人间不过做到太常，时人多在背后诋毁排斥，为什么上天看重他，人间却不？为什么李商隐以惊才绝艳的才华，考了四次进士，屡屡失败，最后因为他是令狐绹的朋友而进士及第？为什么终于凭本事考上博学宏词科的那年，又因为所谓"背叛令狐绹"被黜落？为什么他的婚姻要被以"背叛"解读，以至于他不得不屡屡解释，说自己娶妻之后，穿衣服没有花纹和色彩，没有住过华丽的房屋，没有享受过奢侈的饮食？在《上李尚书状》里，他愤恨地指天发誓：自从开始考进士，我李商隐从来不曾巴结权贵，钻营人脉，也不曾胁肩谄笑，竞媚取容。但没有人听他的，人们只关心符合他们价值判断的"真相"，至于事实如何，并不重要。李商隐对他这不公平的一生多少冷暖自知的感慨，全部流进他笔下的李贺被命运捉弄的人生终了时的一声哭泣。

李商隐甚至找不到一个杜牧来为自己鸣不平，他已经放弃向世人澄清。他也有不甘心的时刻。譬如往来幕府的旅途里，检索自己身边以往的文章，火烧墨污，零落残缺。他曾经是天下皆知的才子，人人夸奖他"声势物景，能感动人"。当时他也想过，世人都称赞韩愈的文章，杜牧的诗篇，令狐楚的章表檄文，那么他们会怎样评价李商隐呢？现在他知道，"韩文、杜诗，彭阳章檄，樊南穷冻"——世人记得的，只有他的穷困与窘迫。

大中元年（847年）十月十二日，是个有月亮的夜晚，李商隐替自己的文集写下序言。后七年，妻子去世，家道丧失。他放弃了精神世界里的高蹈从容所换来的一切，也还是崩塌了。他甚至想，也许应该去信佛。这夜里，他又续编了自己的文集。十一月的夜晚与七年前十分相似。灯光暗去，黑夜熄灭烛烬里最后的红色光点。四十出头的李商隐一直坐在黑暗里，直到永夜过去，琉璃一样纯净的亮光再次升起在江面。

再四年，李商隐就死了。他一生做了很多努力让别人理解他，到头来几乎通通失败了。而他不愿写明白，也无法写明白的语焉不详，倒成为代表作，如同最后这首《锦瑟》：

锦瑟无端五十弦，一弦一柱思华年。
庄生晓梦迷蝴蝶，望帝春心托杜鹃。
沧海月明珠有泪，蓝田日暖玉生烟。
此情可待成追忆，只是当时已惘然。

***

注释：

[1] 观察使：唐代的御史台独立于行政机关，负责监察。唐中宗后，御史台分左右御史，左御史监察朝廷中央政府，右御史监察州县地方政府，此即所谓"分巡""分察"。监察中央的谓之"分察"，监察地方的谓之"分巡"。"分巡"分全国为十道，派去监察之御史，称为监察使，最后称为观察使，意即观察地方行政。观察使虽然名义上是中央官，派到各地区活动巡视观察，实际上常驻停留地方，成为地方更高一级之长官。（钱穆《中国历代政治得失》）桂管观察使下辖广西境内桂州（今广西桂林），梧州，贺州，柳州等地。陕虢观察使下辖陕州（今河南三门峡），虢州（今河南灵宝）等地。

[2] 宣谕使：一种使职，并非正式职官系统中的官职，负责从中央到各地传递中央的决定，考察军政状况。诗僧皎然有一首《陪颜使君饯宣谕萧常侍》，其中提到宣谕使的工作内容。

[3] 司勋员外郎：司勋，管理选举、勋封、考察官员政绩的尚书省吏部下属四司之一。人员设置有司勋郎中一人，从五品上；下属司勋员外郎两人，从六品上。（《唐六典》卷二）

圆仁
最后的旅行

一

圆仁和他的两个弟子及一个仆人从通化门进入长安的时候,是开成五年(840年)的八月二十日,夏天快要过去。长安城依然保有一座宏大城市的气派,但在通化门内距离政治中心最近的永嘉坊、安兴坊间,弥漫着一种微妙的不安。人生地不熟的日本僧人圆仁不知道更多的内情。他只知道,这是新皇帝登基的第一年,那一种不安,也许出自新帝继位的惯性。

长安城由贯通南北的朱雀大街一分为二,左边是长安县,右边是万年县。从唐宪宗元和二年(807年)起,两县僧尼分别由左街巡院和右街巡院管理。按规定,在圆仁于长安安顿下来之前,还需要去左街功德巡院处交纳状文,报备身份,说明居留理由,并由左街功德巡院验明签证——公验。

进城之后,圆仁并没有马上向功德使报备。磨磨蹭蹭,似乎心虚,一直到第三天才来到左街功德巡院面见知巡押衙[1],请求获得居留许可。他在随身的状文里介绍了自己:圆仁,日本国来的请益僧,与本国朝贡使者一道于两年前来到扬州。之后去过登州(大约在今山东文登一带)、青州(今山东青州市),后来拿到了通行大唐国土的公验,得以巡礼五台山佛迹。今年八月二十三日来到长安城,随身携带的除了铜碗、铜瓶、文书、衣裳和铁钵一口,再无他物。想在城里寄住寺庙,寻师听学,然后回国。请允许。

功德巡院未必会批准他的请求:为了留在唐土,圆仁曾经有过一段时间的无证非法旅行。在搞到旅行所需的公验之前,他在大唐的旅行请求,已经被拒绝过许多次了。

三十多年前,圆仁的师祖天台宗最澄与真言宗留学僧空海同船来到大唐。为了学习更精深的教义,最澄去了天台山国清寺学习教旨,离去时特别承诺,回日本之后将会派遣一名留学僧、一名请益僧再次回到国清寺学习更精深的密教体系,尤其是传法灌顶的仪式。为了履行诺言,三十年后,最澄选择了天性聪敏、风貌温雅又出身贵族家庭的请益僧圆仁与留学僧圆载一道去大唐求法。

带着天台宗上下托付的三十多条疑问和一件献给国清寺的僧衣,圆仁航向中国,那时候他不知道自己将要面对的是数倍于他的前辈们的艰难,他也不知道,他将亲身搅入昏沉的唐王朝皇帝与宦官的争斗。他唯一确知的是,他将巨细靡遗地记下自己的一路见闻。他的日记——《入唐求法巡礼行记》会成为后人看见这个时代的眼睛。

开成三年(838年)七月二日,经过一个多月的航行,载着圆仁和他的弟子们的船只最终搁浅在扬州如东的浅滩上,船体受损,所有人必须弃船从淤泥里跋涉上岸。在他见识扬州这座大都市来往的日本、朝鲜、波斯僧人与商人之前,蚊子又多又大,是圆仁对大唐的第一印象。无休止的蚊子叮咬和拉肚子并没有影响圆仁的热情：他要在扬州府获得一张通行中国的公验，去天台山国清寺完成他的使命。

外国人在唐土，没有公验，寸步难行。不允许自由旅行，也不允许擅自进入寺院。甚至圆仁带来的画师想进寺院临摹菩萨四王像，也由于外国人不许擅入寺院的禁令而被禁止。圆仁一连向扬州府写了好几封状子，请求去往台州，请求能够允许他的画师进寺里描摹画像，请求尽快发给他一张通行公验。

他不认为这会有任何问题。从第一批留学僧来到唐帝国起，一直享受着优厚的待遇：官家提供食宿，被安置在皇家寺院学习，官方统一赐给四季服装，每年赠绢二十五匹（绢可以作为货币流通，等同零花钱），时不时有赏赐。到各州县寺院巡礼，官方更是提前发给身份证明，甚至于进入宫廷得到皇家供养。更何况，他听说，这时主政扬州的扬州大都督府长史、淮南节度使[2]李德裕对僧人十分友好：李德裕曾经捐资修建镇江甘露寺，邀请瓦官寺僧住在甘露寺学习《易经》，为高僧向朝廷请谥号，与诗僧写诗往还。

没几天，李德裕果然开了特例允许画师进开元寺临摹画像。这位地方长官五十出头，态度亲切，专门到圆仁等僧人暂住的开元寺慰问了远道而来的和尚们，与他们闲话家常，问：日本也有寒冬吗？也有僧寺吗？京城方圆多少？还赠送了一碗蜜。只是绝口不提公验的事情。只说圆仁的状子已经送到长安，只要允许的消息传来就立刻准许他们去台州。圆仁提议先出发，等朝廷敕令下来再追上队伍。但李德裕拒绝了他的提议，只说让他们住在开元寺等待。

十一月时，李德裕又来开元寺慰问了圆仁一行人，依然殷勤探问，依然没有任何关于公验的消息。

圆仁怀疑，也许是因为自己没有摸清唐土官场的"规则"。过几天，圆仁寻了个由头向长史府写了一封信，催问公验的事情。随信又附赠了一些礼物：水精念珠两串、银装刀子六柄、笔二十管、螺子三口。很快，长史府传来回信：李德裕只象征性地收取了一口螺子，其余的礼物一概退回，作为回礼，又赠给圆仁白绢二匹、白绫三匹。

圆仁第一次领受到唐帝国浮沉宦海三十年的资深政客的老道。他每每问起公验的事情，李德裕便回道，已经报告过了，请他们少安毋躁。事情拖得久了，更像是哪里出了谁也不知道的差错。

李德裕一边心不在焉地安慰着圆仁，一边有更重要的事情需要关心：京城里此时正一片混乱，皇家再次上演父子相残的惨剧。不知道哪天才有人得空管一管一个远道而来的和尚去天台山的申请，而李德裕回到京城的机会，也许就在此时。

二

开成三年（838年）秋冬之交，京城西面延平门内大街上的丰邑坊不正常地热闹。这座西市边上的坊巷以专营丧葬物品闻名，街东街西的两座凶肆包揽长安城里丧葬所需的棺椁、随葬明器，甚至送葬服务。除去朝廷有敕令送葬的高官能够享受左校署[3]制造的棺椁，其他无论官民都要在丰邑坊找到安放自己的最终容器。死亡是丰邑坊里最被期盼的事件，这个封闭街道的悲喜总与整个人类背道而驰。

不久之前，文宗皇帝李昂因为太子荒废学业杀了太子身边服侍他的亲近侍从，把太子软禁在少阳院[4]，叫他改过自新。朝中人多少知道太子被罚实际上是因为皇帝宠爱杨妃，而太子的母亲王妃早已失宠，无能帮他申辩。太子被关在少阳院，由宦官监视着，不解释，也不改正。不久，莫名暴毙。人人都知道太子的死与监视他的宦官脱不了干系。但是，没有人敢为太子喊冤，太子属官温庭筠只敢含混不清地写了两首挽诗，其中有"尘陌都人恨，霜郊赗马悲。唯余埋璧地，烟草近丹墀"四句。暧昧不清的句子暗示太子死于非命，连同情都不能有具体的声音。

文宗也知道这其中一定有蹊跷，唯一的儿子死了，想查，也不敢。宦官势众，掌管着禁卫皇宫安全的神策军。从唐太宗的"玄武门之变"到唐玄宗的"唐隆政变"，掌握北军，也就掌握了皇宫。从唐德宗起，北军主要的作战部队神策军由宦官掌握，从此，皇宫的安全、皇帝的废立一并掌握在掌管神策军的宦官手里。

文宗李昂登基十一年，做皇帝，已经算尽职尽责：不穿绸缎，也不许内官、亲戚穿华贵的布料。刚即位，立刻下诏放出冗余宫女三千，五坊豢养的鹰犬，除打猎练兵需要，全部放出。伺候皇帝歌舞娱乐陪聊天讲故事的教坊与翰林，也放出冗员一千二百多。

但祖宗留给他的家业是一个烂摊子：改变整个李唐王朝命运的安史之乱的平息并不来源于中央政府压倒性的军事胜利。相反，朝廷对于河北地区反复的叛乱焦头烂额，为了让叛军投降，玄宗的儿孙肃宗与代宗一边以昂贵的代价请求回纥出兵,一边大力地封赏愿意投降的叛军。许多安禄山与史思明的部下与亲戚因此口头投降,改换名头,在河北划地为王。从此,河北的河朔三镇(魏博、成德、幽州)就成了中央政府胸口拔不动的一把匕首。

之后,所有李唐皇朝的皇帝们面前都摆着同样内容的考题:怎样处置拥兵自重划地为王的河朔三镇节度使?怎样处置不断想模仿河朔三镇的其他节度使?怎样处置因为唐朝内乱不断入侵的周围少数民族?打仗需要钱,议和需要钱,想要做任何事情都需要钱,但是,钱从哪里来?

文宗的祖辈对于"赚钱"各出招法,几乎竭泽而渔,已经没有留下多少空间由他腾挪辗转。

安史之乱中,肃宗皇帝靠出卖僧人和道士的度牒、官爵与空白告身筹到第一笔钱。而后,向江南与四川的富商征收额外的税。再后来,铸造含铜量不够的钱币,靠通货膨胀聚敛财富。另外,向盐、铁与酒的消费征收附加税。

肃宗的孙子德宗皇帝,变着法儿改革税制,绞尽脑汁要从民间征得更多的财富。德宗在建中元年(780年)开始实行"两税法"[5],而后,又陆续实施了借商[6]、僦(jiù)质[7]、税间架[8]、算除陌[9]等一系列财税征收政策。结果是建中三年(782年)长安工商户集体罢市,千万百姓拦住下朝的宰相诉苦,宰相不堪百姓的愤怒快马加鞭地逃跑;下一年,泾原兵将叛变,一路闯进长安皇宫,一向忠诚于朝廷的百姓袖手旁观——叛军说了,他们不征商。

德宗的孙子宪宗二十七岁继位，咬着牙要与河朔三镇掰手腕，从元和元年到元和十四年（806—819年）对六个藩镇发动了七次战争。天下户口三百三十多万需要供养八十余万军队的开支。能够纳税的户口多集中在四川与江南，大半税物需要依靠运河由南方转运。在艰难的运输过程中，损耗严重，有百分之七十到八十的漕米从来没有被运达。

宪宗以十四年漫长战争的代价获得历史"中兴"的评价。宪宗死后，留给他的儿子穆宗的除了收复河朔三镇的光荣，还有源源不断地需要用钱喂饱的大规模军队。为了减少军费开支，穆宗实行了"销兵"的政策。被切断财富来源的方镇大大小小的军阀因此兵变，河朔三镇再次脱离了中央的控制。而皇帝们再也没有钱像宪宗时一样强硬地发起统一战争。

穆宗之后继位的唐敬宗是文宗的大哥，爱玩，放肆，用尽做皇帝的便利。丢下一个几乎毫无修补的烂摊子给弟弟。

唐文宗像是一个大家庭的主妇，捉襟见肘了，却依然想要维持该有的体面。史书里总是充满同情地记下这样无奈的场景：江淮水灾旱灾相继，屡屡在皇帝过生日的时候，关中平原丰收，因为沉重的赋税，日子依然很难过。年轻的皇帝爱写诗，他常常登上已经衰败的曲江池，念起杜甫的诗句："江头宫殿锁千门，细柳新蒲为谁绿。"在杜甫的诗里，曲江四岸有行宫台殿、百司官署，杜甫在冷清的宫殿寻找昔日的繁华。到了文宗这里，承载杜甫对昔日曲江池怀念的那些宫殿台阁甚至都已经不在，唐文宗想做一个繁华的旧梦，但距离太远，梦也不成。

大和七年（833年）年底，二十八岁的文宗皇帝忽然中风。从此身体时好时坏，不复当初。大和九年（835年），感到时不我待的文宗皇帝终于鼓起勇气，决定向掌神策军权的宦官群体开刀。他信任的人，一个叫郑注，一个叫李训。

三

大和九年（835年）十月，李训与郑注首先策划毒杀了拥立文宗的宦官王守澄。郑注对皇帝说：请让我负责王守澄的葬礼，到时候我带着壮士数百，手拿大棒，怀里藏斧，召集中尉以下所有的宦官一起去给王守澄送葬，把他们一网打尽全部杀掉。

李训为了与郑注抢功劳，与他的党羽一道策划了另外一出除掉所有宦官的计谋。十一月，文宗在紫宸殿听政。百官站定后，负责警卫的左金吾卫大将军韩约没有按规定报平安，反而对着文宗奏报：左金吾衙门院子里有石榴树，夜里凝结有甘露。这是吉兆，我来祝贺陛下。奏报之后，又郑重其事跳起拜舞，仿佛天降祥瑞。李训的党羽乘机帮腔，煽动群臣一起去看看真假，然后再来向皇帝确认。皇帝按照事先练习好的台本说：哪里需要你们去呢？于是转头对身边的神策军左右中尉仇士良、鱼志弘说：麻烦两位先去确认。仇士良到达左金吾仗院，看见韩约神色惊慌，大冷天额上却流汗，已经感觉异常。他一面问将军怎么了，一面仔细观察：一阵风吹起帘幕，帘幕下露出了士兵重甲带刀的脚。仇士良一惊，转头，却已经有人要关上大门。他连声惊呼，带着宦官破门而出，回到紫宸殿抬起皇帝就往北边宣政门里跑，一边还喊着：李训宫变了！李训一把抓住抬着皇帝的肩舆，大叫：臣奏事还没完！仇士良指挥宦官抬起皇帝就走。一路上朝臣拉着宦官，拳打脚踢抢夺皇帝，依然没有能够把皇帝从宦官手里抢下。

控制了唐文宗的仇士良立刻发动神策军五百人在皇城里提刀追索参加谋划的朝官。宰相王涯等人正在吃饭，忽然有人大喊，宫里来了军队，逢人就杀。两省官员、金吾卫和仆役争相逃跑。很快神策军关闭宫门，各司办公室的印章、图籍、帷幕、器皿都被一通乱翻，横尸流血，狼藉涂地。没有逃出的六百余人都被杀死。

这年冬天，长安的天气特别冷。敏感于天意的朝臣提醒皇帝，这都是因为过多的杀戮。皇帝却不敢要求宦官不要再杀人。这是后来提起唐文宗最常被提起的"甘露之变"。

从此，文宗作为皇帝进入了垃圾时间。文宗皇帝的名字在之后的历史中成了一个懦弱的记号，他所有振兴朝政的努力都淹没在这次事变里。千百年后的人们提起他最常记起的不是他的勤俭、忧虑，而是他成为李唐皇室一个被"家奴"控制的傀儡皇帝。

唐文宗对自己失败的不满全部变成对儿子的期待，仿佛只要他头悬梁锥刺股就可以了结这个笼罩李唐王朝七代人的噩梦。但开成三年（838年）秋冬之交，他的这个儿子，在宦官、宠妃以及他自己的逼迫下，甚至没有命来答这个题。

文宗失去了唯一的儿子，年幼的陈王李成美被立为太子。不过，掌握着神策军的宦官仇士良认为颖王李瀍（chán）是更合适的人选。太子的人选是朝臣定下的，这是朝臣与宦官的又一轮对权力的角斗。宦官甚至没兴趣参与——仇士良选择放弃"太子"这个鸡肋一般的储君,他要把李瀍直接推上皇位。从文宗的爷爷唐宪宗时起,不论太子是谁,最终成为皇帝的人选一定由掌握神策军的宦官决定。气定神闲的仇士良只等待皇帝的死亡。

开成五年(840年)文宗暴疾而亡。文宗宠妃与宰相想另立安王,在太子与安王鹬蚌相争时,仇士良矫诏废太子,顺利立颖王李瀍为帝,就是后来所谓"唐武宗"。

为了扫清未来的政敌,仇士良在混乱里杀掉了支持太子与安王的政敌、文宗时代亲近皇帝的旧臣,他们的妻儿、仆从,一夜间四千人从长安城里消失。这些都成了丰邑坊的业务。西肆和东肆这两间从来竞争激烈的凶肆甚至无法包揽业务,往来租借运送棺椁明器的车舆(yú)、翣(shà)扇、结络、彩帛的各色人等摩肩接踵,长安城里政局翻覆,不变的是丰邑坊的业务一直红火。

现在,从文宗那里传来的问题轮到武宗来答。

二十六岁的年轻人李瀍沉毅有断,喜愠不形于色,他情感的波澜远远大于那张从来古井无波的面孔。他目睹过大和九年(835年)甘露之变时仇士良带兵劫持皇帝的狠辣,他还记得哥哥作为一个皇帝败在"家奴"手下的屈辱。文宗庆祝新太子册立的宴会上,有一个插曲,被后代史官以及李瀍牢牢记在心里:宴会上有杂技表演,演员是一对父子,儿子爬上高耸的桅杆,父亲掩饰着惊怕在桅杆下走来走去保护着他。文宗终于忍不住,哭着说:朕有天下,但也不能保全自己的儿子。这个画面,对李瀍来说意味复杂:太子的死亡给了李瀍做皇帝的机会,但是,如今他在文宗曾经坐过的位置上,绝不想要流下文宗曾经流过的懦弱悔恨的眼泪。

年轻的武宗皇帝知道他必须除掉仇士良，他的恩人，也是他最大的敌人。为此，他需要一个帮手。他的目光落在扬州大都督府长史李德裕的头顶上。

四

开成四年（839年）二月，依然滞留扬州的圆仁收到日本使团判官从长安寄来的信：面见天子的时候，我也替你表达了你想去国清寺的请求，天子不允许，为你感到忧怅。圆仁听说，他的师弟圆载被允许前往天台山国清寺学习。对于他，是一个冰冷的"不行"。

在许多对朝廷拒绝圆仁请求之理由的猜测中，有一个最滑稽：圆仁不是求法僧（相当于本科生），而是请益僧（相当于留学生）。按照惯例，官方一旦同意外国僧人在各地巡礼就要供给衣食，口袋里已经十分不宽裕的朝廷认为，资助一个请益僧不划算——竟然要在一个外国和尚嘴里省钱。

只能无功而返。随着遣唐使一道回国的圆仁在回程的路途连连遭遇电闪雷鸣、狂风暴雨，受损的船体停在赤山县修理。圆仁与他的徒弟们下船去拜访山中的法华院。不出意外，这就是他在中国短暂旅行的最后一站。圆仁参观过扬州龙兴寺，里头有一张鉴真和尚的画像。作为日本天台宗的开山祖师，鉴真六次东渡的故事圆仁早就熟知在心。他或许也知道，两百多年前，玄奘法师因为没有"过所"，混在人群里偷偷离开唐都长安的故事。

他怀抱与他们同样的热忱，便生发出与他们一样的勇气：在寺里住了几天，圆仁决定不走了。赤山县法华院的新罗和尚们便听到了这个故事：七月二十三日，圆仁做完早课到海边一看，停船修理的九艘大船完全没了踪影——它们在夜里启程，把这几个住在山上寺院里的和尚给丢下了。

赤山县的和尚们没有在意它们这漏洞百出的故事，他们反而体贴地赞许这三个日本和尚为了朝圣天台山而做出的牺牲。赤山县的和尚们很快给圆仁出了主意——天台座主玄素和尚的弟子正在五台山修法华三昧，传天台教义，不如去五台山巡礼求法，除了天台宗还可以入普贤道场。去了五台山，再去长安。

圆仁准备按此计划，先在山院过冬，等一开春便去五台山。但没有公验滞留唐土并不容易——县里的公文很快到了：船上下来的三名日本僧人为何非法滞留本县？按规定，非法滞留当天报备，为什么从滞留到今十五天还没有到村保板头（村委会）报备？县里语气严厉地训诫了收留圆仁的法华院，勒令他们立刻把事实呈报上去。

圆仁再一次讲述了编好的故事：日本僧人为求佛法渡海而来，到了唐境却未能成行。现在依然想寻师学法。因为日本遣唐使早归，没赶上船，所以在赤山院住下，准备等夏天过去不太热的时候启程去巡礼名山，访道修行。随身之物只有铁钵一口、铜碗二具、铜瓶一口、文书二十卷、避寒衣裳几件。法华院的和尚也写了一份状子，附在圆仁答状之后，对圆仁的说辞满口附和并愿意作保。

九月，赤山开始下雪，天气渐冷下来。山野无青草，涧泉有冻气。等待中的圆仁既没有朝廷的资助，也不再是外国使团的一员，他必须与赤山院的僧人一起收蔓菁、萝卜，上山去担柴。在等待中听到一些消息，似乎有机会获得一张公验。他必须关心一些之前从没有考虑过的问题：路线、花销、民情。赤山院和尚告诉他，从赤山去五台山再去京城，他将要经过的中原大地连续蝗灾五年：稷山县以西蝗虫满路，吃粟谷尽，无地下脚。登州年年虫灾，没有粮吃，只有吃橡子为饭。因为灾荒，粮价飞涨。玄宗开元年间，青州斗米五钱，现在，青州粟米一斗八十文，粳米一斗一百文。靠化缘乞食的和尚恐怕要不到饭吃。

开成五年（840年）二月十九日，圆仁终于获得一张公验。再没有什么能阻止他开始盼望已久的旅行，饥饿、虫灾都不行。圆仁每天上午做过早课出发，走二十里，而后找地方讨午饭，下午再走二十到二十五里。他亲眼看见遭受蝗灾第五年的中原，传说与想象里强大富足的唐帝国像是生了病，虚弱匮乏：和尚经过的村庄，有时家家有病人，不许客住宿，有时平原辽远，人家稀绝。哪怕已经从五台山渡过洛河，往西离长安已经很近的州县新发的黄苗依然被蝗虫吃尽，村里百姓见到和尚来了，争着向他倾诉生活艰难。和尚的饭量很大，四个人每人一顿都能吃下四碗粉粥，饭很难讨。和尚在日记里写下：主人极小气，讨一盘菜，讨了三次才给；找不到过夜的地方，有时要闯进别人家住一晚。

千里之外的长安城里，武宗登上皇位，李唐皇室的命运轮盘再一次开始旋转。新皇帝的敕书一道道传来，供奉在官署庭院中央厚厚的紫色帷幕上。每到一处，圆仁都需要到官署报备，他一次次跟在州判官、录事、县令、主簿、兵马使、军将、百姓、道士后面，跪拜在地，聆听新皇帝的圣意。

圆仁以为自己只是这急弦促柱般的改朝换代的一个旁观者，浑然不知，随着他踏入帝国心脏的脚步，他也在一步一步走近权力角斗场的血腥。圆仁到达长安的前几天，平缓的关中平原上忽然隆起连绵不断的山陵，是十三座唐代帝王的陵墓。在他望见第十四座山陵——唐文宗的章陵时，出了事。

在京兆府府界栎阳县（今陕西临潼）南，圆仁遇到了大队的军兵。在驿路两旁对面而立，延绵五里。圆仁与两个弟子在夹道士兵间穿过，听说这就是葬唐文宗的山陵使。圆仁微妙地感知到仪仗如此排列里的紧张。他不知道，一场政变正笼罩着这支军队：护送陵驾的知枢密是文宗时代得皇帝宠信的近臣，厌恶正掌权的宦官仇士良，打算在带兵出城埋葬文宗时发动政变。但他们的谋划被仇士良的亲信察觉，被抢先一步杀死。

开成五年（840年）八月二十日，圆仁到达灞桥。灞水和浐（chǎn）水从终南山发源汇入渭河，向北流去，渭水清，泾水浊，所以"泾渭分明"。夕阳沉入宽阔的河水，长安城遥遥在望。曾经辉煌的唐王朝，此时也如同一轮将沉未沉的落日，摇摇晃晃挂在渭水上。

几乎同时，五十三岁的李德裕从扬州被调回京城，做吏部尚书，同中书门下平章事——他终于又做了宰相。武宗很喜欢李德裕，他们要一起做一些大事。在这场君臣两欢的遇合里，他们把"筹钱"作为第一重要的论题。在已经被前代皇帝们几乎竭泽而渔的各项生钱之道以外，武宗和他的宰相找到了一个富矿——佛寺和僧侣。

五

二十多年前的元和十四年（819年），李德裕还年轻，在京城做监察御史。这年城里发生了大事：凤翔法门寺开护国真身塔，展示塔中收藏的释迦牟尼指骨舍利。唐宪宗李纯的身体不太好，不知道从哪年开始，忽然迷恋上求神炼丹，性情越发暴躁。身边的宦官讨好他："凤翔法门寺塔有佛指骨，相传三十年一开，开则岁丰人安。"

十四年针对藩镇的战争给了宪宗一个"中兴之主"的好名声。它带来的，除了自尊心的满足，还有更连绵不断的焦灼。宪宗才四十出头，他依然维持着强硬的治国方针——国家必须恢复到安史之乱前的局面，中央对藩镇的分裂行为绝不姑息。但他心里明白，藩镇的臣服取决于他有多少军队去讨伐，有多少好处去安抚，这都需要钱。而他终于病下来，水里拖稻草一般沉重的国政让他过早感受到了老年人般的无力。

他半截身子陷进泥潭了，忽然一截许愿成真的释迦牟尼手指送了上来，他没有不抓住的道理。这截释迦牟尼佛的指骨被隆重地从法门寺迎进长安，一路送进了大明宫，而后又巡行长安城各大寺院，王公士民瞻奉施舍，唯恐轮不到自己，甚至有燃香臂顶的供奉人。

武宗皇帝李瀍这年五岁。他亲眼见到大明宫里檀香烟气缭绕，鎏金银的鸟雀团花纹秘色瓷碗，金丝锦帐，紫红绣金拜垫，色如寒水的琉璃。供奉佛骨舍利的长生殿在年幼的李瀍眼里是口耳相传的西方极乐世界最具体的显现。

但他很快长大了。他的祖宗皇帝们越到年老,越迷恋求神拜佛,虔诚的供养背后是他的祖辈们对自己事业与人生越深重的无可奈何。

武宗往前五代祖唐代宗原是不信佛的。安史之乱中,日后的代宗皇帝被任命为兵马元帅,收复长安、洛阳。那时候他艰难却坚定地站在一地废墟前,预备肩负一个庞大的国家。但这责任的重量很快变得超出想象。代宗登基,吐蕃入侵,一路打到长安,没有救兵的代宗只能再次出逃。这时有人告诉他:你要信佛,《仁王经》可以退敌。从此,代宗如同抓住救命稻草一般在大明宫内道场讽呗斋薰,翻译佛经,供养僧侣,持续了十四年。

代宗的儿子德宗皇帝刚一即位,立刻撤掉宫内道场。他想着开源节流,改革税制,筹钱。但很快,兵乱、外患频繁上演,疲惫的德宗与他父亲一样走上了求神拜佛的老路,大明宫内重开内道场。武宗的大哥敬宗皇帝即位之后,先求神拜佛,再加倍玩乐。半夜里在大明宫里打狐狸,打不到就打宦官,最后被宦官合谋害死。

大明宫内道场与天下佛寺被皇帝们的恐惧与失望养大,日渐膨胀。京城长安寺庙林立,僧尼数万,寺院的资产不在国家税收之列,许多富豪人家为了逃避服役将田地、资产寄托在寺院,或者非法买卖僧侣的身份证——"度牒"。自从管理长安佛寺僧侣的两街功德使职由宦官兼领,做两街功德使职成了宦官里有功之臣才能做的"肥缺",大量的贿赂与财富就此源源不断从寺院到了宦官手里。

铜钱是政府规定的唯一合法货币。但寺院里造佛像金身消耗了国家大量的铜、铁、金。五台山有金阁寺，铸铜为瓦，涂金瓦上，旭日初照，金碧辉煌。寺内有高十七米的观音铜像，耗费铜至少几十吨。宫内还经常出金、铜在长安城里的寺庙造等身佛像。铜流进寺庙越多，留在市场上就越少。当政府的铜储存量不够时，只能用铁、铅、锡等其他金属混合铜发行含铜量不够的劣币。于是铜钱的购买力不断下跌，通货膨胀时有发生。甚至还有人偷盗销毁钱币铸造佛像，无可奈何的朝廷对铸造佛像的行为屡有禁止，但总是不了了之。

宪宗皇帝迎佛骨的同时，一篇《论佛骨表》开始在京城文化圈里流传。作者韩愈对宪宗说：

佛教没有传入中国之前，黄帝在位百年，年百一十岁；少昊在位八十年，年百岁；颛顼（zhuān xū）在位七十九年，年九十八岁；帝喾（kù）在位七十年，年百五岁；帝尧在位九十八年，年百一十八岁；帝舜及禹，年皆百岁。此时天下太平，百姓安乐寿考。佛教在汉明帝时传入中国，汉明帝在位十八年。之后国家动乱，改朝换代频繁。宋、齐、梁、陈的皇帝都笃信佛教，那些皇帝在位时间尤其短。最迷恋佛教的皇帝梁武帝，在位四十八年，前后三次舍身佛寺，最后被叛臣侯景软禁，活活饿死。

听说陛下您现在也准备迎佛骨入大内供养，我知道您不信佛，只为了祈福祥。不过百姓愚蠢，看您这么迷恋佛教一定会争相仿效，如果不加禁止，恐怕会伤风败俗，传笑四方。

佛本来是夷狄人，与中国语言不通。口不言先王之法言，身不服先王之法服,不知君臣之义,父子之情。他要是活着,来朝拜,您也不过是见一下,宴一下,赐一件衣服,把他客客气气送走。现在他都死了,枯朽之骨,凶秽不吉利,怎么能迎入宫禁?

孔子说,敬鬼神而远之。现在无缘无故把这种朽秽之物迎进宫内,群臣不言其非,御史不举其失,臣实耻之。我请求您还是把这截骨头烧了吧!

这篇暗示皇帝信佛早死的奏表在京城不胫而走,成了争相传诵的名文章。宪宗很生气,喊着要杀了韩愈。但他一向喜欢韩愈的文采,又有当时的宰相裴度求情,于是韩愈带着满朝崇拜钦佩的眼神被远贬潮州。他在被贬路上依然反复回味自己这封尖锐奏表发酵出的戏剧效果。他写了诗,想象自己因为这篇精彩的文章被贬的结局是客死他乡——浪漫又悲壮:

一封朝奏九重天,夕贬潮阳路八千。
欲为圣明除弊事,肯将衰朽惜残年。
云横秦岭家何在,雪拥蓝关马不前。
知汝远来应有意,好收吾骨瘴江边。
——《左迁至蓝关示侄孙湘》

不巧,他被贬潮州的下一年宪宗就死了,韩愈对自己未来的悲壮预言一件也没有成真。他很快被召回长安,在崇拜者敬畏的目光里,又找到了新的咒骂对象。

李德裕并不喜欢韩愈。实际上,李德裕不喜欢所有出身贫寒靠考试得官的第一代。他有一个曾经做过宰相的父亲，他宁愿给父亲做秘书也不肯与这些家里没有背景的人一起参加进士考试。

但是，在限制佛教，尤其是限制皇家继续赞助佛寺与僧团的扩张这点上，韩愈说到了武宗皇帝的心里：一切不是源出中国的宗教，都应该禁绝。而这个冠冕堂皇的理由，正可以成为从寺院里掏出钱来的最佳突破口。

武宗自以为有超越前代的勇气，别人不敢触碰的寺院佛像，他敢——比起佛教，武宗更相信道教。他十分信任太清宫道士赵归真。赵归真在皇帝面前谈论起佛教与道教的不同：佛教的涅槃还是死，但道教叫人服食仙丹而后羽化成仙，是长生。成仙，是广列神府，利益无疆。有尊严，有财富，有武宗和他的哥哥文宗在人间应该得到却不能得到的一切。

在他毁灭佛寺与僧尼之前，先要解决左街功德使，向来喜欢做寺院僧侣保护伞的仇士良。

六

李德裕被调入长安做宰相的这个秋天，曾经困在他治下的扬州久久等待一张通行公验的日本僧人圆仁终于在长安城里迎来了自己的好运气。左街功德使仇士良不仅是热情的佛教徒，还身兼数职，是长安城里最有权势的人。理所应当地，左街功德巡院大方地准许了圆仁的居留申请，并把他安排在资圣寺。资圣寺靠近东市与皇城，在长安的中心地带，去哪里都方便。

圆仁因为这忽然到来的好运惊喜异常。向长安七大寺的高僧大德们学习研讨的未来就这样轻易地展现在他面前。得到居留许可的那个夜里，心情难平的圆仁向毗沙门[10]求告，乞求他能够保佑他在长安城里求法的旅途。

左街功德巡院对圆仁的请求几乎有求必应。圆仁得到准许在长安城里自由行动，拜访寺院，到晚上回到资圣寺住宿即可。日常吃青菜和粥的圆仁在长安吃到了饺子、水果，甚至皇帝御赐的胡饼。

开成六年（841年）正月，唐武宗改元。这年正月，皇帝命左右街共七间寺院开俗讲，圆仁参加了《法华经》的俗讲。稍晚，在长安的四颗佛牙舍利也在过年期间由供奉的寺院展出。圆仁也随着瞻仰佛牙舍利的人群登上荐福寺院内小雁塔，塔下有源源不断的供养人献上百种药食、珍妙花果、精贵香料，绕塔巡行，供奉佛牙。

他在大慈恩寺接受了师父最澄和尚一心想要学会的密教仪式：传法灌顶。接受过灌顶的圆仁心情开朗，登上大慈恩寺有名的大雁塔，槐树与杨树高大枝干间佛塔金顶熠熠发光。他在大慈恩寺以及其他著名的寺院搜集抄写到几千卷最新翻译的经文，临摹了无数珍贵的壁画与曼荼罗。

会昌元年（841年）四月九日，抄经归来的圆仁碰见了迎接仇士良的德政碑进城的马队。石碑上镌刻着仇士良的功名德政、丰功伟绩，由左神策军出动军马护卫从大安国寺抬进大明宫望仙门。仪式热闹而隆重。圆仁站在街边，看着佛教热情的赞助人仇士良受到皇家如此礼遇，对未来更充满无限光明的设想。

圆仁特别在日记里写下，唐武宗也出席了仪式。皇帝站在望仙门神策军修葺好的城楼上望着簇拥仇士良丰功伟绩的军马热热闹闹从楼下行过。皇帝脸上平静如水。只有后代的史官明白，皇帝此时正极力忍耐着内心混杂着的恐惧、厌恶和仇恨，他在耐心等待一个万无一失的时机，彻底扳倒仇士良。

会昌元年（841年）的冬天，大雪下了一日一夜，树木摧折。

七

城里气氛的变化似乎有迹可循，但针对佛教与僧人，却从回纥的又一次入侵开始。回纥的国教是摩尼教。因为回纥人帮助平定安史之乱有功，安史之乱后长安城出现许多摩尼教寺院和僧侣。现在，武宗皇帝决定不再容忍。他要去除一切不是源出中国的宗教。会昌二年（842年）三月，回纥军兵入侵唐境，皇帝下敕杀死长安城里数百名回纥居民，在州府的回纥人比照处理。会昌三年（843年）四月，回纥灭国，武宗下诏废除了所有摩尼寺，寺院庄宅、钱物，全部没收充公。四月中旬，皇帝再次下敕，命令杀死天下摩尼僧。杀摩尼僧的方式却很诡异：剃发，套上袈裟，假装成佛教僧侣的样子杀掉。

对摩尼教开刀只是皇帝计划里消灭佛教的一个步骤。在杀死回纥人和摩尼教徒几乎同时，会昌二年（842年）的三月，李德裕向皇帝奏报，长安城里的外地客僧太多，应该让他们回到户籍地。皇帝立刻下敕，驱逐籍贯不在长安的客僧。圆仁也在此列。几乎同时，圆仁收到了押衙知巡的公文，城里保外客僧[11]一律遣发出寺。

圆仁有些不安，向仇士良求助。仇士良安慰了圆仁，再三表示这次驱逐跟他们没有关系，让他们依然住在资圣寺，一切照旧。仇士良的安慰没有太大效用。五月二十六日，圆仁再次收到查户口的要求，要他报告从哪国来，什么时候进城，在城里资圣寺住了几年，平时都做点什么。

到十月，更大规模的打击随着一道敕书下发：天下所有僧尼会巫术、练禁气、有文身，或者在寺院外养有妻小不戒修行的，全部勒令还俗。僧尼的财产田庄，一律收归国有。如果还俗，则财产田庄依然归私有，不过要按照两税法纳税，服徭役。管理僧尼的两街功德使向各寺庙发帖：命令长闭寺门，不准放出僧尼。这年晚一些皇帝又一次下敕，规定天下僧尼的数量配额，不准私自削发剃度。

会昌三年（843年）正月一日，百般不情愿的功德使在皇帝的压力下又向各寺发公文：督促去年十月敕下的僧尼还俗工作。会昌三年正月，左右街没有像往年一样挤满善男信女围观高台上和尚们绘声绘色的俗讲。正月里，左街被迫还俗僧尼一千二百三十二人，右街还俗僧尼二千二百五十九人。

作为一个外国客僧，圆仁惴惴不安。好像知道他的心思，月底仇士良召见了青龙寺南天竺僧人，兴善寺北天竺僧，各寺新罗、天竺僧人，狮子国（斯里兰卡）僧人，还有圆仁一行三人，请他们去左神策军军容衙院吃茶，又是一番安慰。

圆仁稍稍放下心来。会昌二年（842年），武宗加仇士良观军容使，知天下军事。仇士良位高权重，有他的庇佑，他们至少还是安全的。但时局的变化超过他的想象。会昌三年（843年）六月，仇士良辞官回家。他已经辞官两次，皇帝却没有允许。这一次，皇帝的允许像是他已经做好准备除去仇士良的信号：当日，仇士良曾经的职位立刻被人接替。六月二十三日，仇士良去世，皇帝敕送孝衣。两天之后，皇帝再次下敕，斩杀仇士良身边的亲信、家人甚至男女奴婢。

目睹了这场杀戮的圆仁对自己的命运产生了怀疑。

八

圆仁的预感很快得到了验证。宫里长生殿常年供奉佛像，惯例，每天抽调长安城左右街各寺僧侣轮流进宫念经，日夜不绝。很快，长生殿的佛像与供奉被拆毁焚烧。

惯例，每年皇帝的生日都会在麟德殿宴请僧人与道士。在宴会上，僧人讲经，道士讲道，不同宗教彼此切磋。皇帝会向进宫的道士与僧侣赐下表示尊重与地位的紫衣。会昌元年（841年）六月十一日，武宗生日，道士与僧人一道入大内辩论，只有道士得赐紫袍，僧人没有。会昌二年（842年）六月，武宗的生日，道士与僧人再次入大内辩论，依然只有道士得赐紫袍，僧人没有。

会昌三年（843年）皇帝的生日，迟钝的太子詹事韦宗卿按照惯例进献了自己为佛经作的注疏《涅槃经疏》和《大圆伊字镜略》，获得了皇帝一顿大骂：韦宗卿一个朝廷大臣，本该好好学习儒家经典，却沉溺邪说，到处传播妖风。皇帝在斥责韦宗卿的敕书里几乎引用了韩愈二十四年前一样的逻辑：佛本西戎之人，教张不生之说。孔子是中土圣人，经闻利益之言。韦宗卿是儒生，衣冠望族，不能宣扬孔教，反而沉溺浮屠，妄撰胡书。现在聚集妖惑，胡言乱语，位列朝班，应该自愧。皇帝甚至还让中书门下官员去韦宗卿家里把他的草稿和原本追索焚烧，不得传播。

皇帝的生日宴是一颗投向湖面的石子，皇帝对佛教的仇视如涟漪漫开，最先波及的就是京城的寺院。刚开始不允许僧人午后出寺院，后来不允许僧人在别寺借宿，不允许僧人犯钟声。限制寺院和僧人的命令如同一张大网，铺天盖地而来。不久，皇帝再次下敕：不许供养佛牙。五台山、终南山五台寺、凤翔法门寺等供养着佛指舍利的寺院，不许制供，不许巡礼。有人送钱，打二十板，寺院里敢收一枚铜钱，同样打二十板。如果有敢就此劝谏的朝臣，诛身灭族。

依然滞留长安城的圆仁成了一个囚徒：他现在不能回国，也不能出资圣寺。形同囚禁的日常并不能阻止他时刻关注着长安城里瞬息万变的风向，作为一个无权无势的外国僧人，他以记下民间广泛流传的"都市传说"，来表达对皇帝的不满：会昌四年（844年）八月，唐宪宗皇后郭太后莫名去世。这位老太太在圆仁眼里信佛法，有道心。每当皇帝要对僧尼下手都会力谏。长安城里流传着一条关于郭太后死因的小道消息，圆仁深信不疑地记了下来：文宗的生母、穆宗的皇后萧氏美貌，武宗继位之后觊觎这位庶母的美貌，想要纳她为妃。郭太后不许。于是武宗拿起不知从哪里出现的弓，一箭射杀郭太后。

会昌五年（845年）四月初，武宗与李德裕的计划进行到了关键步骤：逼迫宦官交出神策军军权。下敕向左右军中尉索要神策军军印。左右军拒绝交印。皇帝再三下敕,最后说,这是把军印放在中书门下,由宰相监管,有需要用时由宰相与诸将协商。左军中尉这才交印,但右军中尉依然摁住不交。流言在京城流传,禁闭中的圆仁也听说了这件事情:右军中尉上奏说:当年我们迎接军印,是带着兵迎接的,现在要交,我们也要带着兵交。京城里的好事者眉飞色舞地传播着这条小道消息,并心领神会地加以解释:右军中尉的意思是:如果您真的要夺回军印,我们就只好兵戎相见了!神策军中有不少忠诚的佛教徒,圆仁在"囚禁"中听到这则小道消息,爽快地把武宗的失败写进日记:"人君怕,且纵不索。"——由着右军中尉去了。

苦中作乐的小道消息并不能缓解圆仁的困境。一道又一道严苛的敕令不断下发,为了离开长安城回国,圆仁终于积极奔走起来。

九

会昌五年(845年)五月,圆仁担心已久的敕令下发:要求外国僧人还俗。不遵从还俗敕令的,当即决杀。为了离开长安,圆仁同意还俗。一向对僧尼佛寺十分照顾的左神策军押衙李元佐暗中帮圆仁搞到一张离开长安的通关文牒。五月十四日,圆仁将要离开这座他生活了五年的都市。头发已经长出了一些,他戴上一顶毡帽,穿着平民的褐衫,这让他看上去就像是一个普通的旅客。

圆仁心情忐忑,时刻担心着身后牵着的三头驴。驴背上的箱笼里有他在唐土七年所有珍贵的收藏:四笼经文与画像。从开成三年

（838年）到达扬州起，圆仁把日本朝廷与唐土朋友们接济的金钱全部用在了购买和抄写经书、描绘大师像与曼荼罗上。除此之外，还有白居易与杜甫的诗篇。但城里剿灭佛教的禁令严厉，圆仁时刻担心一路上收集的经文与在佛寺临写的画像能否在重重关卡的检查下安然离开长安。

在这样风声鹤唳的时候，依然有一些朋友前来相送。大理寺卿杨敬之为他写了几封信，托他在洛阳的朋友照顾圆仁。左神策军押衙李元佐为他置办了毡帽，绫布，檀香，一双软鞋，一些钱和一卷银字《金刚经》等许多礼物。临行，李元佐请求他留下袈裟，他将每日烧香供奉。

还有一首专门写给他的诗，来自他的一个朋友，诗僧栖白和尚：

家山临晚日，海路信归桡（ráo）。
树灭浑无岸，风生只有潮。
岁穷程未尽，天末国仍遥。
已入闽王梦，香花境外邀。
——《送圆仁三藏归本国》

归心似箭的圆仁走水路，经过洛阳、郑州、汴州、泗州，回到扬州。会昌六年（846年）四月，武宗皇帝驾崩的消息传到扬州。不久，新皇帝登基，严厉的灭佛政策随着皇帝的去世一起松动，被禁锢的佛教活动又昌盛起来。圆仁终于可以重新公开他和尚的身份。

圆仁沿着海岸线一路北上，经过楚州、海州，最后回到登州赤山，他巡礼中国的旅程真正开始的地方。唐宣宗大中元年（847年）九月，圆仁登船回到日本博多。返国这年，圆仁五十四岁，后十七年，圆仁在日本国传法，成为日本天台宗的"慈觉大师"。

武宗在位七年，他的年号"会昌"因为发生在这六年中的残酷的对僧尼寺院的迫害而成为后世屡屡提起的名字。武宗的死因与他的爷爷宪宗一样成谜：服食丹药，喜怒失常，甚至神志不清，口不能言。死前连宰相李德裕想见他，也被宦官拦在门外。他并没有比自己的前辈们更加坚强。

会昌年间，天下拆寺院四千六百余所，还俗僧尼二十六万零五百人，按两税法交税。"会昌毁佛"之后，国家的户口增加了一倍多，成为日后收税的税基。寺院和僧侣中有武艺、有医术、有建筑机械手艺的僧侣多半被派上了会昌三年至四年间征讨回纥与藩镇叛乱的战场。从寺院缴获的铜像与钟锣被命令用来铸钱，但是铸造成本极高，每铸造一千文钱所耗费的人力物料与运输成本就有七百五十文左右。

从佛教寺院挤压出的土地、财富与人口并没有能够改变李唐王朝沉没的轨迹。武宗之后继位的宣宗晚年落入了与他的前辈们一样的怪圈：求神炼丹，中毒而死。唐昭宗光化三年（900年），侍中崔胤借宣武军节度使朱全忠之力把宦官手上的左右神策军、监军和参与枢密政治的权力一切罢停，杀死宦官数百人。朝官与宦官的"南衙北司"之争终于以朝官的胜利告终。但惨胜如败，胜利的代价是南方一次又一次的兵变与民变。

昭宗解决了宦官，却让藩镇渔翁得利，朱全忠从此再也不受控制，伸出了终结李唐王朝的那只手，不久，自立为帝，改国号为"大梁"。

时间是公元907年，唐哀帝天祐四年。

***

注释：

[1] 知巡押衙：押衙是唐中叶之后普遍出现的一种武职，又叫牙将。左右街功德使下设有押衙一职，为左右街功德使的贴身护卫。（刘安志《唐五代押牙（衙）考略》）

[2] 扬州大都督府长史、淮南节度使：扬州大都督府是全国四大都督府之一。扬州大都督一般由皇亲遥领，真正负责地方行政事务的为扬州大都督府长史。淮南节度使管辖江苏、安徽一带长江以北、淮河以南的地区。由于节度使是使职，不在正规的职官系统，一般以扬州大都督府长史为本官。

[3] 左校署：官方掌管制造乐器、仪仗器械、丧葬用品的机构。（《唐六典》卷二十三）

[4] 少阳院：《旧唐书·玄宗诸子传》：太子不居于东宫，但居别院。开元二十六年（738年）唐玄宗立李亨为太子后，太子不再居于东宫。此后，凡立太子皆令居于少阳院。置少阳院使一到二人，由宦官担任，专门监护太子。（杜文玉《唐代内诸司使考略》）

[5] 两税法：唐德宗时代宰相杨炎主持实行的税制改革，因为一年在夏、秋两次征税，所以叫"两税法"。两税法改变了原先的税收体系，一是实行"量出制入"，根据财政预算决定征税额度；二是取消了租庸调和其他的杂项税，只保留户税和地税。户税是根据每户的财产状况缴纳税款，地税则是通过全国耕地面积算出总应税

额，再按比例分摊到各州县。两税收入分为三个部分："上供"，上交京师，作为中央的财赋；"留州"，直接留在所在州县，作为本地财政支出使用；"送使"，上交各道节度使（唐代在州县之上的又一级行政单位，原为军事行动设立，后来成为一级单独的行政划分）。（刘德成《中国财税史纲》）

[6] 借商：唐德宗时期，为了筹集战争经费，除去两税法之外还增加了一些税目。"借商"规定，财产超过万贯的富商大贾，万贯以上的部分都要被"借"作军费。在强征过程中，因督责颇峻，搜校甚急，京城如同盗贼过境，被强行征税的家庭有"自缢而死者"。（两《唐书》之《卢杞传》、宁欣《唐德宗财税新举措析论》）

[7] 僦（jiù）质：针对从事商业经营的主体，对商贾放在市场"柜窖"（保管箱）中用来做生意的财货强行分割四分之一由国家"借"去，并且封了钱柜，长安商人为此罢市。（两《唐书》之《卢杞传》、宁欣《唐德宗财税新举措析论》）

[8] 税间架：相当于房产税，因当时条件所限，仅在京师地区推行，针对所有房屋所有者，规定"凡屋两架为一间，分为三等：上等每间纳税二千，中等纳税一千，下等纳税五百"。吏员入户核查，鼓励揭发，发现隐瞒的，杖六十，揭发的举报人赏钱五十贯。（两《唐书》之《卢杞传》、宁欣《唐德宗财税新举措析论》）

[9] 算除陌：属于交易税，涉及所有的商品买卖。所有的交易，从前征收百分之二十的交易税，如今增加到百分之五十。为了监督缴纳，禁止私下交易，鼓励举报。所有交易必须经过持有官府印纸的"市牙"（牙商），由市牙进行登记，核算税额。结果因为市牙

隐瞒收入，朝廷最终征收到的税额比计划少了一半。征敛所得，远远低于预期值。（宁欣《唐德宗财税新举措析论》、刘德成《中国财税史纲》）

[10] 毗沙门：毗沙门天王即四大天王中的多闻天王。

[11] 保外客僧：唐代平民每三年编一次户口，身份在寺院的僧尼也需要登记俗家姓名、籍贯、所在寺院人数、修习的经业等内容。僧尼的户口编造成"僧尼籍帐"抄写两份，一份留在所在州县，一份报给中央。"保外客僧"无当地僧籍。（孟宪实《论唐朝的佛教管理：以僧籍的编造为中心》）

后记：向确知走得足够远，未知才显现她的身影

作为一个通俗历史的写作者，"有趣"如同达摩克利斯之剑高悬，一不小心就会陷入"卖不动"的可怕陷阱，被市场淘汰出局。在我的同行们纷纷铆足了劲儿"讲段子"与"说书"逗读者们开心时，我深深抱歉于自己欠奉的搞笑能力。我一边十分刻苦然而并无成效地满足市场的需求，一边总想起钱穆在《国史大纲》里写下的那句广为流传的名言："任何一国之国民，尤其是自称知识在水平线以上之国民，对其本国以往历史，应该略有所知。所谓对其本国以往历史略有所知者，尤必附随一种对其本国以往历史之温情与敬意。"我想并不是任何时候，搞笑都是合适的表情。司马迁写作《史记》时必然未曾把"搞笑"作为目的，但幽默、嘲讽、怜悯与可读性，无一不缺地出现在《史记》的文本里。

所以我想，如果读者的情感没有被麻痹到只剩下接收"搞笑"的刺激，那么在阅读过往历史时，作者应该可以向他们呈现更复杂的人格与情感，而不是不同名字的"笑星"。通俗历史的叙事要有可读性也并不只有"逗乐"这一条窄道。所以我决定在这本书里做出一次尝

试。这本书里的每一篇文章都有一万多字，有些甚至两万，比起读者们习惯的三五千字讲完一个故事的"公众号"篇幅，它更具体、更完整，也包含更多的线索与角度。在编排上，开头与结尾一篇讲"时代"，中间六篇讲诗人的心灵旅程。当我开始创作这一系列文章时，自认为没有任何难度——从识字开始，他们就是一再出现的、最显赫的名字。但真正开始写作，我才发现，我不了解这个时代，也并不了解他们中任何一个人的人生。感谢一年半的写作"强制"我补上这一课，也希望我的读者们受惠于此。

这本书里提及的人物与事件不论是在他们所处的时代，还是在之后，都足够有名。它本应该像苹果树上掉下来的就是苹果一样，具有足够的确定性。事实正相反，哪怕在这些声名显赫的人物这里，检索过的材料越多，不确定也越多：不确定李白究竟去过几次长安，不确定马嵬驿上太子究竟是不是秘密策划了针对老皇帝的兵变。至于这些诗人们的生平大事年月，更是聚讼纷纷，成了许多文学史专家一辈子的课题。在这本书里，我们不断出入《资治通鉴》《新唐书》《旧唐书》及相关笔记小说对于同一个场景相关材料出发自不同立场的不同解释，仿佛在这个时间点，空间展开成不同的平行宇宙。

过往优秀的历史学家们在考据之后，给出了他们的选择。"拾人牙慧"的我并不打算判断他们选择的对错，但是我希望借由他们的不同选择提出这个问题：我们究竟应该怎样认识"历史"？从希罗多德落笔《历史》时的"传说"，到左丘明在《左传》里一再提到的梦境与占卜，历史学家们在严肃的思考之后呈现的并不总是我们想象里可以轻松证实或证伪的"事实"，甚至不是同一套事实。他们致力于阐述历史的规律与教训，而难以连贯解释甚至互相抵牾的事实的空隙，必须以想象和角度填满。

历史学自然将"真实"作为一种美德。但自从十九世纪历史成为一门学科，历史学家们慢慢发现，"历史"与科学语境里可以被反复证明的"事实"总有渐近而不能至的距离。

更晚近的历史学家们开始反思这种"渐近而不能至"。无法从叙述语气、角度和手段中剥离出的"事实"，同样事件多种叙事的并存是"缺陷""错误"，还是历史作为一门有关人类思考与活动的学科的一种本质特征？更晚近些的历史学家（比如罗兰·巴特、海登·怀特）甚至认为，比起科学，历史更接近文学，脱胎于对语言的操弄的历史比起客观存在，更是一种叙事技术。

爬梳史料寻找史实是历史学家的手艺，但挑选甄别史实的标准，除去"手艺"之外，还有观念。在历史成为一门学科之后，历史学家们也开始反思检视自己达到历史事实的角度与心态。人类每一次观念的变革都伴随着对过去历史的重新认识。中世纪的历史学家强调神的意志，文艺复兴的历史学家将他们观察的视角挪向人的尊严、欲望与智慧。再后来，马克思主义者相信经济与生产关系的变革决定历史。更晚近些，历史学家的目光不断放低，他们的焦点由政治与文化精英转向平常人的日常生活。每一次观念的变化，都给同样一个历史事件带来新的角度与叙述。在某种程度上，这也是历史的诗意所在。

在通俗历史的领域，对再现历史、戏说历史、趣说历史的努力从未停止，但更多的关注停留在"历史上发生了什么"，于是人人以"权威""正史""真正发生"作为吸引读者的"卖点"。而我希望这本书（以及在未来的书写中）能够呈现不同角度更多的可能性。一段对历史的叙述被评价为"小说"，对于我来讲并不是什么令人沮丧的事情。

作为今天图书市场的作者，我当然以伺候读者为最重要的任务。如果作为作者我还敢对读者提出一些要求，那么我希望读者们在读到"历史"时，比起坚定不移地相信某一种记录如同科学一样准确客观，更能够去思考谁记录下这段历史，它为什么被如此讲述。当发现对同一个事件截然不同的记述时，比起快速地判断真伪，更关心为什么。

歌德说过，怀疑随着知识的增长而增长。我并不指望我的读者们全然同意我对这一段历史的裁剪与重述，也不保证我还原的现场一定是实际存在过的那一个（谁能够保证呢），它更合适的定位也许是"几个故事"。假设读者在阅读完以上故事之后，想要知道这些事件的材料来源或者过往学者对于它们的研究，欢迎在后面附列的参考资料里按图索骥。假设你们依然对历史这一门学科本身感兴趣，我推荐伊格尔斯的《二十世纪历史学》，一本足够短，也足够提纲挈领的小书。

在这本书里，我当然想要避免任何的错误，但错误总是难免。甚至，我也采纳了一些少有人持有的观点，使得对有些事件的叙述与传统说法不尽相同。我不会为了安全而放弃我的角度，但是欢迎指正错误、发送意见与建议到我的个人公众号"北溟鱼"，或者电邮：yizhou2011@foxmail.com。谢谢你们看到这里。

2019年5月于密歇根湖边

参考文献

[1] （后晋）刘昫等撰.旧唐书[M].北京：中华书局，1975.

[2] （宋）欧阳修,宋祁撰.新唐书[M].北京：中华书局，1975.

[3] （宋）司马光编著.资治通鉴[M].北京：中华书局，2009.

[4] （宋）王溥撰.唐会要[M].上海：上海古籍出版社，2006.

[5] （唐）李林甫等撰，陈仲夫点校.唐六典[M].北京：中华书局，2014.

[6] （五代）王定保著.唐摭言[M].上海：古典文学出版社，1957.

[7] （清）徐松撰,李健超增订.增订唐两京城坊考[M].西安：三秦出版社，2005.

[8] （唐）段成式等著.寺塔记；益州名画录；元代画塑记[M].北京：人民美术出版社，1964.

[9] （唐）张彦远撰，俞剑华注释.历代名画记[M].南京：江苏美术出版社，2007.

[10] （五代）王仁裕，（唐）姚汝能撰,曾贻芬点校.开元天宝遗事；安禄山事迹[M].北京：中华书局，2006.

[11] （宋）孙光宪撰，林青，贾二强点校.北梦琐言[M].北京：中华书局，2002.

[12] （唐）崔令钦等撰.教坊记[M].北京：中华书局，2012.

[13] （唐）杜甫撰，（清）仇兆鳌详注.杜诗详注[M].上海：上海古籍出版社，1992.

[14] （唐）杜甫著，（清）杨伦笺注.杜诗镜铨[M].上海：上海古籍出版社，1981.

[15] （唐）萧嵩等著.大唐开元礼[M].北京：民族出版社，2000.

[16] （唐）孟棨等著.本事诗；本事词[M].北京：中华书局，1959.

[17] （唐）柳宗元著.柳宗元集[M].北京：中华书局，1979.

[18] （唐）白居易著，朱金城笺注.白居易集笺注[M].上海：上海古籍出版社，1988.

[19] （唐）白居易著，丁如明，聂世美校点.白居易全集[M].上海：上海古籍出版社，1999.

[20] （唐）元稹著.元稹集[M].北京：中华书局，2010.

[21] （唐）元稹撰.元氏长庆集[M].上海：上海古籍出版社，1994.

[22] （唐）刘禹锡著，瞿蜕园笺证.刘禹锡集笺证[M].上海：上海古籍出版社，1989.

[23] （唐）王维著，（清）赵殿成笺注.王右丞集笺注[M].上海：上海古籍出版社，1998.

[24] （唐）李商隐著，（清）冯浩笺注.玉溪生诗集笺注[M].上

海：上海古籍出版社，1979.

[25]（宋）宋敏求，李好文.长安志；长安志图[M].西安：三秦出版社，2013.

[26]（唐）李商隐著.樊南文集[M].上海：上海古籍出版社，1988.

[27] 瞿蜕园，朱金城著.李白集校注[M].上海：上海古籍出版社，2011.

[28]（唐）韩愈著，马其昶校点，马茂元整理.韩昌黎文集校注[M].上海：上海古籍出版社，2014.

[29] 王克让.河岳英灵集注[M].成都：巴蜀书社，2006.

[30]（日）圆仁著，（日）小野胜年校注，白化文等修订校注，周一良审阅.入唐求法巡礼行记[M].石家庄：花山文艺出版社，2007.

[31] 刘思怡，杨希义.唐大明宫含元殿与外朝听政[J].陕西师范大学学报（哲学社会科学版），2009（01）.

[32] 李碧妍.危机与重构[M].北京：北京师范大学出版社，2015.

[33] 任士英.唐代玄宗肃宗之际的中枢政局[M].北京：社会科学文献出版社，2003.

[34] 邓小军.永王璘案真相：并释李白《永王东巡歌十一首》[J].文学遗产，2010（5）.

[35] 杨程程，郑张盈，张琪.中国古典园林景观营设秩序探析——以兴庆宫、大明宫为例分析[J].美与时代·城市，2017（8）.

[36] 高原.唐代马球运动考——兼述敦煌文献马球资料[D].兰州：兰州大学，2006.

[37] 王琪.唐都长安的礼仪空间[D].西安：陕西师范大学，2007.

[38] 陈磊.唐玄宗迁居西内考[A].传统中国研究集刊（第六辑）[C].2009.

[39] 许会娟.唐代气候变迁的研究简述[J].兰台世界，2013（23）.

[40] 孙英刚.无年号与改正朔：安史之乱中肃宗重塑正统的努力——兼论历法与中古政治之关系[J].人文杂志，2013（02）.

[41] 左从现，潘孝伟，王树明.唐代马球运动发展分析[J].体育科学，2001（03）.

[42] 蓝勇.唐代气候变化与唐代历史兴衰[J].中国历史地理论丛，2001（01）.

[43]（英）杜希德著，丁俊译.唐代财政[M].上海：中西书局，2016.

[44] 杨吉.王维被谪济州到再擢拾遗的研究之研究[J].南京理工大学学报（社会科学版），2009（04）.

[45] 张宁.王维贬官新论[J].广西师范大学学报（哲学社会科学版），2013（06）.

[46] 胡可先.新出土《苑咸墓志》及相关问题研究[J].清华大学学报（哲学社会科学版），2009（04）.

[47]（日）妹尾达彦著，高兵兵译.长安的都市规划[M].西安：三秦出版社，2012.

[48] 王辉斌著.王维新考论[M].合肥：黄山书社，2008.

[49] 王勋成.王维进士及第之年及生年新考[J].华中师范大学学报（人文社会科学版），2001（01）.

[50] 宿白著.张彦远和《历代名画记》[M].北京：文物出版社，2008.

[51] 丁俊.李林甫研究[M].南京：凤凰出版社，2014.

[52] 王勋成著.唐代铨选与文学[M].北京：中华书局，2001.

[53] 程千帆撰.唐代进士行卷与文学古诗考索[M]//.程千帆全集：第8卷.石家庄：河北教育出版社，2000.

[54] 唐长孺等编.汪篯隋唐史论稿[M].北京：中国社会科学出版社，1981.

[55] 张清华著.王维年谱[M].上海：学林出版社，1988.

[56] 陈铁民著.王维新论[M].北京：北京师范学院出版社，1990.

[57] 胡可先，王庆显.王维与安史之乱[J].淮阴师范学院学报（哲学社会科学版），2002（02）.

[58] 丁放.张说、张九龄集团与开元诗风[J].文学评论，2002（02）.

[59] 李子龙.李白与高适的政治得失刍议[A].中国李白研究[C].1989.

[60] 莫砺锋.杜甫诗歌讲演录[M].桂林：广西师范大学出版社，2007.

[61] 闻一多著.唐诗杂论[M].长沙：岳麓书社，2010.

[62] 胡小石著.胡小石论文集[M].上海：上海古籍出版社，1982.

[63] 钱谦益.唐杜少陵先生甫年谱[M].台北：台湾商务印书馆，1978.

[64]（美）洪业著，曾祥波译.杜甫——中国最伟大的诗人[M].上

海：上海古籍出版社，2011.

[65] 王仲荦著.金泥玉屑丛考[M].北京：中华书局，1998.

[66] 王晚霞，丁锡贤，郑瑛中主编.郑虔传略[M].合肥：黄山书社，1998.

[67] 曾祥波.论杜诗系年的版本依据与标准[J].北京大学学报（哲学社会科学版），2014（01）.

[68] 杜晓勤.论中唐诗人对杜诗的接受问题[J].社会科学辑刊，1995（01）.

[69] 徐海容.元稹《唐故工部员外郎杜君墓系铭并序》考论[J].南京师范大学文学院学报，2017（02）.

[70] 辛晓娟.杜甫与高适蜀中关系新论[J].中国典籍与文化，2014（02）.

[71] 李天石著.唐宪宗传[M].北京：人民出版社，2017.

[72]（日）松浦友久著,孙昌武，郑天刚译.中国诗歌原理[M].沈阳：辽宁教育出版社，1990.

[73] 刘俊文点校.唐律疏议笺解[M].北京：中华书局，1996.

[74] 金滢坤.中晚唐制举对策与政局变化——以藩镇问题为中心[J].学术月刊，2012（07）.

[75] 朱金城著.白居易年谱[M].上海：上海古籍出版社，1982.

[76] 陈寅恪著.元白诗笺证稿[M].北京：商务印书馆，2015.

[77] 陈寅恪著.隋唐制度渊源略论稿唐代政治史述论稿[M].北京：生活·读书·新知三联书店，2004.

[78] 卞孝萱著.元稹年谱[M].济南：齐鲁书社，1980.

[79] 王云五主编，张达人编.唐元微之先生穑年谱[M]//新编中国名人年谱集成：第7辑.台北：台湾商务印书馆股份有限公司，1980.

[80] 傅璇琮主编.唐才子传校笺[M].北京：中华书局，1987.

[81] 傅璇琮著.唐代科举与文学[M].西安：陕西人民出版社，2007.

[82] 赖瑞和著.唐代中层文官[M].台北：联经出版事业股份有限公司，2008.

[83] 赖瑞和著.唐代基层文官[M].台北：联经出版事业股份有限公司，2004.

[84] 赖瑞和著.唐代高层文官[M].台北：联经出版事业股份有限公司，2016.

[85] 严寿澂.永贞革新与韩柳——思想渊源和社会背景的分析[J].重庆师院学报（哲学社会科学版），1984（01）.

[86] 渡边孝.牛李党争研究的现状与展望[J].中国史研究动态，1997（05）.

[87] 曾祥波.现存五种宋人"杜甫年谱"平议[J].文学遗产，2016（04）.

[88] 朱红霞.唐代制诰研究[D].上海：复旦大学，2007.

[89] 李向菲.甘露之变及其对晚唐文人的影响[D].上海：复旦大学，2010.

[90] 施子愉.柳宗元年谱[J].武汉大学学报（人文科学学报），1957（01）.

[91] 刘秀梅.白居易与"永贞革新"主要成员的关系研究[J].重庆

第二师范学院学报，2014（01）.

[92] 沈茂彰.玉溪生诗管窥[J].之江中国文学会集刊，1936（03）.

[93] 刘智锋.论唐玄宗天宝五载七月六日敕——以唐代流、贬相关问题为中心[D].南京：南京师范大学，2009.

[94] 李裕民.雁塔题名研究[J].长安大学学报，2010（02）.

[95] 胡可先.新出文献与李白研究述论[J].浙江大学学报，2015（05）.

[96] 齐东方，申秦雁主编，陕西历史博物馆等编著.花舞大唐春 何家村遗宝精粹[M].北京：文物出版社，2003.

[97] 宁欣.街：城市社会的舞台——以唐长安城为中心[J].文史哲，2006（04）.

[98] 尚永亮.论元和君权与政治兴衰[J].文史哲，1995（04）.

[99] 王东春.论韩愈和中唐文士的思想特征[J].复旦学报（社会科学版），1995（01）.

[100] 陈铁民.辋川别业遗址与王维辋川诗[J].中国典籍与文化，1997（04）.

[101] 莫砺锋.重论杜甫卒于大历五年冬：与傅光先生商榷[J].杜甫研究学刊，1998（02）.

[102] 杨波著.长安的春天：唐代科举与进士生活[M].北京：中华书局，2007.

[103] 徐俊纂辑.敦煌诗集残卷辑考[M].北京：中华书局，2000.

[104] 杜晓勤.从"盛唐之音"到盛世悲鸣——开天诗坛风貌的另一考察维度[J].文学评论，2016（03）.

[105] 黄新亚著.消逝的太阳——唐代城市生活长卷[M].长沙：湖南出版社，1996.

[106] 张勃著.唐代节日研究[M].北京：中国社会科学出版社，2013.

[107] 王勇.最后一次遣唐使的特殊使命——以佚存日本的唐代文献为例[J].甘肃社会科学，2010（05）.

[108] （日）阿南史代著，雷格，潘岳译.追寻圆仁的足迹[M].北京：五洲传播出版社，2007.

[109] 杨发鹏.论李德裕在会昌灭佛中的作用[J].宗教学研究，2011（01）.

[110] 尚永亮.逐臣与唐诗[J].古典文学知识，2001（01）.

[111] 尚永亮，邹运月.唐五代贬官规律与特点综论[J].华中师范大学学报（人文社会科学版），2008（01）.

[112] 吴文治编.柳宗元资料汇编[M].北京：中华书局，1964.

[113] 吴调公著.李商隐研究[M].上海：上海古籍出版社，1982.

[114] 尹楚兵著.令狐楚年谱令狐绹年谱[M].上海：上海古籍出版社，2008.

[115] 岑仲勉.玉溪生年谱会笺平质[J].中央研究院历史语言研究所集刊，1948（15）.

[116] 董乃斌著.李商隐传[M].西安：陕西人民出版社，1985.

[117] 罗小红，王勇.唐"雁塔题名"考述[J].文博，2002（06）.

[118] 刘学锴，余恕诚著.李商隐诗歌集解[M].北京：中华书局，2004.

[119] 李长之著.道教徒的诗人李白及其痛苦[M].沈阳：辽宁教育出版社,1998.

[120] 张飘.出土文书所见唐代公验制度[J].史学月刊,2017（07）.

[121] 刘学锴.本世纪中国李商隐研究述略[J].文学评论,1998（01）.

[122] 李斌城主编.唐代文化[M].北京：中国社会科学出版社,2002.

[123] 孙俊.唐代特恩荫探析[J].云南社会科学,2013（02）.

[124] 黄正建著.唐代衣食住行研究[M].北京：首都师范大学出版社,1998.

[125] 史念海.唐代长安外郭城街道及里坊的变迁[J].中国历史地理论丛,1994（01）.

[126] 丁俊.论《唐六典》与开元二十三年机构改革[J].中国典籍与文化,2014（01）.

[127] 黄寿成.唐玄宗开元二十四年张九龄罢相之谜[J].唐诗论丛,2015（01）.

[128] 李永展.从土地使用的观点看唐代长安城的空间结构[J].台湾大学建筑城乡研究学报,1983（02）.

[129] 史念海.唐代的地理学和历史地理学[J].史学史研究,1989（02）.

[130] 王卓.唐朝前期俸禄制度的演变[J].社科纵横,2017（02）.

[131] 张晋光著.安史之乱对唐代经济发展影响研究[M].北京：中

国财政经济出版社，2008.

[132] 张进，侯雅文，董就雄编.古典文学研究资料汇编：王维资料汇编[M].北京：中华书局，2014.

[133]（日）气贺泽保规著，石晓军译.绚烂的世界帝国隋唐时代[M].桂林：广西师范大学出版社，2014.

[134] 严耕望撰.河陇碛西区[M]//唐代交通图考：第2卷.上海：上海古籍出版社，2007.

[135] 严耕望撰.河南淮南区[M]//唐代交通图考：第6卷.上海：上海古籍出版社，2007．

[136] 严耕望撰.山剑滇黔区[M]//唐代交通图考：第4卷.上海：上海古籍出版社，2007.

[137] 严耕望撰.秦领仇池区[M]//唐代交通图考：第3卷.上海：上海古籍出版社，2007.

[138] 严耕望撰.京都关内区[M]//唐代交通图考：第1卷.上海：上海古籍出版社，2007.

[139] 严耕望撰.河东河北区[M]//唐代交通图考：第5卷.上海：上海古籍出版社，2007.

[140] 许家铭.近二十年来两岸唐代翰林学士研究回顾[J].史耘，2005（11）.

[141] 周勋初著.李白评传[M].南京：南京大学出版社，2005.

[142] 郁贤皓著.李白论稿[M]//李白与唐代文史考论：第2卷.南京：南京师范大学出版社，2008.

[143] 郁贤皓著.李白丛考[M]//李白与唐代文史考论：第1卷.南

京：南京师范大学出版社，2008.

[144] 郁贤皓著.唐代文史考论[M]//李白与唐代文史考论：第3卷.南京：南京师范大学出版社，2008.

[145] 吕华明，程安庸，刘金平著.李太白年谱补正[M].北京：中华书局，2012.

[146] 安旗.李白两入长安始末[J].人文杂志，1981（03）.

[147] 孙易君.王琦《李太白全集》研究[D].石家庄：河北师范大学，2015.

[148] 安旗.李白东鲁寓家地考[A]//中国李白研究（1994年集）[C].合肥：安徽文艺出版社，1996.

[149] 乔长阜.李白不预科举原因浅探[A]//中国李白研究（1994—1995年集）[C].合肥：安徽文艺出版社，1997.

[150] 傅绍良.李白不入科场原因新探[J].陕西师范大学学报（哲学社会科学版），1994（03）.

[151] （日）松浦友久著，刘维治译.李白诗歌抒情艺术研究[M].上海：上海古籍出版社，1996.

北溟鱼,南京人。
清华大学哲学学士,伦敦政治经济学院法律人类学硕士,美国威斯康星大学法律博士。主业法律,历史票友。著有畅销书《在深渊里仰望星空:魏晋名士的卑微和骄傲》。

长安客

作者_北溟鱼

编辑_来佳音　　装帧设计_郑力珲　　产品总监_曹俊然
责任印制_刘淼　　出品人_于桐

营销团队_阮班欢　李佳

果麦
www.goldmye.com

以 微 小 的 力 量 推 动 文 明

图书在版编目(CIP)数据

长安客 / 北溟鱼著. -- 天津 : 天津人民出版社, 2020.6(2025.5重印)
 ISBN 978-7-201-15398-8

Ⅰ. ①长… Ⅱ. ①北… Ⅲ. ①随笔－作品集－中国－当代 Ⅳ. ①I267.1

中国版本图书馆CIP数据核字(2019)第218035号

长安客
CHANG'AN KE

出　　版	天津人民出版社
出 版 人	刘锦泉
地　　址	天津市和平区西康路35号康岳大厦
邮政编码	300051
邮购电话	022-23332469
电子信箱	reader@tjrmcbs.com
责任编辑	张　璐
特约经理	来佳音
制版印刷	北京盛通印刷股份有限公司
经　　销	新华书店
开　　本	880毫米×1230毫米　1/32
印　　张	9.25
印　　数	829,301-839,300
字　　数	202千字
版次印次	2020年6月第1版　2025年5月第53次印刷
定　　价	45.00元

版权所有 侵权必究
图书如出现印装质量问题，请致电联系调换(021-64386496)